安　黎◎著

石头发光的地方

——回望耀州

西安出版社

图书在版编目（ＣＩＰ）数据

石头发光的地方 / 安黎著. － 西安： 西安出版社，
2019.7
ISBN 978－7－5541－4057－4

Ⅰ. ①石… Ⅱ. ①安… Ⅲ. ①散文集－中国－当代
Ⅳ. ① I267

中国版本图书馆 CIP 数据核字（2019）第 141235 号

石头发光的地方
——回望耀州
SHITOU FAGUANG DE DIFANG
HUIWANG YAOZHOU

出 版 人：屈炳耀
著　　者：安　黎
责任编辑：李　鹏
出版发行：西安出版社
社　　址：西安市长安北路 56 号
电　　话：（029）85253740
邮政编码：710061
印　　刷：西安牵井印务有限公司
开　　本：787mm×1092mm　1/16
印　　张：17.5
字　　数：228 千
版　　次：2019 年 7 月第 1 版
印　　次：2019 年 7 月第 1 次印刷
书　　号：ISBN 978－7－5541－4057－4
定　　价：68.00 元

△本书如有缺页、误装，请寄回另换。另外，本书部分
　图片来自网络，在此特别感谢这些图片的原创者！

目录

I

这是一座与我的血脉发生过关联的小城：清朝末年曾祖父在这里构筑庭院华屋，彰显人生的夺目与荣耀；民国中期祖父在这里重组家庭，不幸将自己年轻的生命丢弃在了这里；民国末期父亲弯着腰在城门洞里出出进进，一次次跪地于官衙，拉锯般地打了漫长的六年官司；而我沐浴改革开放的阳光，一走出校门，就落脚于此，一晃就是十年；我的儿子，更是在这座城里孕育，也在这座城里降生。

这座城，对于我而言，既是一座生命的圣城，又是一座精神的迷宫：它是那么地清晰，又是那么地模糊；它近在咫尺，又远在天涯；它弥漫着股股温馨，也流溢着丝丝寒流。

传说州城像艘船

　　这是一座方方正正的城，端坐于一个瓢状的盆地里。

　　有点儿拘谨的川道，从北向南延伸，至山与塬的合拢围堵之处，突然就开阔与坦荡起来，形成一个椭圆形的洼地，恰好能供一座小城栖身。

　　两旁的黄土塬高高地耸立，衬托得中间的川道越发地低矮。川道是河流造就的，没有河流一轮又一轮蛮横的冲击波，川道与黄土塬原本是浑然一体的，是不可分离的。

　　流淌于锦阳川的这条河，官方称其为沮河，百姓叫它石川河。石川河之于广袤的地球，犹如人身上的一根毛细血管，算不上有多么重要。但对于一方水土而言，它却仿佛母亲的奶汁之于嗷嗷待哺的婴儿，不可或缺。石川河是耀州

境内最大的河流，堪称耀州的母亲河。凡为河，无论粗细，无论大小，若追溯其历史来，几乎都天荒地老般地远古，动辄万年亿年。甚至可以说，地球形成之日，就是河流潺潺之时。河床也许随着日月的奔走，有所游移，但河流的大致方位，大致趋势，皆不会有太大的偏离。

盛在缸里的水，或聚在杯中的水，是柔软的，是沉静的，是谦卑的，总是听命于人的指挥，服从于人的意志。但置身于荒野之中的水，可就没有那么乖巧和羞涩了。它时而腼腆，时而张扬；时而温顺，时而狂躁；时而低眉羞眼，时而暴跳如雷……水的喜怒无常，近乎于不可捉摸。水的表情与姿态，在很大程度上，并非取决于水，而是取决于环境。春暖花开，水也舒展，也灿烂，也微笑；夏阳浓烈，水也浮躁，也咆哮，也沸腾；秋高气爽，水也清淡，也枯瘦，也含蓄；冰天雪地，水也凝固，也僵硬，也收缩。季节的变换，引来水之变换。而季节对于水的作用，比之于地势，显然要逊色许多。真正决定水的姿态的，要数河床的地理特征。水在湖里，是那样地安详，像憨态可掬的熟睡婴儿，像看破红尘的沉默老者，即使有风吹过，也只是皱起一波波的涟漪，绝不轻易激动，呈现出一副肝肠寸断的模样。但水一进入河道，就是另一种性格了。河床

◎ 风云耀州（张超　摄）

平缓，水则平静；河床凹凸，水则激荡；河床忽高忽低地断裂成悬崖，水则飞瀑而下。每一朵浪花的下面，一定潜伏着一块石头。石头大，浪花则大；石头小，浪花则小；石头大如牛，滔浪则滚涌；石头小如鼠，细浪则轻卷。

水并非总是在河床里流淌，它时不时地会大发脾气，突破堤坝的阻拦，狂啸着冲向村庄和庄稼地。这个时候，曾经可爱的水，就变得犹如无数头发疯的野兽，毫无理性地四面出击，无所顾忌地进行捣毁和破坏——水的角色已悄然转换，由人的滋养者，哺育者，变成了人的加害者，毁灭者。水灾，在人类所要面对的诸多灾害中，排列于首当其冲的位置。一场黄河泛滥，就能致千村绝户，数十万人命丧黄泉。然而，有其害，就有其益。泛滥的河水并非一无是处，它的积极价值客观地存在着，人因此而常常因祸得福。地球上的大多数平原，都是冲击波平原。也就是说，它都是由江河的一次次地暴怒，一次次地冲击而形成的。长江泛滥，造就出了长江中下游平原的壮美；黄河泛滥，荡涤出了华北平原的辽阔；石川河泛滥，开辟出了锦阳川的富饶。滔滔的河水，冲刷着泥土，啃噬着岩石，吞咽着山包，埋没着沟壑，扫尽一切阻与碍，踏平一切高与低，从而使昔日褶褶皱皱的土地，变得舒展而平坦。

小水冲出沟壑，中水冲出川道，大水冲出平原。沟壑是由雨水蚕食造成的，而川道和平原，一定伴随着河流而存在。锦阳川就是石川河的产物，而耀州城的崛起与绵延，无疑与石川河密不可分。

石川河从遥远的峡谷里扭捏着腰身，一路南下。途径石山，山体坚硬，水使出浑身解数，终日冲刷，但毕竟力量有限，无法扩充出更多的地盘，以供自己享用。但到了下游地带，软处好取土，面对酥软的黄土，水蛮横的本性便暴露了出来。在雨水酣畅淋漓无休无止的季节，在暴雨倾盆而下的时日，石川河不大宽阔的河床，难以容纳八方来水，于是那些多余出来的洪水，像脱缰的野马，漫溢出河堤，横冲直撞地扑向两岸的田野。日积月累，河床周边越发地得以扩充，地势越发地坦荡，川道因之而形成。

整个锦阳川，仿佛一个被刀切开的长吊型葫芦。耀州城所处的位置，像葫芦椭圆形的头部，为川道最为开阔的地带。

耀州城的所在地，为何要比其他地域更为天大地大呢？若从常识上进行推论，就不难看出其中的端倪。在耀州城南，石川河与另一条名叫漆河的河流交汇，合二为一，最终从一道豁口继续朝南奔涌，遥遥而去。耀州城的东南方，是一道绵延的山脉，山脉的西侧，则是土塬。河水在山脉和土塬的接壤处，冲撞出一道豁口，将本来连为一体的山脉和土塬，活生生地拦腰斩断。那道断裂的豁口，像刀劈斧砍一般，至今还能隐隐目睹到其斑斑的伤痕。

我猜想，很早很早之前，也就是河流发轫之初，河水从山坳里一泻千里，狂奔而下，但到了这里，却遭遇了挫折。山与塬连接在一起，像一道高耸的大坝，阻挡住了河水的去路。河水无法突围，便在其脚下淤积着，翻卷着，激荡着，打着滚，拍着浪，朝四周漫溢。河水浸泡并冲击着两侧的土壁。湿软的土壁一层层地垮塌，于是塬得以瘦身，川得以扩容。一日复一日，一年复一年，

◎ 小河情思（程和平　摄）

等执拗的水终于咬牙切齿地在山塬间打通一道豁口，并顺着豁口急不可待地朝南泄流之后，而经水淤积漫溢过的地方，就变得相对天高地阔一些。

石川河与漆河，发源于不同的山脉，原来互不搭界，却都朝着同一个方向奔流，在快要接近耀州城时，它们之间仅隔着一道瘦瘦的土塬。那道土塬，名曰步寿塬。步寿塬像一个畸形的面孔，额头臃肿，两颊粗蛮，但下巴却格外地尖细。那个下巴，像耕牛探出唇外的舌头，又像劫匪打劫时刺来的匕首，伸向或戳向耀州城所在的位置。

石川河与漆河，形若一对情侣，出生于不同的门第，却都不愿在某个水池里了却残生，便外出寻找自己的归宿。也许它们像情侣那般地心有灵犀，隔山就能倾听到彼此的呼唤，于是脚步越发地匆匆，并相互吸引着，相互靠拢着，最终融为了一体。

两条河赋予耀州城以别样的诗意。因为水，耀州城不再土里土气，不再邋里邋遢，而是有了灵性，有了韵味，有了让人流连忘返的意蕴，也有了耐人寻味的暧昧。城因水而砌，水绕城而流。柳枝在河边飘拂，小鸟在枝头呢喃，洗衣女子的花格子衣裙在风中抖颤，放牧者甩动的鞭梢晃乱云絮……千百年来，耀州城里的人走的走了，来的来了，店面关了再开，树木砍了再栽，唯有河流不改初衷，与城郭日夜厮守，相濡以沫。

夕阳之下，站在东塬的塬畔，俯视耀州城区，发现昔日方方正正的耀州城，在不断地扩张与繁衍中，越发地头重脚轻。北端宽大而雄浑，南端窄细而浑圆，而迟暮中的耀州城，在落日的余晖里被水包围着，仿佛一艘浮在水面上的航船。点点灯光，恰似摇曳于波涛里的星星渔火。事实上，我小时候，不止一次地听到村里的老人有关耀州城的讲述，在他们的描述中，传说中的耀州城，就是一艘漂浮的舟船。据说这艘舟船，承载着全城人的祈愿，每天都要跟随太阳的节奏，缓慢地旋转那么一圈。基于此，有风水师预言，在本已人杰地灵的基础上，耀州更加地非同凡响，将会涌现出三石六斗麦子的大小官员。也就是说，三石六斗麦子有多少颗麦粒，对应的就能产生多少个官员。但三石六斗究竟有多少颗麦粒呢？估计谁也没数过，或者，即使是有人抱有数一数它的意愿，但穷其一生，也未必能将其数得清楚。用这样一个含糊数字，来夸张地描述官员数量的密密麻麻，确实有那么几许的夸张，但也在显示着民间的智慧。数字是模糊的，含混的，只是用来强调之多之众——不是很多，而是很多很多。用耀州的土话说，就是多得"没没（mó mù）"！"没没"，意思为没边没沿。

在一个官本位岿然不动的国度，国人的眼界与意识，自然只能在代代相因的磨坊里踱步与转圈，从而把当官视为人生的成功与荣耀。升官发财组成了一个词组，演绎成了芸芸众生的高远理想。升官与发财，在这一词组中，并非并列关系，而是因果与递进关系。因为升官，就能发财；因为发财，就能继续升官。升官是因，发财是果。反过来，两者也可以角色转化：发财是因，升官是果。

耀州真的涌现出那么多官员了吗？显然没有。风水师的预言何以会落空，何以变成了谣言？据传闻，与一个人的嫉妒心有关。这个心胸狭窄的人，在某个朝代的某个时段，不偏不倚地被委派到耀州来，坐上了耀州知州的宝座。知州耳闻耀州将要涌现三石六斗麦子的官员，一时慌了神，恍惚中直感到自己的座椅在左右摇摆，几近侧卧倒地。知州明白，每一个官员的横空出世，都是一颗埋设在自己脚下的地雷，不定哪天就会爆炸，从而使自己品尝到人仰马翻的苦涩后果：轻则滚蛋，重则灭亡。于是知州在寝食难安之际，终于灵感一闪，大腿一拍，想出了一个馊主意。第二天，他鸣锣升堂，召集百官议事，并做出了部署：要把耀州这艘船拴起来，不能让它继续这样旋转了！知州列出的拴船理由，主要有两点：一是强调自己患有头晕的毛病，船一打转，他就病情加重，抱负无法施展，纵有造福耀州之心，却已无造福耀州之力；二是船打转，预示着耀州的不稳固。江山不稳，人心摇晃，绝非吉兆。再延伸开来想一想，一个总满足于在原地转圈的城邦，能有多少出息？地域和人一样，不能轻浮，而要稳重。稳重者，方能深谋远虑，有所作为。

知州的理由堂而皇之，在他的授意下，一群莽汉便采取了行动：他们在耀州城的四角，砸下去四枚巨型铁打。自此以后，耀州这艘船便被固定住，僵僵地再也动弹不了。耀州产出众多官员的吉祥根脉，像膨胀的气球那般被这四枚铁钉刺穿，于是耀州人的深情守望、殷切期待、奇妙幻想，皆犹如五彩的皂沫，一并破灭。自此，耀州大地了无生机，再也没有涌现出那种跺一脚大地都会颤抖的大人物。纵然有人费尽千辛万苦，匍匐于官阶之下，抓住了晋升的悬梯，却总也爬不上去。尽管也有耀州人在当地或外地当官，但皆为不足挂齿的小官小吏。官和吏，在汉语的词语中，被强行粘连在一起，但其实，它们是两个各自独立的存在主体，官是官，吏是吏，界限分明。官是主，吏是仆。官来自上层的委任，吏来自民间的招募。所谓的吏，说白了，就是端着国家饭碗的打杂者，所干的事，无非于跑腿支桌子，吆鸡关后门之类。

传说当然仅为传说，只是阐释着人们的一种希冀，并不能代表客观事实。事实却是，耀州城兴之于水，衰之于水，它起起伏伏的命运，皆与这两条河流——尤其是石川河紧密相连。

发光的石头与断裂的山脊

耀州城置身于盆地里，四周高，中间低。盆地，顾名思义，就是其状像盆。但我的感觉，它更像锅，而耀州城就蹲坐在一口诺大的土锅里。

在古代，耀州城时不时地被称作华原。华原二字，可以追溯到父系氏族社会时期的雍州，而此时的耀州，彼时的华原，就属于雍州的三十六方国之一。后来，华原之名，在诸多朝代被唤醒，当作地名使用。

华原之"华"，是一个通假字，与"花"同音同意。华原，其实就是花原。而一个"花"，就已对耀州当时的环境状况，予以了诠释。

古代的耀州是一片野花绚烂的地方，宛若一个大花园。没有工业，没有污染，山体没有被炸山取石，河流没有被拦腰截断，一切都处于无雕无塑的自然状态。耀州城之东南，是层叠高耸的山峦，之西是黄土堆积的土塬，之北是锦绣如画的锦阳川。两条河流，像两条悸动的蟒蛇，缠绕于城郭的周围，最终在城南形成了两水交汇的奇美景致。

高高低低，错错落落，有点杂乱，有点潦草，但恰恰是地势的多样性，塑造出了耀州城视觉与内涵的丰富性。它不像平原上的小城，单调而乏味；不像山缝里的小城，狭隘而局促。它是辽阔的，却并不平面化，活似一张呆板的面孔；它是褶皱的，却并不显得拥挤，像一束遭到捆绑的柴草那样。它的形是规整的，是方正的，但魂是散淡的，是散漫的，像白云悠然，像野鹤翩跹。

天是蓝的，水是清的，地是素洁的，空中无粉尘，田地无农药，野花漫山妖娆，野草遍地蓬勃，野鹿在河边饮水，少妇在河边洗衣。没有高音喇叭的吼叫，没有汽车刺耳的鸣笛声，唯有百鸟在树林里呢喃，一切显得那样地静谧闲适，那样地安之若素。

站在工业文明的山巅，回望农耕文明，也许一种财富占有量上的优越感，会油然而生。然而，站在农业文明的峡谷，仰望工业文明，却发现工业文明实在是过于烟雾缭绕，一切皆遭到熏染，一切皆蓬头垢面。工业文明在给人带来便利的同时，却已使人的目光被雾霾阻隔，心灵被烟雾笼罩，从而忘却了活着的初衷和幸福的本源。人在创造生活方式的时候，却连生活本身，都给废除掉了。人受膨胀欲望地驱使，向自然毫无节制地予取予夺，到头来将会发现，自己成了自己的难民。天空大地，山川河流，无一完整，无一干净。工业文明的苦果，最终都要被喂进每个老老少少的嘴里，并不得不将其吞咽。

比之于工业文明的癫狂，农业文明显得迟滞、拖沓、懒惰、缓慢，甚至有几分昏昏欲睡。但农业文明就像一张经年累月反复捶洗的旧布，尽管已显现出褴褛之态，却就其山川地形和精神伦理而言，并未化为碎片。山还是山，水还是水，人心尚且内敛，道德尚且完整，纲常尚且纵横。

我不是现代文明的排斥者，只是一个地地道道的环保主义者。环保的价值，在我看来，远远大于制造的价值。制造带来的是生产工具的丰富或更新，而环保，却直接与人生命的质量及生命的长度休戚相关。

我之所以要发出以上的慨叹，源于我对耀州生态，乃至于对整个地球生态系统异质化的深切忧虑。

耀州——华原，华原——耀州，两个名字在历史上被交替使用，都在隐含着对这片区域地理环境的褒誉。华原的寓意，指的是花草的茂盛；而耀州二字的箭头所指，则指向了一座神奇的山脉。

耀州城的东南角，远远的，矗立一道连绵的山脉。几座峰峦，一字排开，像头颅那般，昂向云端。清晨的第一缕霞光，总能将峰巅的山尖染红。随之，太阳那张羞红的脸庞，才怯生生地从山垛中浮现而出，盘旋于山巅的顶端。在耀州人的意识里，那座山，就是太阳升起的地方。

山的名字叫宝鉴山。宝者，贵重也；鉴者，镜子也。连贯起来，就是一面视若宝贝的镜子。中国的山脉，有以形状取名的，如五台山；有以颜色取名的，如黄山；有以动物取名的，如龙虎山；有以建筑取名的，如庐山；有以寓意取名的，如泰山……而以镜子作为名称的，在我有限的资讯来源中，还不曾有所耳闻，大概就要数耀州城旁侧的这座山了。

这座山何以被命名为宝鉴山？当然是与山的特征不无关系。

传说中，每当阳光染红了山体，山就像一面巨大的镜子，反射出焰焰的光泽。那些光泽汹涌着，迸发着，喷薄着，扩散着，斜斜地俯冲下来，将耀州城的角角落落彻底照亮。耀州城被黄灿灿的光亮俘获，像镀了一层金粉，裹了一身黄纱。人居于城里，恍若置身于金碧辉煌之中，目光迷蒙，神魂游移。

耀州城的"耀"字，取自于照耀的"耀"，无疑是与宝鉴山明晃晃的光亮有关。宝鉴山照彻了耀州城，也给耀州城带来了莫大的吉祥。在天地之间，唯有身居渭北的耀州城，每天得到无数束来自山脉光亮的特别眷顾，却从不会被光亮灼伤。耀州城在金光的笼罩里，既独享着这份天赐的宠幸，也在日月的流痕中日渐繁盛。

按照风水的原理，耀州城也不失为一片风水宝地，水环绕，山发光，塬傍右侧，川延身后，端坐于锅底却非井底之蛙，两河交汇却鲜有洪涝之害，偶有狂风从塬畔擦肩而过，却难以吹弯它城根的芦苇。

遗憾的是，当岁月的投影跨过了二十世纪的节点，这座被人视为宝物的山脉，还是未能逃过工业化的魔爪。工业化的贪恋，让一座沉静了亿年的山体，让一座屹立了千年的州城，瞬间变得面目全非。工业化的一个显著特征，就是把一切都当作资源，把一切都当作可以创造利润的商品。利润，是工业化孜孜以求的最高目标。

一座水泥厂，像一个庞然大物，建在了宝鉴山的下方，耀州城的东侧。水泥厂的建设，若站在国家经济布局的角度，自有其一定的理由；但若站在保护耀州古城角度，站在耀州城居民的健康角度，它确实罪莫大焉。

水泥厂的三根烟囱，高高耸立，又粗又直，俨然成为耀州的地标建筑。我记忆最深刻的，是乡村小孩子吵架时对烟囱的无辜连累。对阵的双方一经恼羞成怒，发展成了对骂，就口无遮拦，常常以烟囱为攻击对方的致命武器。这个说：拿水泥厂的烟囱日你妈！那个回敬道：拿水泥厂的烟囱日你婆！

为何要搬出烟囱来？原因在于，在耀州的地盘上，再也找不到比烟囱更粗更长更直更有力的东西了。

那三根烟囱，从我记事起，就一直向天空中喷云吐雾。从白昼到黑夜，从黑夜到白昼，它从不疲倦，从不懈怠，也从不消停。我的家乡麻子村，地处锦阳川旁的土塬上。很多田地，就在塬畔。站在塬畔的田里干活，如果天气晴好，放眼望去，平展展的锦阳川一片翠绿，而耀州城则像一个微雕城堡，缩成一团，远在天涯，又近在咫尺。最为醒目的，就是那三根烟囱——之后又追加了一根，变成了四根——烟囱喷冒的浓烟，与天上的白云混淆着，似乎能把那朵朵白云染灰。

后来才知道，烟囱里喷冒的不是煤烟，而是水泥粉末。苏联专家设计的厂子，因中苏关系交恶而撤离，遗留下了一道无法克服的技术难关。飞舞的粉末

◎ 耀县水泥厂——曾经的四台窑承载着几代耀水人的回忆，见证了企业的兴衰荣辱，虽然已拆除，但它永远矗立在耀水人的心中。

无法回收，于是只好竖起几根烟囱，让那些粉末顺着烟囱的管道，飘向空中，飘向四野。致命的是，这么一飘，竟然飘了五十多个春秋。

耀州水泥被打造成了一个响亮的品牌，闻名遐迩。远远近近的人，一提起耀州，大都会想起耀州水泥来，似乎耀州本来就是个水泥城，就是个烧制优质水泥的地方。耀州的地方经济，看到水泥市场火爆，有利可图，也纷纷围绕水泥做起了文章。一时间，耀州城的周围，布满大大小小的水泥厂，竖起了粗粗细细的烟囱。有的烟囱在冒着黑烟，有的烟囱在冒着白烟，有

◎ 矿山索道工在装料站整装待发。

◎ 横穿药王山的高空索道曾经是耀水标志性设施之一，最终被皮带廊所替代，消失在人们的视野里。

的烟囱在冒着黄烟，总而言之，没有一根烟囱是省油的灯。

本该翠绿的树叶，仿佛是从灰尘里刨挖出来似的，灰头灰脑地耷拉在树枝上。刚洗的白衬衣，搭在屋外的铁丝杆上晾晒，不足五分钟，便星星点点的，犹如一张大花脸；锦阳川本是著名的蔬菜区，其产出的辣椒和大蒜，因其品质

◎ 二十世纪六七十年代，由于机械化程度低，厂里工人踊跃参加矿山剥山皮、背炸药等义务劳动。图为二十世纪七十年代参加矿山剥山皮的工人合影。

◎ 二十世纪八十年代矿山铲车班工人与WK-4型电铲合影。

优良，曾大批量地出口海外，很受追捧，但后来因为污染，检验不合格，而被拒于国门之内。耀州街道更是乌烟瘴气，空气里弥漫着呛人的味道，屋脊上，人行道上，街道上，灰尘无处不在。一辆汽车从街道驰过，注定会卷起一股浓郁的尘埃。

有人开玩笑，说一只白狗从家里出去，在街道里溜达那么一圈，回来后就变成了灰狗；再出去溜达一圈，回来后就变成了黑狗。

还有人开玩笑，说耀州人长了白发可以节省染发剂，只要在街道里多走几步，白发便被染黑了。

玩笑终归是玩笑，其中的夸张不言而喻。但确凿无误的是，耀州人的身体健康，因为水泥粉末以及煤炭粉末的狂飞乱舞，受到了极大的伤害——这是铁板钉钉的事实，不是虚构，亦不是污蔑。

在西安大医院里当教授的耀州籍朋友告诉我：就他接诊的情况而言，耀州患有癌症的人明显偏多，比之其他地方，几乎多出一倍。他还笑称，在他们医院，流行着一个词，叫"铜川肺"。我问何为"铜川肺"？他解释说，他们医院的大夫看病，只要瞄一眼患者所拍的X光片，大致就能判断出该患者是不是来自铜川。铜川来的患者，其肺部，呈现着与其他地域患者明显不同的症状：颜色发黑，纹理粗大。

耀州为铜川的一部分，"铜川肺"里，也包含着"耀州肺"！

更令人揪心的是，水泥厂的创立，导致了一座山的死亡，而这座山，正是耀州这一名称的诞生源头和实物证据。宝鉴山那些能发光的石头，经化学分析，恰是烧制水泥的优等原料，于是遭到了开采，遭到了攫取，然后经车辆或传输带的运输，被抛进火炉里烧烤，最终化为了一袋袋的水泥，或一缕缕渺渺的青烟。长年累月地炸山取石，宝鉴山早已伤痕累累，体无完肤，仿佛一具被野兽贪食过的尸骨，裸露着千疮百孔的残骨。

一座建筑坍塌了，可以重新修建，但一座山在遭到摧残后，靠人工之力，人工之能，能让它恢复原貌吗？

山不是一堆石头的堆积，它是大自然身上的一根肋骨。抽掉肋骨，大自然的身体必然扭曲变形。山脉不止关乎于山脉，而是关乎于一个区域的气候，关乎于一个区域的脉象，关乎于一个区域人的命运，不是想更改就能更改，想删除就可以删除的。

人需要休息，大自然也需要休憩。慢下来，或停下来，让疲惫不堪的大自然喘息喘息，轻松轻松，在某种意义上，是一种功德，是一种远视。无为，有时候就是有为，甚至比有为更有积极的意义。

好在现今耀州的决策层，在经历了一代又一代漫长的懵懂之后，终于有所觉醒，意识到环境的迫切与重要，并下猛药进行整治。水泥厂的烟囱被推倒了，小水泥厂被关闭了，小白灰窑被拆除了——治理已见成效，虽然道路依然漫长，但比之过往，天蓝了许多，水清了几许，姑娘的脸庞也渐渐白嫩得能掐出水来。

耀州城坐拥城墙中

　　据研究者介绍，耀州城几易其址，几易其主，一直伴随中国历史风云的翻腾而跌宕。

　　现在的耀州城，是明朝初年将其固定于此的。之前，它时而迁至南塬，时而迁至北塬，时而又回归现在的位置——它真的仿佛一艘游弋的船舶，摇摇摆摆的，停泊于不同的码头。但转来转去，皆万变不离其宗，总是离不开宝鉴山的辐射，摆不脱石川河的萦绕。

　　宝鉴山与石川河，是耀州生命与精神的两根支柱。前者，形若耀州的父亲；后者，形若耀州的母亲。

　　及至二十世纪五十年代初期，耀州城还像一尊方正的巨型集装箱，棱角饱满地搁浅在两河夹击的三角洲地带。城墙巍峨，城垛森然，城壕幽深。燕雀在城门洞里飞进飞出，苔藓在城墙的墙体上根根直立，很多行路者一到夜里，在城墙根枕砖而卧。

　　耀州城的修筑，与朱元璋"高筑墙，广积粮，缓称王"的倡导有关。朱元璋在打下徽州后，听从了老儒生朱升的建议，在全国范围内劳民伤财地强行推广这一政策。朱元璋的"高筑墙"政策，造就了华夏大地的城墙密布。都城筑起了城墙，省城筑起了城墙，州城筑起了城墙，就连一个一个的偏僻村落，也都纷纷跟进，构筑起各自的城墙。城墙就像铁皮箍桶那般，将一座座城池、一个个村落牢牢地捆绑住。

　　城池的城墙是由砖块砌造的。厚墩墩的青砖，一块块地垒起来，即使现在打量它，也显得如此地霸气十足。砖与砖之间的黏合剂，则是糯米汁。慢火熬

◎ 民国时期的耀县正东城门。20 世纪 30 年代后期，咸榆公路、咸铜铁路相继建成开通，并均从耀县城东过境。为方便交通，1938 年 9 月在县城东大街东端破开城墙而建，称光华门，后又改"元恺门"。

制的糯米汁，软乎乎的，喝进嘴里，颇有几分柔情蜜意，但一经风干，却是那般地坚硬。砖只是城墙的皮肤，也是城墙展示给世界的外在表情。在皮囊之内，城墙却是装了一肚子的黄土，堪称土质土色。那些黄土，刚从城郭外侧的壕沟里挖出，尚且湿润润的。将湿土填进两道砖墙中间预留出来的空白处，与白灰搅拌，然后用石臼将其砸实，等风干后，土不但牢牢地粘连在一起，难解难分，而且硬邦邦的，固若铁铸，唯有铁锤猛砸，它才能裂开微微的缝隙。

在那样一个生产力水平极其低下的年代，要构筑一道周长动辄一二十公里的城墙，何其不易，一切都要靠人的肩扛手搬。多少个手工作坊式的砖厂，日夜不停地烧制着砖块，才能满足砌筑一座城墙之需；多少个壮劳力，被召唤到工地，从春夏到秋冬，从晨曦泛白到暮色降临，劳碌多少个时日，才能让城墙巍然耸立。好的一点是，那时候电尚未被发明出来，一到夜里，世界就沉入了黑色的深渊，官府即使再心急如焚，也难以让苦役们昼夜不息地加班加点。黑夜，也许是守军的梦魇，因为他们随时面临着被偷袭，但却是劳工们的福利。

挥汗如雨的劳工们，或在毒日下暴晒，或寒风中吹刮，早已疲惫不堪，恰好可以利用黑夜，停歇下来，伸展腰身，在热炕上昏睡解乏了。

砌砖有着技术要求，只有匠工才能担当此任。对于大多数劳工来说，他们的任务要么是掘土，要么是铲土，要么是运土，要么是匀土，要么是砸土。总之，都与土有关。土是他们的朋友，也是他们的敌人，他们对土可谓爱恨交加。

不说别的，单说砸土，就能使多少双手从稚嫩变得粗糙，并皲裂流血。运来一块巨石，将其背面磨平，正面凿出一个凹陷的槽子，四周凿出若干个孔眼，给每个孔眼都套上一个小小的铁环，系上绳索。绳索的一头绑在铁环上，另一头拽在人的手心里。一群壮年劳力，围绕着石臼，一人紧拽一根绳索，在激昂的号子声中，开始打夯。喊号子的人类似于一个乐队的指挥，不但需要具备天生的大嗓门，而且嗓音还要格外地洪亮高亢。喊号子的人还得提前储存一肚子花花绿绿的词句，以应对随时变换的节奏。词句最好源于自己的创作，并具有幽默色彩，唯有如此，才能喊出特色，并使自己处于无可替代的地位。

号子分为素号子和荤号子。素号子，与日常生活有关，但与男女间的床笫之欢无关。比如"吃白馍呀，刷白墙呀，白胡子老汉吊大梁呀"；或者"六月热呀，七月旱呀，八月地里冒黑烟呀"等等。比起素号子的单调，荤号子要花样翻新许多，也似乎更容易激起劳工昂扬的斗志。荤号子无疑会和人的生殖系统挂钩，紧贴于人做爱的动作与节奏。比如"王二球呀，甩驴球呀，驴球骚情勾妖精呀"；或者"花妹子呀，脱裤子呀，亮出你的沟蛋子呀"等等。打夯的人多为壮年男丁，正值性欲旺盛，经荤号子这么一喊，他们宛若服用了激素药那般，立刻就能从疲乏中解脱出来，浑身沸腾起一股热流。性是激发人力量的源泉之一，也是人活力迸发的驱动按钮。对性爱的幻想，对性爱的热衷，始终是人性中最为尖锐亦最为隐秘的一个痛点，与生俱来，靠手术刀或其他外力，均无法将其戒除。在建造城墙那样一个相对封闭的空间，男人们面对的是极其艰辛的劳作，他们扯去平日里的伪装，裸露着原始的本能与冲动。他们幻想着与女人的床笫温存，幻想着兽欲的放肆发泄，似乎唯有如此，才能使自己几乎快要散架的骨头，稍稍有所聚拢。葎号子是画中的饼子，虽难以真实地咬上一口，但至少能让人望梅止渴。

喊葎号子，说穿了，就是一种隐形的意淫。领号子的，随号子的，在淫荡的话语与淫荡的笑声中，很容易沉浸于想入非非当中，以至于那块巨型石臼，仿佛都变得轻盈起来。事实上，石臼非常沉重，每一次高高地拽起，与每一次重重地落下，伴随昂扬的号子，石臼都会发出沉闷的咚咚之声，砸得地面隐隐地发抖。人们就那样喊着笑着，拽着砸着，苦中作乐着，一晃好几个春秋都过去了，城墙也在慢腾腾地长高长粗。

◎ 耀县县治南城门（称雍门）。这张照片出自一名历史学者在民国时期拍摄的陕西名胜古迹照片集中收录的一张，真实记录了耀县南城门的情景。

修筑一座较大规模的城墙，动辄耗时十年八载。而修筑者，也就是我们的先辈们，都是一群很听话很老实又很古板的人。他们恪守着道德，坚守着规矩，绝不投机取巧，更不会欺哄瞒骗，于是用石臼石锤砸出来的城墙，格外地牢固结实，历经千年风雨而不垮塌。也许，在越来越精明的现代人看来，他们仿佛有点儿愚笨，有点儿墨守成规，但依我之见，愚笨有时候就是一种聪明，聪明在相当程度上，则是一种愚昧。自作聪明，自诩聪明，肯定不是真正的聪明。春秋时期的先贤老子，在其洋洋五千言的《道德经》里，早就给真正的智者，勾勒出了一幅肖像模版：大智若愚。就是说，具有大智慧的人，常常把自己藏得很深，以貌取人的浅薄之辈，根本无法掂量出他们的斤两。这些智者，若以表象观之，更像是愚不可及。

耀州城墙在林林总总的城墙里，规模算不上大，也算不上小，属于城墙中的中等个。即使如此，它蹲坐于锦阳川南端的尽头，在一丛丛低矮建筑的陪衬下，还是显露出一股雄霸之气。

耀州城墙修建于明朝初年。在此之前，县城像云絮那般飘忽不定，不时地移位。一个县城，为何总是要频繁转换地址呢？我猜想，一定与揭竿而起的战火有关。起义者多为农民，也有小商贩，但总体以农民为主。农民有农民的优点，亦有农民的局限。农民的思维模式，与市民阶层，与贵族阶层，有着显著的殊异。在农民的思维系统里，城市既是他们的向往之地，也是让他们心中醋意翻滚的嫉恨之地。他们一边迷恋着，一边咒骂着，一边谋划着得到，一边期待着毁灭。这种矛盾丛生的心理状态，颇像恋爱中的单相思：我很爱你，很想得到你；但费尽周折却依然够不着，得不到，那么，我完全有可能掉过头来力求于毁灭你，从而成为你的送葬者。

农民对城市的感情是复杂的，而嫉恨，无疑是掺杂其中的一根重要的情感线条。嫉恨貌似一个词，却包含着两重意思：嫉妒与愤恨。当妒火被点燃，理性就会化为灰烬；当愤恨被激活，秩序就会化为乌有。农民起义的源头，也许仅为一次抗租抗税运动，但当他们决计破罐子破摔、大干一场时，就会点燃一把火，率先把某个粮仓或某座城门焚烧。农民们冲进城里，最先表达愤恨的方式就是烧，大有一副同归于尽的架势。

中国有文字记载的恢弘建筑，哪一座不是在熊熊的烈火中化为灰烬的？！几乎每一个朝代，都依赖于建筑的高大与雄奇，来显示自己的成就感与存在感，但那些建筑，却在新朝诞生之前，就已荡然无存。它们都去了哪里？答案自然是明晰的，那就是它们皆已被活活烧死，唯有残留的废墟，尚且依稀可见。于是在后人看到的苔藓之下，也许就埋藏着宫廷的某根断裂的立柱；在瓦砾之中，也许就掩映着宫墙上的某片破碎的浮雕。

一个朝代，辛辛苦苦积攒的家业，在下一个朝代粉墨登场之前，几近于归零。在欧洲，千年以上的建筑或建筑遗址并不鲜见，数百年前的建筑物现在依然完好无损。但在中国历史的逃亡中，除了帝王的陵寝和幸存的宫阙，其他皆难寻其踪。反而是城墙，因其坚挺，

◎ 林徽因在耀州。这张照片拍摄于 1937 年，画面中人物是当时中国著名建筑学家梁思成的夫人林徽因。1937 年春夏之交，林徽因、梁思成夫妇应国民政府西安行营主任顾祝同邀请，到西安做小雁塔的维修计划。利用这次机会，他们还抽时间到西安、长安、临潼、户县、耀州等处进行了古建筑考察。照片记录了在耀县考察古建筑及药王山摩崖造像时于耀县城东门外一片罂粟地拍照留念，从中也可以一睹昔日耀州古城的风貌。

因其是非可燃物，还硬生生地被遗弃在了地面，成为一抹抹孤独的奇观。

世界上没有一个民族，能像华夏子群如此地青睐墙，依偎墙。墙在注解着华夏民族的生存图影，也在诠释着华夏民族的性格密码——华夏民族的内敛与蜷缩，通过一道道的墙，就能一目了然。墙是屏障，是提防，是拒绝，是封闭，他们更愿意躲于其中，以此来遮挡自己，并保全自己。

耀州城和其他城郭，甚至和都城，沉浮与兴衰几乎处于同步的状态。整个中国，就像一个西瓜，无论外表的瓜皮，还是里面的瓜瓤，皆为命运的共同体，一荣俱荣，一损俱损，当瓜心被切瓜刀刺中时，其他部位也不可避免地会被殃及。当李茂贞的悍兵们冲进大明宫，点燃宫殿，并故意朝宫廷的龙椅撒尿时，估计耀州的悍兵也会照猫画虎，冲进州府里去撒泼。

砖石的缝隙潜伏兴衰的秘籍

　　耀州城的迁移与构筑，和一个名叫魏必兴的人有着很深的渊源。

　　魏必兴何许人也？他是开国皇帝朱元璋的战友兼老乡，曾为朱家江山的确立，叱咤于火海，肉搏于刀丛，可谓劳苦而功高。朱元璋坐稳江山后，论功封赏，魏必兴本可以在皇宫辅佐皇帝，但却执意挑选了远离京城的耀州，作为自己的落脚之地。对此，很多人感到奇怪，甚至觉得魏必兴很是愚笨——何不挑选靠近京畿的锦绣之地，在皇帝的眼皮底下施展雄才大略呢？那样的话，稍有成绩，皇帝都能耳闻目睹，升官进爵不是更容易吗？

　　但相信读懂中国历史的人，绝对不会有此困惑。一部《资治通鉴》，形若镜子，既照射出了中国古代权力游戏的险恶，也反衬出魏必兴的选择是何等明智。争夺权力时，武夫是掌上明珠；但权力到手后，武夫就成了重点防范的对象。在皇帝惶惶不可终日的臆想中，武夫仿佛座椅下面埋设的地雷，不定什么时候就会爆炸。一经爆炸，后果可想而知。打江山时，莽夫之勇是必不可少的；然而，一旦江山坐牢，莽夫之莽，就令君主们头疼，也令他们惧怕——疑心重重的皇帝，总担心武夫挥舞的利刃，某一天会戳向自己的喉咙，使自己好不容易猎取的江山，土崩瓦解。于是，一幕又一幕"清君侧"的剧情，反反复复地上演。相比于汉高祖刘邦对武将的斩草除根，宋太祖赵匡胤对石守信采取的"杯酒释兵权"，那是相当客气了。在远离京都家乡拥有一大片田畴，重操农具从事稼穑，朝观晚霞满天，晚瞻星光闪烁，在稻谷飘香与儿孙绕膝中安享晚年，对于那些劳苦功高的武夫而言，算得上是天大的幸运。识相的武夫，见有梯子递来，就赶紧下楼；不识相的武夫，如果拥兵自重，或居功自傲，赖在楼上不但不下来，而且还跺脚吼叫，其结局最终会怎样，不言而喻。这等事例，不用点名道姓——列举，翻开史书，满目皆是。

早在春秋之时，越国的大夫范蠡就读懂了这一权力棋盘暗藏的玄机。越王勾践被吴国打败，当了俘虏，范蠡劝其忍辱投降，伺机报仇雪恨。勾践听从的他的话，最终东山再起，打败了吴国。旗开得胜的勾践，认为范蠡有功，决意对范蠡重赏分封，却遭到范蠡的婉拒。范蠡辞官不做，归田隐居，过起了不问朝政的逍遥生活。范蠡在离去前，给另一位大臣文种留下了一封信，其中的话语，几乎成为了历史无法逃脱的魔咒：飞鸟尽，良弓藏；狡兔死，走狗烹。范蠡的本意，在于劝告文种，别太留恋权力了，赶快收拾行囊，加紧离开为上策。飞鸟射尽了，弓箭就会藏起来，失去了用途；兔子打死了，猎狗也会被主人杀掉，并熬煮于锅中，化为餐桌上的一道美食。然而，糊涂的文种，自视自己对勾践出了大力，执拗地拒听范蠡的忠告，其下场果然被范蠡一语中的——被勾践当作权力的祭品而杀掉。

飞鸟尽，良弓藏；狡兔死，走狗烹——这是多么血淋淋的事实啊！

魏必兴一定是在诸多有功之臣的血光里，窥探到了自己的宿命，因此，才会主动请缨，选择相对较为偏远的耀州赴任，并以职级相对较低的知州面目，出现在耀州的官衙。京都在金陵，而地处渭北的耀州，距金陵有千里之远。埋首于不显山不露水的耀州，像乌龟匍匐于石缝之中，是不会轻易成为权力角斗场追逐的猎物的。权斗是欲望膨胀后的相互碰撞，相互羁绊，相互撕咬，魏必兴欲望很小，胃口不大，这等愚笨掩映下的聪明，让自己得以保全。

魏必兴出身于武夫，但武中有文，莽中藏智。他来耀州时，耀州城还置身于南塬上。一条土街，几家店面，建筑低矮而零散，商业冷清而凋敝，全然不像个州城的样子。魏必兴看到的几乎是一张白纸，但白纸对于一位卓越的画家来说，恰是构思新图谋划新篇的理想之境。魏必兴穿着布鞋，在一番风吹日晒地游走与勘察之后，决计要使耀州城重新归位，使它返回它原来所处的位置。

在魏必兴的主张和主持下，在石川河和漆河之间，一座崭新的耀州城开始了挖坑奠基。从各地召集来的工匠，与本地的工匠，以及数千名劳工，忍受着蚊虫叮咬，吃住于工棚，在工长的呵斥声中，一砖一石地开始了浩大而繁重的筑城工程。一场疟疾袭来，无数具尸体就横躺河岸。工匠们的脸庞被狂风吹皱，劳工们的肩膀被巨石压肿，烧砖师傅的衣服被火焰烤焦，那道环绕城市的城墙，才一寸一寸地缓慢升高。

新造一座耀州城，需要多少个冬夏？依我的估计，恐怕不会少于十数年。西安府城墙的修筑，耗时十三四年，动用了近十万劳工。耀州城墙的工程量，虽然不能与西安府相提并论，但就其财力物力，比之西安府，也要短缺许多。魏必兴名义上是朱元璋的心腹，但他毕竟属于外姓之人，宛若被猫饶恕的鼠类，哪敢在猫的面前乱说乱动？与他的战战兢兢形成鲜明对比的是，坐镇西安府，促成并负责西安府城墙修建的人，不是外戚，不是外姓，而是朱元璋的血脉次子朱樉。儿子是父亲肚子里的蛔虫，即使再桀骜不驯，父亲都能对其予以宽谅，并疼爱有加。朱元璋的儿子尽管有二十六人之多，但除却病恹恹的长子朱标，排位第二的朱樉，无疑就成了他的心肝宝贝。朱樉一遇到困难，在父亲面前叹息几声，或在母亲面前抹一把眼泪，国库里那白花花的银子，便如江河之水，滔滔而来。

耀州城修建的费用，估计也不会太少。这笔巨资的解决，不外乎两种办法：一是向上伸手，一是向下伸手。向上伸手，总是带着乞求的意味。上面高兴了，就拨付一些；不高兴，就白跪一回。是否高兴，全然取决于跪求者的跪姿，以及是否很有眼色，是否口齿抹蜜。朱元璋以杀贪官之狠之猛而著

◎ 耀州古城墙现存遗迹（西北角）

称于世，他对贪腐者采取的手段，令人毛骨悚然：挖其眼，挑其筋，断其足，剁其手，甚至于剥其皮，煮其肉。总之，凡是能挖空心思想到的酷刑，他皆悉数使用。在朱元璋的潜意识里，天下就是他朱家的，天下的一切财富也归朱家所有。那些贪腐行为，无异于是将手伸向他家的钱柜行窃。

朱元璋在反腐方面不留情面，不留余地，但其效果如何，朱元璋或许浑然不知，但后世研究明史者，皆心知肚明。

朱元璋的反腐无疑带有因局限性而生成的悲剧性——尽管伤筋动骨，但病根未除——主要的症结，在于他采取的是一种近乎无效的割韭菜战术。一茬韭菜长旺了，挥动利刃，将其硬生生地割掉；另一茬韭菜冒了出来，又将其割掉……如此反反复复，韭菜不断生长，利刃不断晃动，但埋在地下的韭菜根，却毫发未损。

朱元璋的反腐，给我们透露出了这样一个信息：在明代，贪腐问题那是相当严重的。遍地的贪腐像蛀虫一样糊满了帝国大厦的每一个部位，剥蚀着帝国的立柱，蛀空着帝国的根基，这才引来朱元璋的震怒。

然而，贪从何来？以我之推测，自然与明代的大兴土木不无关系，而修筑城墙，是土木工程中最能捞金刮银的幽深矿藏。各地的官员都热衷于修筑城墙，除了遵从于天子之命，除了彰显为官一任造福一方之政绩，还有一个潜伏于内心的隐秘，那就是为谋取个人私利创造条件和机会。

工程回扣之类，肯定不是当代人的发明。明代的克扣工程款，吃回扣之类，已猖獗至肆无忌惮的程度。海瑞被千古传诵，那是因为他是那个时代的异类，始终不肯同流合污。在众人眼里，他是古怪的，不合群的，犹似鸽子飘飞于蝙蝠群中。修筑海防的钱款，他分文不取，这怎能不让文武百官在大跌眼镜之余，大惊失色呢？那么大的工程，那么大的资金量，又隐匿于那么偏远的地方，神不知鬼不觉的，他得有多大的定力，才能管得住自己的双手？退一步讲，纵然双手被束缚，但那一颗兔子般伴随欲望蹦跳不休的心，又如何能被扼压得住？

欲壑难平。欲望一旦生成，就变成了深不见底的沟壑，不论装进去多少东

◎ 耀州古城墙现存遗迹（东北角）

西，都难以将其填满。相应的，欲望也是一座微笑的墓穴，装饰得宛若天堂的宫门，唯有步入其中，才会恍然醒悟其竟是黑暗的地狱。

吃回扣，就是通过我的手指，拨付给你十个馒头，你很有眼色地将其中的三个馒头，悄悄塞回我的口袋——这样的游戏，逐渐固化，俨然演变成了千古恒通的潜规则。

腐败是始终尾随于权力的影子，随权力的滋生而滋生，随权力的扩张而扩张，随权力的蔓延而蔓延。有权力，才有腐败。诸多的仁人志士，前赴后继地探讨于社会的进化，究其实质，无非是在摸索着权力的结构模式。

于是让权力隐身于幕布之后，还是将其摆放于公众能够清晰目睹到的位置，用莎士比亚剧中人物的话说，"这是一个问题"。在这一方面，明代的思想家黄宗羲就卓有远见。黄宗羲生活在一座铁屋子里，但目光却能刺穿屋顶，抵达穹窿，瞭望到异域的风景。黄宗羲的民权思想，与孟子的民本思想，看似相近，实质却大有区分，两者是行驶于不同轨道的列车。孟子的"民为贵，君为轻，社稷次之"，初次一看，好像是在替布衣百姓发声。其实不然，他是站在统治者长治久安的立场，为统治阶层着想，为统治阶层忧患。他劝告君主不要漠视草芥们的存在，要仁善地对待他们，不要重演官逼民反的旧戏。凡此种种，不过是在阐述"水能载舟，亦能覆舟"的道理。而黄宗羲则站立于另外的山巅，他的学说，能和伏尔泰、孟德斯鸠和卢梭等人相呼应。黄宗羲颠覆了中国固有的君臣观念，他倡导的，正是我们今天所倡导的：民为邦主，官为公仆。

　　修筑城墙，除了向上伸手，还要向下伸手。向下伸手，就意味着横征暴敛。古代的皇粮国税，犹如一枚巨大的铁钉，牢牢地镶嵌于每一位百姓的心头。百姓们可以忘掉自己孩子的生辰，忘掉自己父母的寿辰，却决然不敢疏忽和怠慢缴纳皇粮国税。原因在于，他们皆知忘会意味着什么。皇粮国税，最初也许是一种被动的行为，但渐渐的，就化为了一种程序化的自觉，以至于缴纳它，根本用不着过度地催促。

　　老百姓并不十分惧皇粮国税，但惧怕苛捐杂税。苛捐杂税，那是在蚊子的腿上搜刮精肉，在干瘪的牙膏皮里硬挤牙膏，带有很强的压榨性和逼迫性，致使大多数人都面临"生命中无法承受之重"。柳宗元的《捕蛇者说》，道尽了苛捐杂税给百姓带来的酸楚。"捐"的字面意思，是自愿自觉地献出自己的财物，但这个字一从纸面跌落到地面，就变了味，走了形，俨然变成了勒在百姓脖颈上的一条钢索。

　　明末之时，天下大乱，莽夫李自成自封"闯王"，立志于坐拥天下。李自成率兵攻进北京城时，城里的老百姓站立大街两旁，鼓掌欢迎，并齐声高唱称颂李闯王的歌曲：盼闯王，迎闯王，闯王来了不纳粮。

　　不纳粮，就是老百姓"盼"与"迎"的理由。由此可见，不纳粮，在草根阶层的心目中，占据着何等重要的位置。欢迎闯王的歌曲，传递出了这样的信息：明代的捐与税，那是相当繁重的；不然，就不会出现老百姓在"不纳粮"神话的煽动下，对崇祯皇帝自缢于煤山无动于衷，却主动地打开城

◎ 耀州古城墙现存遗迹（东南角）

门，夹道欢迎闯王胜军的浩荡入城。

耀州城修建时究竟是怎么募捐的，因没有文字记载，实际状况不大明了。但有一点毋庸置疑，那就是肯定经过了募捐。刚组建起来的官府，仓廪并不饱满殷实，显然是无法拿出那么多粮款的。我估计，修城之时，全州的百姓都受到了鼓动，他们有钱的出钱，有粮的出粮，无钱无粮的就出力。一涉及到公共事务，大户们常常就成了被困于笼中，不得不忍受拔毛之痛的公鸡。这件事，拔他们三两根毛；那件事，又拔他们三两根毛。他们龇牙咧嘴，身上有点儿疼，心中有点儿怨，但牙齿一咬，咽口唾沫，嘀咕一句"消财免灾"，也就过去了。因为他们知道，官府是石狮子，他们不过是泥狮子，两者磕碰，自己注定会落花流水。重官轻商的年月，在官府面前，商人永远像蛋卷一样脆弱，不堪一击，哪怕他们家财万贯，哪怕他们叱咤于商贾，傍依于豪门。毕竟，他们还要经营，他们以及他们的子孙，还要在这块地盘上永久地存活下去。

当时的耀州，管辖三个县，人口算不上很多。要在这不多的人口中间，募集到这么多的粮款，征集到这么多的劳动力，免不了要发生冲突，甚至会发生流血事件。官府要抵达自己的目标，民众要捍卫自己的私产，双方的水火不容就不难想象。好在修建城墙，官意和民意，基本上能趋于一致，民众的抗拒，还不至于激烈到破釜沉舟的地步。官府与民众，有时候利益趋同，但更多的时候却是利益相左。民求生，官府求面子。耀州城墙的高耸，既是众生生存与经营之期盼，也是官府形象与政绩之需要。民众希望用城墙抵御野兽和劫匪，置自己于安全的境地；而官府要通过它，彰显大明王朝的繁盛，显摆地方官衙的威仪。当二者的需求趋向一致时，修建工程就会呈现"众人拾柴火焰高"的局面。

城墙，是一个一个小小的砖块垒砌的，但诸多的砖石层叠在一起，它便形若一部厚厚的线装古书，蕴含着丰沛而隐秘的内容，非一言一语能够穷尽。要解析它，阅读它，既需要炯炯之目，还需要睿智之心。

城墙是城池的封面

城墙是一座城池的封面。

耀州城的城墙，就是耀州城的封面。甚至可以说，它是整个耀州大地的脸面。耀州的雄阔，耀州的博大，耀州的志向，全都渗透于城墙的砖缝中，镂刻于城楼飞翘的屋檐上。

时间的血盆大口，生吞活剥掉昔日的一切，仅留下一些尚未来得及消化的残迹，供我们观瞻。耀州城墙，是耀州境内所有的遗留物中，最为刺目的一根嶙峋之脊骨。

耀州城墙屹立了六七百年，及至于我在耀州城教书时，它依然以残垣断壁的姿态，存留于世，从而使我有机会打量它，抚摸它，甚至翻越它。那时的它，

◎ 耀县宋塔龟蛇碑

◎ 耀县龟蛇碑拓片。

在年轻幼稚的我看来并非文物，而是一道屏障。

城墙的依稀尚存，显示的，不是岁月的仁慈，而是岁月的无奈。岁月即使再钢牙铁齿，也难以将城墙这样的庞然大物一口吞咽。但岁月并没有对城墙熟视无睹，它以它特有的贪婪，窥视着城墙，并伸出坚硬的牙齿，一点一滴地啃咬着城墙，从而使这座为耀州人津津乐道的建筑奇迹，渐渐褪去了光华，失却了威猛，像一头不可救治的病危老虎，等待着死神的彻底降临。

修建它时，据说，为了使它更结实更牢固，工头们可谓绞尽脑汁，想出了各种办法，其中之一是，当午饭或下工时，工头要往每一个被石臼砸出的土窝里倒上水，等复工后，他一个土窝一个土窝地俯身察看。一经发现某个土窝里的水有所渗透，有所减少，就证明这个土窝砸得不够瓷实，于是便要追究砸夯者的责任，并将其工钱予以扣除——这样的情节，来源于道听途说，不一定合乎事实。但可以肯定的是，工程的管理者，免不了要制定出极其严苛的施工规范，不然就难以保证城墙的坚固。

耀州城就像一幅画作，在构思这幅画的画面布局时，优先考虑的，还不是城墙，而是衙门。衙门是州城的中枢，也是州城的果核。果核摆放好了，搁置安稳了，才能围绕着果核织造果皮。城墙再雄伟，也不过是一张果皮而已。

衙门是城中之城。耀州衙门历经岁月的沧桑而岿然不动，既说明其位置之优越，又说明其风水之和畅。古人不是唯物主义者，不是无神论者，而是唯心的，是迷信的，坚信地脉天象的神力远远超乎人的能力之上。他们每动一锹土，都要诚惶诚恐地找来风水师，进行一番测试和掐算，以避免自己的铁铲稀里糊涂地铲下去，撞伤土地爷的神经，从而引来祸端。

耀州衙门驻扎于何地，甚至耀州城的布局谋篇，一半来自知州的主意，一半来自风水师的建议。在那个年代，看风水是一门职业，风水师的一句话，足以把已经吹响出征号角的千军万马，阻止于营帐之内。

耀州衙门踞于城阙中央，坐北面南，遵循着"天下衙门朝南开"的规训。耀州城身处的土地，貌似平坦，但不处于一个水平面上，呈现出隐隐的斜坡状，

北高南低。在一个高低有
别的分界线上，耀州衙门
像一尊威风八面的瘟神雕
像，并膝而坐，目视远方。
它的后方，是耀州城巍峨
的北城门，以及锦阳川和
夹击着锦阳川的东西土塬；
它的前方，地势越发地下
陷低洼，两条河在此交汇，
宝鉴山错位而耸；它的右
侧，是蓬蓬扎扎的民居；它
的左侧，是灯火阑珊的店铺。

◎ 二十世纪五六十年代的耀县人民政府门楼。明清时的耀
州州衙鼓楼始建于北宋天圣年间，明弘治五年（1492 年）
重新设计建为下有宽广台基、正中有门洞、台基上重檐
歇山顶的宏伟壮观的鼓楼，为耀州城的地标建筑（惜已
于 20 世纪 70 年代"文革"后期拆除）。

　　衙门宛若一座袖珍城池。围绕四周的，是一道高耸的城墙。城墙方方正正，
面目铁青，一眼望去，仿佛一个铁盒子，给人以密不透风的感觉。城墙遮掩着
衙门的秘密，渲染着衙门的威仪，但同时也把衙门像囚犯一样地予以封闭囚禁。

　　衙门是一个舞台，每天都在上演着各种剧目。于大庭广众之下的舞台不同，
衙门里的演出，没有观众，也没有掌声，一切皆源于日常的自编自导自演。一
般的民众，即使与衙门院墙贴着院墙，相互为邻一辈子，其双脚未必就能轻易
跨进衙门铁铸的大门。民众畏惧着衙门，躲避着衙门，因为衙门在他们的臆想
中，凶神恶煞，仿佛烫红的烙铁，靠得过于近，容易被烤焦。一旦有衙役找上
门来，十之八九都不是什么好事——不是偷逃了税款面临刑责，就是遭人告发
要去厅堂受审。

　　衙门的门洞，像隧道一样幽深。门洞顶端，修筑着阁楼。阁楼气势夺人，
里面的卫兵，荷戟肃立，警惕地睁大着双眼在瞭望。衙门的两旁，各蹲一座巨
型的石狮。石狮昂头散发，怒目圆睁。石狮之旁，还笔直地站立着把门的衙役。
每一个进出衙门的人，都要受到衙役的苛刻盘查。

　　"天下衙门朝南开"，只是一个完整意思表达的上半句，下半句才是真正的要害，那就是"有理没钱莫进来"。这些在民间广泛流传的熟语，诠释着民众对衙门的看法：衙门是认钱的，不是认理的。衙门之门，唯有金钱，才能将其叩开。百姓对衙门的一知半解，以至于出现对衙门认知的偏颇，情有可原。但"有理没钱莫进来"之说，却也非空穴来风。

　　撇开那些正襟危坐的官吏，即使一个把持大门的门卫，就已把"有钱"和"没钱"的不同待遇，演绎得淋漓尽致。古人的袖筒很长，能将人的手完全掩藏。拖拖拉拉的袖筒，人不论干起活来，还是写起字来，估计都不会那么方便。然而，古人何以要自寻烦恼，把袖筒缝制得如此烦琐呢？古人的衣饰层层叠叠，长长短短，不删繁就简，而是去简就繁，依我的理解，恐怕与古人观念之保守相系，也与古人日常生活之需要相关。古人的隐私观念，远远强于今人。他们在大自然面前，在权力面前，都处于弱势地位。弱势者保全自己的最佳方式，就是蜷缩起来，不对别人构成威胁，从而降低或解除他人因误会而给自己带来的威胁。把皮肤藏起来，把隐私裹起来，就连手脚，都要放进密不透风的袖筒里和袜子里。这种着衣习惯，其实是精神蜷缩的外化与表征。但长袖筒自有长袖筒的用途，比如要进衙门的大门，袖筒便成了遮人耳目的掩体。

　　不要说相对较为古远的明清，即使是二十世纪二三十年代的民国时期，百姓想跨进衙门的大门，还是要颇费一番周折的。村里不止一位老人——包括我父亲——都给我讲过如下的情节：谁若想去衙门办事，必先在袖筒里藏匿一些小玩意，或一两个"袁大头"（北洋时期的货币），或一两包纸烟，最差的，也要携带一小袋小米、红豆、柿饼之类的土特产。见到那些把门的，手不出袖筒，给这个的袖筒里暗暗地塞一枚钱币，给那个的袖筒里悄悄地塞一包纸烟。把门的收到贿赂，眼珠子一转，嘴角一扭摆，行贿者便心领神会，明白自己可以迈开步子放心大胆地入内了。把门的总是不苟言笑，一本正经，但旁观者皆知他们都是些"吃货"。靠山吃山，靠水吃水，他们背靠衙门的大门，就吃定了大门。

　　一个态度蛮横的店小二，可以让一座酒肆倒闭。同样的，一个索取贿赂的门卫，足以让衙门在公众心目中的形象，一落千丈。公众不一定能接触到知州，但轻易就能接触到门卫。他们正是通过对门卫这扇窗口，来推测衙门之中官吏的样态的。

客观而论，古代的官员，整体道德水准还是比较高的。政权建立之初，出于犒赏有功之臣，出于平叛之需，朝廷会委派一些刚刚从马背上跃身而下的人奔赴各地为官。这些人多为莽夫，英勇善战，但不一定就有治理之才。但伴随政权的逐步稳定，科举制度的恢复，朝廷选拔人才，再也不是看谁能射箭策马了，而是看谁读的书多，谁的文采更略胜一筹。被命名为州官的，很多都是进士，最少也是省考选拔的举人。这些被科举的筛子一遍遍筛选出来满腹经纶的精英，当然也不乏南郭先生混迹其中，但他们整体的精神素养，普遍要比常人高出几许。

科举考试，说透了，就是八股文作文比赛。面对一张作文试卷，沿袭一定的写作套路，在文中塞满诸子百家的经典名言，只要有些许的真知灼见，且文采斐然，就能中榜中第。这种千军万马过独木桥的选拔人才机制，其路径，无疑显得过于单一，因此屡遭诟病，似乎也在情理之中。但退一步讲，在没有更多选择的情况下，科举也不失为一种选拔人才相对合理的机制。科举制度从隋朝确立，绵延至清末慈禧太后将其废除，时间跨度长达千年，说明它并非一无是处。

科举制度，让众多饱读经书之人，从寒门陋室，像搭载火箭一般脱颖而出，一夜间就跻身于上流阶层，并享有万众可仰望而可不企及的荣华富贵。这些被选拔出来的官员，个个都学富五车，人人皆出口成章。重要的是，他们由于在儒学的经典里浸泡许久，耳濡目染，早已在自己的心中，竖立起了纵横交错的道德栅栏。这些栅栏，也许看不见，摸不着，却也真实地存在着。栅栏，就是我们常说的清规戒律，也就是一个人所要恪守的行为准则。在诸多的栅栏中，最为醒目的那一根上，横竖刻有"道德"二字。

栅栏是用于约束自己的。一般而言，读书与道德是互成正比的。读书越多，道德水准越高，相应的，心里的禁忌就越多。"礼义仁智信"这几个字，仿佛铁铸那般，镂刻于读书人思维版块中，牵引着他的一举一动，捆绑着他的一言一行。我相信大多数读书人，都很在意于自己的名节，都很在乎于自己的脸面，他们为官一任，至少是有着造福一方的原始初衷与浓郁情怀的。

受明朝的《明会典·官员礼》——相当于现在的行政法规之类的要求，新官上任之日，要被引导着，在衙门的仪门前下马。于是耀州的官衙里，也建起了相应的仪门。凡前来耀州任职的官员，必须下马脱帽，从仪门姗姗入内。跨过门槛，前行数步，就与一座木制的牌坊迎面相遇。牌坊叫"圣谕门"，其意

◎ 东大街有建于明清时期的两座石牌楼，东西遥相呼应，分别被称为"父子御史"牌坊和"御史坊"，均为城东官宦世族左氏家族左建。现存的"御史坊"为四柱三门五楼式石雕牌坊，高十多米，构件采用磬玉石材精雕细刻而成，图案精美，造型宏丽，高大雄伟。1971年，因城市改造，父子御史牌坊被拆，主要构件埋葬在药王山附近。

在于提醒官员，作为臣子，永远不要忘记圣君的谆谆教诲与忠告。圣谕门下，放置有一块大石碑，名曰"戒石亭"。戒石亭上，刻着朝廷颁布的戒律，以此来警告官员要严于律己，切莫激上怒，也切莫犯众怒。戒石亭上的话，言辞铿锵，有振聋发聩之效："尔俸尔禄，民脂民膏，下民易虐，上天难欺。"

有心中的道德律紧束，有圣谕萦绕于耳旁，有刀刃般的戒律悬于头顶，我相信大多数官员，在就职的初始阶段，均能够做到自我检视和自我克制。他们中的绝大部分人，或多或少，或浓或淡，都有垂名于青史、荣耀于万世的心理悸动，不甘于碌碌无为，不甘于离任后让人手戳脊梁骨。人活一世，草木一秋，在短暂而匆忙的人生旅程中，不能留身于百岁，却能留名于百世，也不枉来人世游走了一遭。否则，焰熄灯灭，活着时哪怕风光无限，终会化为缥缈

◎ 2010年，耀州区政府将主要构件挖出重组，该"御史坊"为四柱三门五楼式石雕牌坊，全部构件采用磬玉石材，精雕细刻。"二龙戏珠""丹凤朝阳""御史出巡""凤凰戏牡丹""狮子滚绣球""松鹤长寿"等图案内容配合建坊主题。人物服饰，车马仪仗，飞禽走兽，植物花卉等，采用了圆雕、浮雕、镂空等技艺。

◎ 御史坊（局部）。

的灰尘。

很多官员节衣缩食，致力于架桥修路，开办学堂，修整寺院，甚至将自己的功绩，刻于石碑，目的都在于使自己雁过留名，水过留痕。

比起官员的谦和与内敛，吏却骄奢与蛮横得多。官吏二字，经常如胶似漆地并列着，但实际上，官是官，吏是吏。官来自朝廷的委派，吏来自地方的招募。官是读书之人，吏就不一定了。吏是一个鱼龙混杂的群体，素质参差不齐，胃口大小不一。很多吏，字不识一斗，理不明一寸，却招摇于集市，横行于田陌。吏大多属于食禄者，他们知道自己即使再努力，也进不了史册典籍，于是就以"过了这个村，就没有这个店"的心态，能捞则捞，能夺则夺。

衙门脸上的黑斑，有很大一部分，都是吏涂抹上去的。老百姓分不清谁是官，谁是吏，在他们看来，他们皆出入于一个门洞，同为一丘之貉。

七彩御史坊（成欣　摄）

◎ 御史坊西大街建有明关中布政分司署衙（现诚基公司所在地）。清乾隆年间（1757年）在其旧址迁建文正书院（以宋代曾任耀州知州的大文学家、世称范文正公的范仲淹之名命名），成为清代耀州的最高学府，为耀州培养了一批批杰出人才。

城壕是一座不是戏台的戏台

　　耀州城街道的形状，本应像一个十字架，但因衙门端坐中心而不得不使北街的位置，朝东偏移了五十米，与南街有所错位。四条大街，除了北街的北段，都像四根射线，从东西南北的城门起始，笔直地向正前方射去，在衙门之前交叉，形成了一个类似于纳粹图标的十字路口。这个有点歪扭的十字路口，为整个城区的心肺地带。十字路口以北，是北街；十字路口以南，是南街；十字路口以东，是东街；十字路口以西，是西街。东西南北四条大街，构成了城区的主要骨架。在骨架之外，还有四条大巷子，其状颇像镜框，相互连接与串通着，镶嵌于城市的腹部。每一条大巷子里，又有无数条窄窄的小巷子，像枝蔓一样，纠纠缠缠。每一条小巷子，甚至每一个门厅内，都拥挤着若干户人家，这家的屋檐与那家的屋檐像牛角一样地相牴，那家的杂物羁绊着这家人的出入；那家的鸡卧进这家的鸡窝里孵蛋，这家搭晾的女式内裤羞红那家小伙子的脸庞……人们就那样耳鬓厮磨地拥挤在一起，吃喝玩乐在一起，杂乱而又秩序井然，貌似亲密无间却也难免矛盾丛生。

　　相较于平民居住区的简陋与低矮，衙门与城墙的建筑，就显得无比地恢弘高大。每个城门之上，都耸着城楼，并傍有箭楼。城楼是镇城之楼，箭楼是守城之楼。城楼是象征之物，其主要用意，在于昭示一座城市的鼎盛与虚荣，因此，城楼上雕梁画栋，屋檐飞翘，极尽可能地让其流荡文化的柔情蜜意。但箭楼则是实用性的，属于军事设施，其主要用途是驻扎兵马。在城垛上站岗放哨的士兵，换岗之后，就回到箭楼休息。箭楼里，弓箭挂满梁，马刀并排竖，弥漫着一股萧杀之气。城墙的外侧，是一圈壕沟。这些壕沟，是修建城墙时就近取土留下的。如果有水注入其中，便形成环绕城墙的一条水域，人们称其为护城河。城墙是一道障碍，护城河又是一道障碍。当外敌攻来时，抽掉护城河悬桥上的木板，辅之以城墙上的万箭齐发，在冷兵器时代，敌军想要攻进城内，绝非易事。

但耀州的城壕一直未能变成护城河，这倒不是因为耀州缺水，而是与耀州在华夏版图上的战略轻重有关。耀州毕竟不是大都会，只是区域里的一个小城邦。它或许能受到一小股土匪的青睐与滋扰，但大股的部队，全然不会为夺取它而殊死一战。耀州的寂寞，恰是耀州的幸运。这等情况，犹似其貌不扬的女子，尽管鲜有人问津，却也无是无非。当美女不堪骚扰之时，丑女或许还正在为自身的安然无恙而偷笑。耀州没有成为虎狼眼里的肥肉，这使它避免了很多场腥风血雨。基于此，耀州就没有必要给城壕里注水，有城墙这么一道护身符，已经足够。

城壕龟缩于城墙之下，裸露着自己开膛的肚皮。阳光照射下来，城壕毫无遮拦地晾晒于太阳之下。日久天长，城壕的功能被偷梁换柱，转化成了城市的垃圾场。有人将破衣烂裤扔进去，有人将菜叶剩饭倒进去，有人往里扔死猪，有人往里抛死鸡，还有死了孩子的人家，给孩子裹张席子，趁着夜色，将其偷放于其中的某个角落——那个年月，孩子的死亡率相当高。一场流行性肺炎，或一场流行性感冒，都能像收割机轰隆而过一样，将一茬茬的孩子，像收割麦秆那样硬生生地收走。十个孩子中，有五六个活下来，已算相当不错了。因此，每个活着的人，都堪比幸免于难的漏网之鱼。由于死亡率居高不下，耀州境内就辟有专门抛弃死婴的场所。沿着锦阳川北行，直抵川道的尽头，有一个名叫苏家店的村子，就是过去抛扔死婴的地方。苏家店的原名叫"死娃底"，据说，锦阳川，以及东西两塬，谁家有婴儿死了，都会抱到那里抛扔。"死娃底"位于我的家乡麻子村东坡之下的背阴处，村民们一讲起"死娃底"，就满脸惊骇，说那个地方是个死娃坑，鬼气很重，一到夜里，就有若隐若现的啼哭声响成一片。老鸦像乌云一样，成群结队地围绕着"死娃底"翻飞盘旋，黑压压的，发出令人毛骨悚然的凄厉哀鸣……依我之猜想，"死娃底"的形成，很有可能来自于官府的划定。死娃太多，没有得到有效埋葬，于是弃扔得到处皆是。尸体腐烂后，不但散发出使人窒息的气味，而且还极易引发传染病的肆虐，于是官府就以布告的形式，责令民众将自家的死婴，扔向一个较为固定的场所。"死娃底"地处锦阳川最北端的夹缝中，四周土塬层叠，人烟稀少，恰好可以用来接纳死婴。

往城壕里偷扔死娃，显然是不守规矩的表现。那些死娃，连同死猪死鸡，一到酷夏，滋生出无数的蛆虫，繁殖出无数的蚊蝇，并招惹得老鸦垂涎，孤狼出没。城壕散发的臭味，弥漫了整个州城，让一个本该清雅的水岸小城，变得污秽不堪。紧挨城壕居住的居民，活得很不舒坦之际，就联名上书官府，请求整治。官府张贴告示，并派出了一队衙役，手提棍棒，日夜巡视，才使乱抛乱扔的势头，得到些许的遏制。据说，衙役捉住某个犯规者，不问三七二十一，劈头盖脸先是一顿暴打，接着，把犯规者捆绑至衙门前，在众目睽睽之下，进行鞭笞——新加坡的刑罚鞭笞，大概是受之于中国古代刑罚的启发。中国古代的刑罚，极其非人道，皆以摧残犯人的肉体为主要内容，刖足，刖手，摘眼珠，割舌头，烙铁烫肤，夹板夹头，剖腹取胆，乃至于胯下阉割。相较而言，鞭笞是刑责里最轻微的一种。百般地折磨人的肉身，如同"项庄舞剑，意在沛公"那样，其终极目的还是着眼于人在疼痛难忍时，意志得以消解，精神得以垮塌。

然而，衙役数量毕竟有限，也没长千里眼，于是禁令难以得到有效执行。一到晨曦尚未泛白的早晨，从各个小巷里猫腰而出的人，依旧在往城壕里抛扔杂物废品。尤其是很多素质更为低下的人，将城壕简直当成了公共厕所，不但拎着尿盆往里泼尿，而且自己解开裤带，就势蹲了下去，在此便溺。那个年月，没有公共厕所，于是一切公共场合，都能转化为公共厕所。小地方如此，大地方也好不到哪里去。从西方传道士拍摄的老北京的照片中，我们可以看到，在北京故宫墙壁的外侧，在皇帝的眼皮底下，每天早晨，都有数不清的京城男女，裸露着白晃晃的下半身，蹲在墙下舒缓内急。

中国人历来把吃穿看得很重，乃至于民间口口相传着这样的顺口溜：人生在世，吃穿二字。但却瞻前不顾后，对后续之事，漠然置之，与西方人恰好形成了对比。西方人对卫生间的在乎与在意，超过了厨房。吃可以简单，穿可以随便，但卫生间内的环境，却绝对含糊不得。中国人疏忽于卫生间，不等于就没有解决内急的办法。其中之一，则是依赖于夜晚放到炕沿旁，白天塞入柜子下的尿盆。尿盆在生活中，扮演着一个异常重要的角色，几乎家家皆备，人人皆用。

往城壕里扔东西，很容易伤及无辜。一个铁勺头扔出去，有可能砸得某个人额头开裂，鲜血淋漓；一盆尿泼出去，很有可能浇湿某个人的头发和衣领，引来一阵席卷几辈人的粗野叫骂。城壕并非是空空荡荡的无人区，有时候，它简直就是一座隐形舞台，各色人等潜伏其中。除了那些把城壕当厕所的人之外，还有更多的人，依偎于城壕，栖身于城壕。有人扔废品，就有人捡废品。衣着褴褛的拾荒者，像蝗虫一样，在城壕里游荡刨挖，见到啥捡啥，连发丝都不放过。因为，在耀州城里，就开有专门收购头发的商铺。还有那些逃荒者，他们从百里或千里之外，携家带口，一路乞讨而来，早已脚肿腿困，疲乏不堪，自然就把城壕当成临时的避难所。有的逃荒者，只是把城壕当成驿站，歇两天，又继续上路北行；但有的逃荒者，看到锦阳川一派繁盛富庶，干脆就驻扎了下来。他们在城壕里挖窑钻洞，铺床架锅，把城壕当成了自家的庭院。清朝末年，耀州城发生过洪灾，致数千人丧命。对于此事，史书鲜有提及，但民间却有着口舌之传。传说中，城壕被洪水淹没，汹涌的洪水将城壕里的隐藏之物全部托举而出，致使水面上漂满了各种物件：扫帚、布片、木瓢、马勺、风箱、门板、破木条、破被褥、破窗棂等。其中，最多的还是尸体。那些老老少少的尸体，横七竖八地浮游着，竟至于堵塞了河流的出口，使河流回旋倒流。

在诸多的尸体中，人们最为惋惜的，是从中发现了小白花。小白花身上的衣服，被洪水剥掉，裸露着白惨惨的躯体。众人发现，她尽管在水中已经浸泡了一天一夜，但涂抹于嘴唇的口红，却不减其色。那抹口红，像一弯彩虹，俨然固化为她的身份标识。

　　小白花原名为甚，众人皆不大明了。但提起小白花，当时的耀州城居民，几乎人人都能道出一二。小白花生长于西安府的郊区，自小家贫，却爱唱戏，并跟随乡村的戏班子，走南闯北地进行演出。曾几何时，老佛爷慈禧被迫西逃，在西安府的北院门和南院门苟且偷生，凤凰落于鸡架。慈禧寂寞难耐时，总爱去剧场看戏。但自小耳孔里灌满了京腔京韵的慈禧，并不钟情秦腔，只是把观赏秦腔戏，当作消除内心苦痛的止疼药。有一回，慈禧去泾阳探望新认的干女儿安吴寡妇——在朝廷面临各种危机之时，声名鹊起的成功商人安吴寡妇，向朝廷捐献了大把大把的银子，讨得慈禧的满心欢悦，慈禧因此而对安吴夫人嘉奖封侯，并认安吴寡妇做自己的干女儿。攀附权力，永远是商人走向成功的一条捷径。秦商和晋商，单就其当时的经营规模和商业成就而言，难分伯仲。但晋商在历史上的影响力，却远大于秦商，原因就在于晋商更擅长于走"上层路线"，而憨厚的秦商既不谙此道，亦不屑此道。慈禧用来镇压义和团的银两，以及对外的庚子赔款，很大一部分就来源于晋商的慷慨解囊，晋商当然也从皇家大手笔的采购中，捞得锅满瓢溢。当晋商们纷纷赶着载满货物的马车往京都的方向疾驰，并跨进宫门，与宫中的重臣眉来眼去之时，满足于小富即安的秦商，却将赚得的银两，用布囊包裹并驮回家里，将其装满一个一个的瓷罐，然后埋入自家的后院，过起了"孩子老婆热炕头"的悠然生活。秦商与官府的疏离，使自己在历史的典册中暗淡无光，几近于消失无踪。与此形成鲜明对比的是，晋商大放异彩，红得发紫。然而，成也萧何，败也萧何，晋商由于与宫廷靠得太近，过于如胶似漆，难免会卷入权斗的漩涡。利益与风险同床共枕，荣华富贵与一败涂地仅有分毫的距离。

　　慈禧在酒足饭饱之际，财大气粗的干女儿安吴寡妇，请来风靡关中的池阳戏班，为慈禧助兴。小白花尽管才年方十五，却已是池阳戏班里的台柱子。她一扭身，一甩袖，一眨眼，一颦眉，皆有板有眼，仿佛蝴蝶恋花，蝌蚪戏水，给人以蛇舞云飞的美意。慈禧看得嘴角含笑，眉毛斜翘，不断地用手指掐拧干女儿的胳膊。演出结束，慈禧走上前去与演员们攀谈。演员们齐刷刷地跪了下去，向她行跪拜之礼，并高呼谢主隆恩。礼毕，慈禧特意拉住小白花的嫩手，问她可否愿意进京入宫？出乎在场者的意料，小白花竟然摇头说不。问其故，小白花说它舍不得离开父母，她要赚钱养活父母。慈禧笑了笑，拍拍她的肩膀，夸她不但戏唱得好，还是个孝子。

父母之命，媒妁之言，小白花三岁就与人订了娃娃亲，从而为因断炊而急得头长牛角的父母，换回三石六斗粮食。十六岁那年，她正式成婚，与一个自己怎么也喜欢不上的男人结为百年之好。在新婚之夜，小白花谎称去门外上茅厕，却拉开门闩，在狂犬汪汪的吠叫声中，迈动两只土豆般的小脚，踉踉跄跄地逃离了村庄，自此，对于她那苦命的夫婿来说，她宛若黄鹤一去不复返、泥牛入海再无消息。她一路乞讨，一路疾行，在一个耀州脚夫的引领和协助下，来到耀州，并在城壕里暂且栖身。时间一晃，六年便悠悠而去，直至她被洪水吞噬为止。

小白花的主要生计，来源于唱戏。她天生一副好嗓子，其唱腔婉转抑扬，宛若百灵鸣啭。小白花的演出，有着相对固定的地点，那就是衙门前的那片空地。衙门前原有一个铁匠铺，店主是个戏迷，是他最初发现了小白花，并把小白花吆喝来的。一到下午四五点钟，铁匠铺就关门打烊，把门前的场地预留出来，等待着小白花前来一展戏喉。唱着唱着，由于观者云集，场地窄小，店主干脆拆除了铁匠铺，当起了坐地贩子。小白花扭摆唱戏间，店主捧个瓷碗，绕场一周又一周，不断地躬身作揖，向看官们索要钱币，一枚两枚不嫌多，一文两文不嫌少。等戏唱完了，落入瓷碗的钱，店主与小白花平分。

夜幕降临，州城里漆黑一片，唯有大户人家门楼上高悬的汽灯，还透射出丝丝缕缕的亮光。小白花站在黑乎乎的夜里，扯长嗓音，如泣如诉地唱着《周仁回府》与《三娘教子》之类的片段。人们看不清她的模样，却都陶醉在她唱腔里，脊背发凉，骨头酥软，似乎要被她那甜美的嗓音融化。一些观众想看清小白花的脸庞和动作，就端来自家的菜油灯，高高地擎起。灯焰被风吹得歪歪斜斜，忽明忽暗，但这些油灯，总算能给那委婉哀怨的曲牌，增加一丁点的亮色。当然，遇到月亮高悬，情景就会大为不同。小白花轻轻盈盈的扭转飘拂，都能看得真真切切。

有时候，众人聚满了衙门前，翘首以待，却总也不见小白花露面。有人跺脚之余，跑到城壕去叫，却吃了闭门羹。只见那孔插着几根枯花和艾蒿的小窑洞，屋门垂吊着一个大铁锁。来人砸门吼叫，窑内却无人应答。转身跑回来寻找铁匠，铁匠也不见了人影，不知所踪。人们喊喊叫叫，骂骂咧咧，仿佛看不到小白花的演出，犹如瘾君子不抽一口白粉那样，难受得无法忍耐也无法入眠似的。就在人们喧嚷之时，有知道内情的人路过这里，挥扬着手，叫大家回去，回去快钻热被窝去！小白花肯定来不了，就别再等了，别再等了，等也是白等，熬到天亮也是枉然！小白花被胡老三请去了。胡老三今天给孙子过满月，要唱一天一夜的戏。胡老三是有钱人，一甩手，就赐给小白花两锭银子，外加一件绸缎袄。

事实上，小白花的大部分收入，皆仰仗于为富人卖唱。给大众演出，那叫扎点；给富裕人家演出，那叫赶场。在衙门前摸黑演出，即使挣断喉咙，也讨不了几个零钱；但去富裕人家，情景就大为不同。富裕人家都有着显摆的欲望，这种欲望的实现，除了身体的披金戴银、房舍的高大气派外，还要在为逝者送葬、为子孙成婚、为年迈者祝寿、为年幼者过满月等一系列过事中有所体现。甚至，盖房封顶，搬家庆典，以及儿孙中榜等等，都要大肆张扬，唯恐左邻右舍有所不知。每每有事。他们都会邀请艺人来烘托场面，奏乐的奏乐，唱戏的唱戏，杂耍的杂耍，一番热热闹闹，一场欢欢喜喜。富人当然也并非铁板一块，有慷慨的，也有吝啬的；有摔钱如摔纸片的，也有掏钱如刀剜肉的。遇到大方者，小白花高兴；遇到小气者，小白花也不生气。小白花清醒地知道，自从迈着一双三寸金莲，逃离渭河南岸的那个村子起，夫婿一定在发疯地找她——婚姻是一桩隐形的买卖，夫婿家赔了夫人又折兵，他们如何能就此罢休？况且，按当时的观念，她活着是夫婿的人，死了是夫婿的鬼，弃家逃婚，那是严重的伤风败俗，大逆不道。已斩断后路的小白花，哪怕面对凌辱，也只能忍声吞气，不敢有任何争究。钱多钱少，对于不打算续后的她，已变得毫无意义。

然而，树欲静而风不止，想安稳，未必就能真的安稳。小白花唱戏声名大震后，耀州城里的街痞混子，岂能对她熟视无睹？他们裸着上身，吹着口哨，一拨一拨地前来滋事，这个在她的乳房抓一把，那个在她的臀部踢一脚，还有更猖狂的，竟肆无忌惮地用剪刀剪断她的裤带，拽下她的内裤。凡此种种，常常搅扰得她不得不中断唱戏，捂住脸蹲在树下呜呜呜地悲哭。街痞中的大哥，绰号王八九，言外之意是，他是八两秤，脑子缺斤少两，异于常人。王八九长得蛮头蛮脑，一老翁高，两老翁粗，力大无比，因在街头肉搏中，将横行于耀州的黑道头子许大锤的脖子差点儿扭断，从而声名鹊起，并成就了自己在耀州江湖界的霸主地位。王八九早就放出话来，说小白花归他私有，任何人都不得染指。终于有一天，王八九带来一帮人，并牵来一匹黑白相间的高头大马，执意要把小白花劫持而去。

就在王八九与小白花纠缠之时，观众中冲出一个鲁智深一般的壮汉，手抡板斧，一斧头下去，王八九的头上就现出了一个血口子，汩汩地往外喷血。王八九栽倒在地，众兄弟们见状，慌忙抬起他，赶往春岚堂救治。攸关小白花命运的危机，因这一板斧，暂时得到了解除。

抡板斧的人，在耀州的地盘上，也算得上赫赫有名。他小名曹娃子，外号黑皮。黑皮实在是太黑了，皮肤宛若刷了一层黑漆那般。黑皮长得五大三粗，又跟随拳师安老虎练过几年拳脚，因此，也是一个谁也不敢惹的角色。重要的是，黑皮刚从京城回来，怀里还揣着一张盖有皇帝玉玺的嘉奖证。有这张证书撑腰，黑皮出入县衙，衙役根本不敢阻拦他。就连知州，见了黑皮，也得和颜悦色，不然，黑皮一巴掌下去，就能将他桌子拍烂。

然而，黑皮其实是个逃兵，他之所以遗鞋掉帽地逃回耀州，是因为领教了火枪的厉害。黑皮原只是一个倒腾狐皮熊皮的长途贩子——他的父亲，以及三个兄弟，钻进深山里打猎。狐狸和黑熊等被打死后，驮回城里，经剖腹、剥皮、清洗等工序，将晒干的皮囊扎成捆，让黑皮带着他去天津的港口一带贩卖。

黑皮虽然长得黑，但他绰号的来源，却与肤色无关，而是因为他在倒腾熊皮。熊皮比黑皮的肤色还要黑，和老鸦的颜色近似。

天津有人通过小船，将动物皮偷偷运往日本，因此，在天津的黑市上，动物皮不但出手快，而且价位奇高。黑皮在天津住旅馆，与一帮肩扛长矛的男人相遇。那些人来自齐鲁半岛，宣称要去京城赶尽杀绝红毛子。黑皮意识到，自己遇到大名鼎鼎的义和团了。对于义和团，黑皮只是听说过，却从未见过。传说中，义和团个个神奇无比，全身的每一个器官，甚至每一个毛孔，都是杀人利器：隔千山万山，一个意念就能让对方瞬间毙命；隔无数条河，眼睛一眨，瞳孔喷出的气息，就能让对方倒地；隔一座城，往空中唾一口唾沫，舌尖的毒液便会飞向对方的脑门，致对方的手脚抽搐，翻起白眼……很快，黑皮就和这些人混得烂熟。经不住他们的鼓动，黑皮也掺和了进去。但半年后，黑皮却临阵脱逃，溜之大吉。历经跋山涉水，狼狈不堪的黑皮，连滚带爬地爬进故乡耀州城的城门。返回耀州的黑皮，一点儿都没有凯旋的豪情，反倒是精神萎靡，茶饭不思。经家人再三打问，才知他在义和团时，常口服一种黑乎乎粉末状的药沫。这种药一喝，人就像酩酊大醉一般稀里糊涂，昏昏沉沉，呵欠连天，走起路来仿佛是在打醉拳，对外界的反应异常麻木——即使刺刀刺向胸膛，也不知避让。

黑皮给人讲起义和团，满脸的不屑，说什么刀枪不入，什么意念杀人，什么舌喷毒液眼喷火，那都是哄鬼哩！明明就是一帮子讨口饭吃的流民，有的练了几天拳，有的没练过，但个个都自我吹嘘，说什么刀枪不入，说什么铁打铁铸的。就能吹，就能装！装吧，猫装老虎蝇装蝶，装啥呀装的？

黑皮还说，他亲眼见到，洋人的一梭子弹飞来，撂倒了距他不远处的六七个团员。算他命大，子弹擦肩而过，仅因差之毫厘，他才躲过一劫。但正是这一梭子弹，吓得他魂飞魄散，促使他下定决心要当逃兵。不离开，迟早都是一死，只是就看死在谁的手里了——不死在洋人手里，也要死在老佛爷的手里。

黑皮的话后来还真的得到了验证：老佛爷最初给义和团撑腰打气，包括给每一个团员颁发嘉奖证，希望假借义和团之手，彻底铲除洋人之患。但义和团的所作所为，非但没有赶走洋人，却惹恼并招引来了更多的洋人。眼看干不过洋人，宫廷免不了内部分裂，来一番主战主和的唾沫较量。作为主战派的老佛爷，在屡屡碰壁且意识到不和则亡的现实后，只好转而媚笑着讨好洋人，并祭出义和团殉葬。义和团中的大多数人，不是死在洋人的枪炮中，而是死在老佛爷的屠刀下。可怜那帮吃了石头铁了心的苦命人，至死也许都未明白，依他们衣着之褴褛，面目之颓唐，地位之卑微，根本无法充当老佛爷的掌上明珠，不过是被她利用和戏耍的猴子而已。

有黑皮的暗中保护，小白花的日子相对好过了一些。坊间议论说，黑皮保护小白花，那也是黄鼠狼给鸡拜年，目的在于吃鸡。这样的话一经传入黑皮的耳孔，黑皮便指天发誓，说自己是个戏迷，只是希望天天有戏看，有戏听，别的啥也不图。

耀州那时也有戏班子，名叫春阳戏社。但该戏社受之于某大户人家的供养，自然也就听命于这户人家的使唤。七八个人，三五个道具，仅限于在这户人家的私人戏台上演出。唯有接到知州的手谕，大户人家知道胳膊拧不过大腿，才肯网开一面，让他们的大脚小脚，从高高的门槛里跨出。不过，他们走出一道高墙，转身又进了另一道高墙。高墙，将戏社重重围困，从而使这些演员的面目，犹如隐没于庐山的云雾里，一般的老百姓根本无法清晰地目睹。

一场特大暴雨，持续下了六七个小时，把城壕变成了一座水汪汪的蓄水池，也残忍地将一朵娇艳的小白花连根拔出，于是有人在哭，也有人在笑。笑的理由是，随之而来的泄洪，使奔涌的洪水宛若给城壕洗了一次澡，那些多年沉积的污垢，得到了彻底地清除。自洪水之后，再也无人敢在城壕里居住了。

小白花离去后的若干年里，耀州城里的戏迷们，都回不过神来，心里空荡荡的，无法打发寂寞的长夜。暮色降临，州城一片黑灯瞎火，唯有偶尔响起的一声狼嚎，才能划破深夜的寂寥与空旷。

吃全羊，还是吃羊肉片

耀州城的四个城门，都有自己的雅名：北门名曰寿门，南门名曰雍门，东门名曰丰门，西门名曰远门。北城门、南城门，与位于城中的衙门，遥相呼应，形成递进式的三点一线，放眼望去，蔚为壮观。

衙门构成了耀州城的白菜心。但白菜心之外，除过一些带有书卷气也带有官府烙印的庭院，比如文庙、学堂以及寺院等，便是市井和民居了。比起官衙的一本正经，市井无疑显得随意了一些，潦草了一些，凌乱了一些。

官衙是官吏们的舞厅，而市井，则是百姓后院的储藏间——储存着他们的生计，也储存着他们的梦想。

耀州城的商业，主要分布于四条大街。大街的枯荣，犹如潮水，有起有落，并不恒久。明清时期，最为繁华的街道是南街，其他街道则相对冷清。繁盛与冷清，是由人的多寡决定的。人众则盛，人寡则衰。南街之所以繁盛百年，在于那个时候，西塬通往城里仅有的那条土路，正好对准南城门。从西塬上进城的人，或隶属于州府管辖的富平一带来的人，毫无例外，都要从南城门进出。于是，南街的店面就密匝而喧闹了起来。卖盐的，卖醋的，卖糖的，卖纸的，卖墨的，卖火纸的，卖花圈的，卖狗皮膏药的，甚至卖春的等等，都在此扎点设摊。每逢赶集的时日，南街人潮涌动，熙熙攘攘。

那个时期，商业尽管关乎人的生计，但商品的种类并不繁杂，只是在人生活的简单需求上有所供应。油盐酱醋茶中，盐是不可或缺之物，因此，谁能垄断某个区域里盐的销售，谁一定富得流油。然而，盐的营销权，却牢牢地掌控在官府的手里。也就是说，谁想在盐中刨金掘银，必须得到官府的许可。一番求爷爷告奶奶的奔走打点，获得一张盖有官府大印的木匾，才可以堂而皇之地开店营业。

中国民间很早就有"黑市"之说。与"黑市"对应的，就是"白市"。按字面的意思，"白市"就是白昼的集市，而"黑市"则是黑夜的集市。白昼的集市不难理解，而"黑市"却容易让人犯起嘀咕来：在那样一个没有电灯，甚至连蜡烛都没有的年代，难道黑夜里还有集市？是的，黑夜里确实有集市。黑夜里的集市就躲藏于黑夜的某个角落，每一个进行交易的人，都竖着耳朵，左顾右盼，像做贼一般，唯恐被官府的人捉拿去吃官司。黑市上的活跃分子，都是那些未取得"合法"经营身份的人；所流通的商品，基本上也都是些自产自销的小物件，未经官府的查验。官府最初对"黑市"进行过严酷打压，但效果并不理想。那些黑市，今日取缔，明日复萌，像野火烧不尽的春草，总是若隐若现地浮游于城市的某个街巷。时间久了，官府也就疲惫了，只好睁一只眼闭一只眼，听之任之。官府里的人也知道，于百姓的日常生计而言，"黑市"并非一无是处，它无疑是对"白市"的补充。一旦遇到天灾，"白市"的货架上可能空空如也，但"黑市"上却是琳琅满目。原因在于，同一件商品，"黑市"的价位，明显高出"白市"两到三倍。一些"白市"店家，故意不把商品摆上自家店的货架，释放与渲染某种货物已断档的消息，引起民众的恐慌。但一到夜里，却委派店员搬出货物，到"黑市"上去售卖。商人殚精竭虑，不外乎是为逐利，哪里有利可图，他们定然会把目光投向哪里。

耀州城与其他城镇无异，"白市"与"黑市"并存，坐地贩子与游击货郎共生。坐地贩子各有各的地盘，而游击货郎则飘忽于天地间，哪里能容身，就往哪里去。作为游击货郎一个分支的"拨浪鼓货郎"，在城乡间游走了上千年，直至二十世纪七十年代，还能瞥见他们风尘仆仆的背影。"拨浪鼓货郎"是城镇的多余人，但对于乡村，却不可或缺。每当"拨浪鼓货郎"出现在某个村庄，孩子们都会欢呼雀跃，并迅速地围拢过来。"拨浪鼓货郎"货担里的货物，谈不上多么丰富，仅为针头线脑之类，孩子们眼馋的，是他木匣中用麻纸包裹的豆豆糖。中国人很早就能从甘蔗等物中提炼糖果，但用的是土方法，因此，和西洋人通过机器制造出的糖果，有着显著的区别。西洋糖现在叫水果糖，但在民间，一直称其为洋糖。中国人通过压榨等，使甘蔗中的甜汁流淌出来，渐渐凝固，通过摇晃器物，让其滚动成一丸一丸的颗粒状，最后批发给商家，让其在市场上售卖。豆豆糖经过了植物染色，红黄蓝绿白皆备，花花绿绿的。买几颗糖，一粒一粒地填进嘴里，舌舔齿咂，甜味似乎漫溢至每一条骨缝。在那样一个物质极为匮乏的年月，在荒僻的小山村，能吃到三两粒豆豆糖，甜一甜嘴，大概算得上孩子们最为幸福的享受了。

除却孩子们对"拨浪鼓货郎"的喜爱，村妇们对"拨浪鼓货郎"也是一往情深。这种情，不含有男女间的那种非分之念，而是对纯粹源于"拨浪鼓货郎"售卖的货物的钟情。"货郎"来到村里，摇一摇手中的拨浪鼓，男人是很少趋前的，但女人和孩子们，却能将他围得水泄不通。豆豆糖吸引着孩子，针线引诱着妇女。"拨浪鼓货郎"肩挑的担子，披红挂绿，那一缕缕彩色的丝线，在风中抖动飘拂。丝线在村妇的日常缝制中，有着重要的位置。埋首灯下缝补，一针一线，好不容易给孩子做好一双新鞋，却并不满意就此罢休，而要煞费苦心地对新鞋进行装点和美容。如此，既能让孩子走到人前脸上有光，又能向人炫耀自己精湛的刺绣手艺。妇女们不把刺绣叫刺绣，而叫扎花。她们把孩子的小鞋当成了画布，眼珠贴住布面，不厌其烦地穿针引线，以求画布的五彩斑斓。小鞋上绣着各种动物或植物，一只可爱的小猫，一只翩跹的蝴蝶，几束盛开的莲花，几片摇曳的竹叶……栩栩如生，憨态毕现。每一根丝线，都像母亲的牵挂，浸透着母性的暖意和慈爱。

在鞋子上绣花的同时，妇女们还时不时地要制作各种各样的动物鞋。动物鞋不是给动物穿的，只是鞋子的形状，更酷似动物。猪娃鞋耷拉着一双大耳朵，兔娃鞋黑豆状的眼珠子贼里贼气，猫娃鞋的胡须支支翘立，狮子鞋的毛发金光闪闪。猪耳朵，猫耳朵，狐狸尾巴，狮子毛发等，大多都是用丝线勾勒的。绣花，使村妇们的巧手得以展现，价值得以彰显。一个女人的价值，在很大程度上，取决于茶饭烹饪的精良和针线活的娴熟缜密……除了绣花鞋，还有绣花枕头、绣花门帘、绣花棉袄等。村民们一议论起某个妇女，总说那个人"手巧得很"。所谓的"巧"，就是她在刺绣方面胜人一筹。

"拨浪鼓货郎"的游村串乡，丰饶了乡村孩子寂寥的幻梦。城里在乡村人的眼里，是遥远的，也是芜杂的。遥远，不仅是地理上的距离，而且是心理上的距离。城里不少人身着绫罗绸缎，胯下骑着枣红大马，甚至于坐轿子，戴银饰，吃的是油炸饼，喝的是银耳汤，高高在上，难以接近。芜杂，那是乡村人遥望城里后，所得出的负面结论：偷鸡摸狗的，逢场作戏的，尔虞我诈的，卖春卖笑的，赌博抽烟的等等，城里皆藏污纳垢，应有尽有。当然，这样的看法，不乏蕴含着吃不上葡萄就说葡萄酸的自我慰藉。

比起乡村，城里的确是躁动的，杂乱的，声音鼎沸的。杂七杂八的人在街道上游荡，有达官，也有乞丐，有满腹经纶的君子，也有搔首弄姿的暗娼。商人们以街道为依托，谋取利益的最大化；小贩们以街道为蓄水池，捞取小鱼小虾。街道像是一座舞台，各色人等，都在施展着自己的百般武艺；街道更像是一座没有矿井的金矿，每个人都想从中攫取到自己想要的财富。

耀州城里，从南到北，散落着多家私塾与多家武馆。一文一武，一软一硬，相映成趣，供家长们选择取舍。孩子长到六七岁时，家长便挠起了头，不知把孩子往哪个路口送。一脚踏错，就有可能抱憾终生。

私塾的兴起，与鲁迅所言的与"中国人的官瘾实在太深"不无关系。鲁迅语含讥讽道："汉重孝廉有埋儿刻木……总而言之：那魂灵就有做官——行官势，摆官腔，打官话。"

鲁迅举出的是汉朝时期的例子，但这些例证，不孤不独，每个朝代都比比皆是，只是在行头与形式上，有所变化而已。汉朝时，做官要靠"举孝廉"，即由地方长官出面举荐那些"孝顺亲长、廉能正直"之人。于是乎，有人为了显示自己的孝顺，竟将自己的亲生幼儿活埋，声称拿省下来的粮食奉养老母；还有人父母健在，就用木头刻块灵牌，每天对着牌位供奉磕头。凡此种种，其用意所指，都不过是希望自己被举荐为官。隋朝起始的科举制度，废除了"举孝廉"，转而将"学而优则仕"，奉为迈入仕途的唯一门票。伴随科举的愈发兴隆，私塾随之遍地开花，每个"一心只读圣贤书"的学子，皆憧憬能于"步步高升"，做"人上之人"。

私塾并不灌输谋生的技艺，只教"四书五经"。学"四书"，背"五经"，天天早上被父母拧着耳朵摸黑起床，伴随公鸡的鸣叫，躲在某个墙根或树下，摇头晃脑，念念有词，来一番"之乎者也"。过路的人如果未入过学堂，不明就里，还以为这个孩子被魔鬼活生生地缠住了，从而神经偏离了轨道，脑子出现了异常。"头悬梁锥刺股"的故事，仿佛一面镜子，高悬在每个孩子的心中。在老师咄咄逼人的凌厉目光里，在老师高举的随时都能落下的板子下，每个学童皆战战兢兢，规规矩矩。老师反倒是不怎么讲解课文的，更像是监狱里的看守，以管教为能事。

中国的私塾，有其值得称道的一面，但也有其非人道的一面。老师从不会尊重学生的个性，更不会顾及孩子的尊严。体罚是家常便饭，且还要美其名曰是"对孩子负责任"。每个教员，必备的刑具之一，就是一个用以打人的板子。板子是从工匠铺里专门定制的，质料为木材，呈长扁形。老师上课时，不立于讲台，而是手持板子，在过道里来回巡视，喝令一个一个的同学站起来背诵课文，教室里总是弥漫着阴森恐怖的气氛。谁若在背诵时卡壳，或背得不那么滚瓜烂熟，老师就会让其伸出双手，自己则挥动板子，朝那双稚嫩的小手重重地猛抽下去。一下，两下，三下……总共打多少下，那要看学生违抗程

度的轻重。每一项违抗所受到的惩罚，都是有言在先，提前有所约定。

然而，并非老师对所有的学生都横眉冷对。老师不是黑包公，而只是谋生者。我曾聆听过一位就读过私塾的老人，对我讲述起私塾内的景况，听得我忍不住地感慨万千。社会的尘埃，其实早已污染了本该洁净的学堂，让同坐一条板凳的同学，宛若荒野里的草木，高低不等，粗细有别。老人说别看老师高举着板子，但老师的心里，就学生而言，却横着一道清晰的鸿沟。一部分学生归于鸿沟这边，另一部分学生则归于鸿沟那边。鸿沟这边的学生，家长有权有势，老师对待这些学生，表面上很严厉，骨子里却很客气。他们打这些学生，板子高高地举起，轻轻地落下，绝对有分寸，有掂量，绝对不会导致这些学生真正受伤的。或者，这些学生即使犯了大错，老师也是装聋作哑，故意视而不见，听而不闻。比如，衙门里进出的孩子，大户人家的孩子，老师敢动他们一根毫毛吗？还有，私塾老板，俗称掌柜的，他们开办学堂的目的，大多不为赚钱，只为营造一个学习的氛围，好让自己的孩子居于其中，稳扎稳打地积淀学业根底，为将来的成龙成凤而未雨绸缪。基于此，老师对掌柜的儿子，就格外上心，偏吃偏喝，白天多关注，多督促，夜里还要挑灯捻须，手把手地进行辅导。掌柜的儿子再厌学，再撒泼，老师都不会抽其一板子的。

但对待鸿沟那边的孩子，老师就不会那么客气，其因皆在于他们的出身不够显赫。他们无一例外，皆为寒门子弟。他们一旦犯错，老师抢起板子来，眼不眨，心不慈，手不软，能够打多重就打多重。他们是老师的出气筒，是老师的泄愤池。老师挨了掌柜的责骂或拳脚，满腹怨气，恰好可以拿惩罚这些学生，来舒缓自己的情绪。然而，说这些孩子是寒门子弟，只是相对而言。能把孩子送到学堂读书的，至少都是吃穿无忧的殷实之家。这些人大多读过书，明白读书是给孩子的未来铺路。他们或许有钱无势，或许有田无钱，或许小富即安，或许自给自足。相比于那些腰粗口气也粗的大户，他们矮小了许多，只是老虎群里的田鼠，大象群中的兔子。

好在那个年代，上学的多为男孩，女子是鲜有上学的。女子五六岁后，面临着两样东西要学习：一是学做针线活，一是学烧锅做饭。女子的成功，主要体现于缝纫和厨艺。但男孩，家长则对其寄予特别的厚望，也对他们的人生赋予了更为繁杂的内容：要传宗接代，要掌门立业，要功成名就。在"棍棒底下出孝子"和"不打不成材"观念的支配

◎ 耀县孝义坊小学高初秋二八级毕业摄影（1928年5月）。

下，家长普遍认为送孩子去学堂读书，那是望子成龙，孩子挨点打，受点委屈，根本算不了什么。打是亲骂是爱，老师的打骂，是负责任的表现。老师某一天不打不骂，对孩子的出错放任自流，这才令家长着急上火呢！受金榜题名远景的诱惑，家长有意无意已化为老师的帮凶。于是一个一个的学生，或因打盹，或因走神，或因背诵不流畅，受到老师板子的重敲却不敢吱声。重罚之下，他们的手总是红滋滋的，有时肿得像烤焦的面包，竟至于捉不住筷子，握不住毛笔，更别提撩水洗脸了。那只受伤的手，一经伸进水里，准会发炎。在诊疗所坐诊的大夫，常常窃喜于老师的惨无人道，他们销量最好的药，不外乎于跌打损伤膏。这种往伤口上一贴足以让人痛不欲生的药，有一大半，都是卖给了附近学堂里的学生。更可怕的是，旧伤未去，新伤又添。前些日子烙下的伤情还在隐隐作痛，老师的板子又砸夯一般地砸落下来。一年四季，很多学生的双手，硬是像西瓜开花那般。

私塾的老师，用现在的目光打量，个个都像暴徒。然而事实上，这些打人的老师，也都是被打的"过来人"，都经历过挨打的生涯，也都是在老师板子的不断抽打下，才完成学业的。他们受之于暴虐，传之于暴虐，于是最应该温文尔雅的学堂，却异化成了暴戾横行的场所。暴力是可以因袭与传承的，以暴

力的方式传播诸子百家的仁爱，的确带有几分讽刺的意味，但隐现的，却是整个社会拔苗助长的急功近利的风气。那时候的家长，决然不会因孩子遭受到老师的暴虐对待，而前去讨要说法的。他们一边在说"成材的树不用剪"，一边又牙齿咬得咯嘣响，大有将树拦腰砍断的狠劲蛮劲。平日里，家长教育孩子的方式，与老师并无二致，也是粗暴式的，非打即骂，于是乎，家长不以老师对孩子的惩罚为罪，却以老师的板子能落到自己的孩子身上为功。在这样的夹击下，孩子就像一只被缚住翅膀也缚住双腿的小鹰，挣扎无用，啼哭也无用。不少孩子因伤势过重而丧命，家长在悲痛之余，却将孩子的死亡看作是孩子顽劣的自食其果。每当孩子放学归来，手上体无完肤，家长总会这样责怪和安抚孩子：都怪你不好，老师才打你的；老师打你，那是对你好！你现在受点罪，将来就能享福；现在想着享福，将来就要受罪。

将来是什么？孩子们懵懂无知，但家长们却早已心里有谱：将来，就是考取功名，攀升至数人之下，万人之上。而要抵达高处，衣锦还乡，荣耀故里，读书就是在无路的山崖上给自己凿刻攀登的梯子。登上山巅，中榜中第，既是家长们的殷殷期盼，也是孩子们的努力方向。叩开一扇通向功名的大门，门内，绫罗绸缎，锦衣玉食；门外，荒枝凋敝，寒霜满地。

私塾残忍的背面，掩映的，也正是私塾的慈祥。私塾改变了很多学子的命运，使他们踏上了一条铺满红地毯的金光大道。据史料记载，自隋科举考试诞生，至明朝的覆灭，耀州境内考取进士的，多达数百人。我推测，孙思邈、柳公权、范宽、傅玄、令狐德芬等，这些从耀州大地上冉冉升起的历史巨星，毫无例外地都受益于耀州私塾的滋养与哺育。那时候，他们也像其他孩子一样，不但披星戴月地诵读经典，而且手掌也会被老师的板子一次次地打得红肿。

私塾的教育方式，和新式学堂很不一样。新式学堂最初是照搬日本的，而日本又是移植西方的，因此，新式学堂的根系在西方。新式学堂侧重于老师的讲解，而旧式私塾只一味地偏向于督促学生完成背诵。在旧式的教学中，老师将课文里每个字的读音告诉孩子，就算万事大吉，至于课文的内容，句子的构造，词语的组合，老师基本上不讲不解，只是一个劲儿逼迫孩子死记硬背。孩子不知其意，不明就里，就将课文生吞活剥地吞进脑子里。这样的注入方式，类似于在吃羊肉——新式教育是将羊宰杀，剥皮剔骨，切成肉丝或肉块，炖成肉汤或炒成肉片，让人享用；旧式教育则是将一头活羊，赶进人的肚子，让肠胃的蠕动，促使羊的渐渐糜烂，从而化为肉汁，再化为人的营养。但人的胃是参差不齐的，有人吞了活羊，经过胃的分解，将羊很快地予以了消化，并品尝到了羊的肉香；有人却硬是食羊不化，那只活羊就那样完整地蜷缩在他的胃里，让他既没受之于羊肉的滋补，也全然不知肉香为何物。

旧式教育与新式教育，何优何劣？作为一名曾经的语文教师，我个人的看法是，各有优长，又各有弊端。前者看到的是肉，却看不到羊；后者看到的是羊，却不一定真的将羊化为了肉。两种教育模式，皆滑向了两个极端。新式教育是对旧式教育的反叛，但却未能吸收旧式教育本有的优点。旧式教育以"四书五经"为主课，辅之于算术之类，其

◎ 二十世纪八十年代的耀州文庙

他课程均无涉猎。相较而言，旧式教育讲授的"四书五经"，和新式教育里的语文课最为接近，将两者进行对比，就能看出各自的症结。

"四书五经"最早发轫于春秋时期，其书面语言，正是那个时期人们的日常口语，但及至隋唐，以及之后的宋元明清，文人们一直延续着古旧古板的书写体例。奇异之处在于，这一文体，不但未能伴随日月的演进而宽衣松带，而且似乎将其越捆扎越紧绷。后世的文人们为显示自己的博学，从而置自己于公众之上，故意使用一些冷僻的辞藻、拗口的句式，以及鲜为人知的典故，乃至于

◎ 山寿寺山门。二十世纪六十年代的耀县中学校门。

让人读起明代人谈天说地的文章，远比读春秋时期诸子百家的著作，还为晦涩难懂。带有酸腐气息的书面语言，在一条荒僻的小径上，腿越走越硬，与人们的交谈口语，日益背离，几近于天书。而要一个初来乍到，才学会说话的孩子，一头钻入"四书五经"中，靠硬着头皮的背诵来汲取内容，无疑过于勉为其难。孩子稚嫩的牙齿，不足以啃动一块硬石；孩子脆弱的小胃，尚不具备融化一只全羊的能力。这样的教育，是填鸭式的，灌输式的，完全不顾及接受者本身的承载量。但有一点值得肯定，就是孩子在似懂非懂中，先行把这些经典烙印进脑子里，可供终生反刍，便于终生取舍。牛先吃进很多草，之后再一点一滴地消化。孩子的学习，颇像牛吃草，只是比牛吃得更多，知识比起草来，皮革一般，更有韧劲，也更难消化。

单从语文的角度，新式教育之下，孩子的学习似乎更为轻松了一些。新式教育的一个主要特征，就是更能体恤和关照孩子的接受程度，因此，它的课程设计，是循序渐进式的，是沿着台阶缓行式的。针对不同的年龄段，不同的年级，提供与其相适应的精神食粮，以使孩子能啃得动，咬得烂，咽得下。然而与此同时，教师越俎代庖式的讲解，代替了孩子的自我汲取，忽视了阅读与背诵的重要性，以至于最终孩子记住的，是老师讲解的段落大意和中心思想，而不是文本中精妙的词句。老师依据统一编纂的教参书照本宣科，学生听得昏昏欲睡。讲解是对课文的阐释，类似于产品广告，并非产品本身。一篇课文学完，学生装了满脑子的广告语，却对文章所蕴含的精髓，不甚了了。这种教学方式，无异于本末倒置。也就是说，本来是冲着酒去的，酒的味道与营养，全浓缩在酒液中，但受之于老师的煽动和误导，酒没抿一口，反倒把一页页酒的产品说明书，当成宝贝装回了家。新式语文教育的缺陷，在于与课文本体的脱节与疏离——用如此的方式教学，学生纵然考取了高分，却依旧脑内空空，腹内亦空空。

旧式教育有一点很是令接受过新式教育的我们羡慕，那就是古人无比精湛的软笔书写技能。铅笔与钢笔，出现于十八世纪。在此之前，西方人用鸡翎写字，而中国人用毛笔写字。西方人从鸡的身上拔毛，中国人则从狼的身上拔毛。从鸡身上拔下鸡翎，给翎管里注入墨水，就是一支水笔了。从狼身上拔下一撮撮的毛，经过炮制，将其固定于竹管或木管的顶端，则为毛笔。狼毛用于毛笔，不叫狼毛，而叫狼毫。但要从狼身上拔毛，远没有从鸡身上拔鸡翎那么简单，必须把狼打死。为拥有狼毫，不知多少头野狼，命丧于猎人的土枪之下。

念私塾的孩子，除了背诵，还要"写仿"。"写仿"，就是仿照别人的楷书来写毛笔字。把范本铺在桌上，把麻纸也铺在桌上，照着范本的笔画，一撇一捺地慢慢进行描摹。写得好的字，老师就给"吃丸"；写得差的字，老师不给"吃丸"。所谓的"吃丸"，就是老师用毛笔蘸着红墨汁，在学生写得较好的字上，画出一个个的圆圈，以示赞赏。圆圈套圆圈，纸面上一片红艳艳，说明这张仿写得很是令老师满意。

一日三习，久习功深。凡读书识字的古人，软笔字皆写得非同一般，原因无他，皆因从小就开始研磨，并反反复复地临摹书写。相比于现代人的复杂，古人无论生活，还是心术，都要简单得多。他们眼里的风景，无非是天上的星月，地上的草木，既无各种欲望的蛊惑，亦无各种利益的引诱，于是他们的笔端，一派宁静，一脉祥和，如旭阳染黄山川，如微风枝头轻撩。

心静笔才静，心正笔亦正。现代人置身于电子乐器无处不在的环境，那些狂躁的音乐，让人无处逃遁。耳根不静，心草杂生，物欲奔流，贪念燃烧，何以能靠近古人的书艺之境？泥古，即拟古，但所能拟的，恐怕只剩下古人的笔画，却决然无法回到古人背倚的环境中，更无法临摹古人的魂魄气韵。

看家护院拼拳脚

　　大户人家，以及殷实人家的孩子，都进了学堂，奔着科举而去，但那毕竟属于少数人中的少数。多数人家的孩子，降生于寒门陋室，却没有这等幸运——即使想让老师拿板子抽打手掌，都没有这样的机会——他们的父母既没有这样的远见，也没有这样的经济能力，那么，他们的出路何在？

　　寒门出身的男孩子，大多未跨进过学堂之门，他们对琅琅的读书声，充满了好奇和羡慕。等待他们的，大约有八种选择：一是被送进武馆，习武练武；二是被送进戏班，拔筋练嗓；三是被送进铁匠铺或木工铺等，拜师学艺；四是跟随父母做买卖，从小就识秤练摊；五是跟随父母到城外包地耕种，父亲犁地自己牵牛缰；六是跟随某个大哥当土匪；七是出家当和尚；八是啥都不学，像荒草一样随意成长或野蛮生长，长成怎样算怎样。

　　一个社会，需要文，也需要武。文是社会安逸的产物，而武则是社会动荡的衍生品。在某些特殊时期，社会对武的渴求，更为迫切——文在这个时候充其量是鲜花，而武俨然就是能止饿的粮食。

　　一个人一旦需要医生，这个人一定是生病了；一个社会一旦需要武力，这个社会一定是出了问题。

　　中国社会的历史，是一个需要武多于需要文的历史。沿着历史的河道，追溯而上，就会发现，不论朝代更替，还是民间纠葛，其选用的解决之策，多为力量的较劲和伎俩的筹谋。拳头的软硬，算计的叵测，就成了取胜的法宝。圣贤的忠告与箴言，可以悬于墙上，却不曾挂于心上。君子一转身，一扭头，就变成了小人。武则天为了上位，可以掐死自己的亲生女儿，毫无哀伤之悲；唐太宗为了继位，可以致兄长与兄弟于死地，毫无忏悔之意。

屠城，是多么恐怖的字眼，然而，掩映于这等字眼背后的血腥惨剧，才真正地令人不寒而栗。这样的惨剧，在中国历史的舞台，早已是一出让人反反复复看厌了的老版本。远的如"五胡乱华"——北方与西域各胡族势力，趁司马氏篡夺曹魏，建立西晋王朝历经八年战乱，终被匈奴人灭国之天下大乱之际，入侵中原，大肆屠虐汉民，史书记载"北地苍凉，衣冠南迁，胡狄遍地，汉家子弟几欲被数屠殆尽"——近的如明清交替时的"嘉定三屠""扬州十日"以及四川大屠杀等。嘉定城与扬州城，百街废墟，万户寂灭，男女老少，一个活口都未被饶恕。而川蜀大地，尸横遍野，千里荒芜，及至于朝廷不得不颁布"湖广填四川"的法令，来填充蜀地民众被大批量屠戮后所留下的空白。有关四川大屠杀，至今都是一个争论的话题。清政府将其罪责，归之于李自成的同伙张献忠——张献忠也的确是一位杀人不眨眼的血债累累的屠夫——但后世之人经过考证，却发现造成这场悲剧的最大嫌犯，恰是清军。

不要说战乱年代，即使是相对平和的时期，打家劫舍也是社会的一种常态。成群结队的土匪，隐没于山林，也隐现于市井。很多大户人家，尽管家财万贯，却如履薄冰。大户人家真正忧心的，还不是财产随时可能被洗劫，而是家人，尤其是儿女的身家性命。"破财免灾"这句话，很早就在民间盛行，自我安慰的意味不言自明，与此同时，其中折射出的无奈，也昭然若揭。破财不是大事，免灾才是核心。破财若能换来免灾的结果，不算最好，也不算最差。最怕的是财破了，灾却未能得以免除。免谁的灾呢？答案是：免除家人的灾难。破财本就是一场灾难，但它比起家人的生命，无疑要轻飘许多。

大户人家惶惶不可终日，小户人家也难以睡个安稳觉。于是，有实力的户族，看到官府靠不住，只有自己想办法来捍卫自己。他们招募一些练过武术的年轻男丁，组建起属于自家的半武装组织，用于看家护院。这些类似于保安的人，被称作家丁。一户人家，家丁多则十数个，少则三五个。家丁就是被父母送到武馆的那些孩子，他们经过数年的捶打历练，不敢说个个都身怀绝技，但一拳撂倒一个壮汉，并非难事。家丁的作用，主要体现于夜里。土匪再胆大妄为，白天还是有所顾忌和收敛的，而夜色，是蝙蝠的最爱，也是他们的最爱。

家丁们拎起马刀是战士，放下马刀是苦力。他们以看家护院为业，但其职责，并不限于看家护院。他们夜里巡视，与狼狗为伴，白天则帮着主家干其他活计，手脚一刻都闲不住。推磨子，劈柴火，喂牲口，接送孩子上下学堂等等，哪里需要，就出现在哪里。如果心懒身懒，总想投机取巧，主家就会将其解雇；如果很有眼色，且老实听话，主家不但随时会多塞给他一个夹有鸡蛋饼的馒头，以示嘉奖，还会对他的人生进行大包大揽，比如给他出钱娶妻，给他出资盖房等等。久而久之，他和主家的关系就发生了变化，形若血脉之亲。他不再喊主家为大掌柜的，而是呼其为干爸或叔伯。有的主家看到家丁脑袋灵光，筹划有度，且吃苦耐劳，干脆把自己的女儿许配给了家丁，于是今天的家丁，很有可能成为明天的掌柜的。

被开除的家丁，则很有可能成为主家的心头大患。由于武功高强，家丁已不屑于在街道里充当贩夫走卒，于是他们要么钻入深山，加入某一个土匪团伙；要么自立门户，拉起一群游手好闲之徒，组为闯荡江湖的另一个匪帮。这些人一旦横行于街巷，首要打劫的目标，就是自己曾效劳又结怨的主家。

主家被报复数回，招架不住了，便会打探该人曾习武于哪家武馆，师傅为谁。摸清了底细，主家便会拎着条子肉，带着烟和酒，去叩击其师傅的大门。一头野兽，全世界唯有一根缰绳能拴住他，那就是他的师傅。这些习武之人，不论走得多远，蹦得多高，却都很在意于江湖义气。他们在师傅面前行过三叩首之礼，且曾赌咒发誓要效忠师傅，岂能不对师傅俯首帖耳？师傅一旦耳闻某个徒弟为非作歹，辱其武门，就禁不住地怒火中烧。师傅托人把那个兴风作浪的徒弟叫来，怒斥一番，并鞭笞数下，徒弟跪于地上，指天起誓，承诺将永不再在昔日主家的门前滋事。

开设武馆的，大都是武艺高强之人。他们招收学员，挑三拣四，并非谁报名就录取谁。武馆常常开设在自己的院子里，晴天给学员们在庭院里比比画画，翻墙栽跟斗，雨天在楼下教习，踢腿打沙袋。一会儿练硬拳，和石桩硬碰硬；一会儿练软拳，抱住一棵树欲死欲活。太极、洪拳、沙林功，朱砂掌等等，挨个挨个地练。学员有时头疼，有时肚子疼，但师傅却丝毫都不宽谅，反而污其"装洋蒜"，怒冲冲地一掌劈来，学员便昏倒在地，不省人事。武馆里不时有人被一页门板抬了出来。这些人被送往春岚堂医治，但十之八九，最终还是魂断习武之路。

孩子死了，家长至多捶胸顿足地哭一哭，叫喊几句"我咋这么命苦的"之类，然后就将尸骨一葬了之。家长绝对不会追究武馆责任的，因为当初把孩子送进武馆时，他们就和武馆签订了生死状，其中赫然列着这一条：若在武馆丧命，责任自负，武馆概不担责。

每一家武馆的大门上，左右各插两面蓝色的布旌，右旌上用白布条缝制一个"武"字，左旌上用白布条缝制一个"德"字。左为上，右为下，意思是习武先修德，德为上，武为下。一跨进武馆的大门，迎面的照壁上，又是一个大大的"德"字。师傅训话，先讲德，后讲武，并常常以"三从四德"的故事来劝谕学员要忠悌兼顾。

武馆里的师傅，叫拳师；习武之人，叫拳客。拳师和拳客，一字之差，却差别巨大。师者，范也。能被人称作拳师，那一定是德武皆具之人，非一般武夫能够比肩。

清末时期的耀州城里，武馆时多时少。多时，竟达四五十家，以至于民间流传起了这样的段子：北街的拳客比驴多，南街的拳客多如驴，西街的拳客骑驴走，东街的拳客驴骑人。驴骑人，讲的是一个典故：某个拳客家的驴死了，拳客扛着那头三百斤重的驴，步行四五华里的坡路，送到西塬上的屠宰场去宰杀。他扛着驴从街上经过，被人看见，引得路人啧啧惊叹。于是，就有好事者将他的故事编进了段子里，让整个东街的拳客，都觉得脸上无光。

武馆少时，仅缩至三两家，且处于偏僻的背巷里。武馆的多寡，与当时的民风有关，也与时局不无关系。义和团在京都作威作福之时，耀州城里的武馆，就像遍地开花的包子铺一样，开了一家又一家。民间传闻，宫廷将派陕西巡抚来耀州选拔拳客，选中者，将进京入宫当侍卫。表现优良者，也许还能荣升一格，做老佛爷的贴身侍官，为老佛爷端茶倒水。选拔入宫的小道消息，尽管纯属空穴来风，却也一石激起了千层浪，习武者欢呼雀跃，未习武者亦跃跃欲试。

潮起，必有潮落。应验了一句历史的魔咒，"其兴也勃焉，其亡也忽焉"。阴晴转化，常常就在一瞬间。随着义和团的分崩离析，耀州武馆在鼎盛一时之后，接踵而来的则是崩塌式的衰落。

朝廷对义和团的通缉与追捕，波及耀州城乡。所有的拳客都成了被怀疑的对象，个个惶惶不可终日，宛若惊弓之鸟。拳客的拳头再厉害，也难以与官府的铁拳对垒。于是，武馆纷纷关闭，拳客纷纷转行，但肃清义和团运动的扩大化，还是让不少人蒙受了不白之冤。

耀州城里，靠武艺光耀门厅的，当属安氏家族。明末清初，安氏家族从四川省的丹陵县迁徙至耀州，以习武立身，以习武传家。据传，安家人人习武，个个身兼十八般武艺，以至于拳师安自立，竟接连中第武科举和武进士。

文无第一，武无第二。说的是文章犹如女人，只能赞其美，不能赞其最美。因为美，带有强烈的主观性。同一个女人，这个可能视其为天仙，那个可能视其为糟糠。美与不美，没有硬性标准。但武就不一样了，两人对阵，只能当第一，不能当第二。当第二，就意味着输，意味着出局。武进士，那只能是靠拳脚打出来的，不断地取胜，再取胜，过五关斩六将，才能攀至中国武术的山巅。安自立面对的对手，皆为各地拳界的顶级选手，无一不是难啃的硬骨头。在高手如林的态势下，不知他要打败多少对手，打够多少个回合，才能摘取到武界的桂冠。

不论怎么说，安自立都是耀州城里安家人的荣耀，也是整个耀州人乃至陕西人的荣耀。靠打拳也能荣华富贵，这大概是出乎很多人预想的，于是安家的后人以先辈为标杆和榜样，以高家拳为修炼之本，前赴后继地投身于武功的修炼当中。至清末，安自立的后裔安崇正和安老六，因武功非凡，在耀州内外名噪一时。

戏坊，骗娃的地方

有一句话，在耀州流传许久，叫"书坊戏坊，骗娃的地方"。

言下之意是，这两个地方都很污秽，是去不得的。去了，孩子必被糟蹋。

书坊与戏坊，何以成了"骗娃"的地方？它们究竟是怎么"骗娃"的？对于这个问题，我思忖良久，终究未能悟透其中的指向。说戏坊"骗娃"，尚有情可原，但说书坊"骗娃"，却难免让人心生糊涂。

书坊授人以知识，谕人以事理，难道这些也是错谬？依我之猜想，在普遍蒙昧的年代，人们容易把知识视为洪水猛兽。在多数人尚不识字的氛围里，接受了教育，人就会从愚笨到聪智，从简单到复杂，其言谈举止，处事方式等，必然会发生变化。变化了的人，在未变化者看来，更像是异类和异端。

那么，戏坊究竟是怎么"骗娃"的？如果询问缘由，很少有人愿意正面回答，大多都抿嘴而笑，用脸上莫测的表情来代替藏于肚子里的现成答案。很多事，只可意会，不可言传，戏坊的所谓"骗娃"，大约也归属此类。在众人眼里，戏坊里汇聚着男男女女，那些人不稼不穑，甩着长袖，抹着花脸，扭来摆去，及至于搂搂抱抱，天长日久，还能守身如玉？不是石雕，不是朽木，青春躁动期的男女，怎能抵御得了淫欲的滔天巨浪？于是，勾搭勾连，见怪不怪。一人之失足，引来诸多人之失足，因为人与人之间，总是在相互效仿。时间久了，便会转化为一种风气，用一位小脚老太太的话说，那就是"从戏坊门前经过，闻到的满是腥臊味"。

戏坊真的就那么污秽，那么肮脏？并不尽然。戏坊的不堪，更多的是来源于公众的想象与坊间的议论。想象难免虚浮夸张，议论难免添盐加醋，两者的致命之处，都在于以偏概全上——以一人之疾，来推理所有人之疾。

戏坊有无男女间的暗度陈仓？肯定有。但并非所有人都有暗度的癖好，也不是所有的人都难以逃脱被污染的宿命。人们对戏坊的嗤之以鼻，映现着一种悖论：一方面，求戏若渴，一站到戏台下面，紧盯演员的一招一式，忘乎所以；另一方面，却又对演员的私生活评头论足，说三道四，极尽贬损。掩映于这组矛盾背后的，是这样一串潜台词：我尽管没他（她）唱得好，演得好，但我比他（她）干净，比他（她）有贞操。

贬损他人，是为了获得自我满足。中国人自古而今，都是在与他人的比较中，获得自我肯定和自我优势的，仿佛自己活得好不好，那是由他人的高低胖瘦来决定的。贬损他人，否定他人，把他人压得弯腰，把他人踩在脚下，自己才能显得更高一点。很多痛苦的源头，不是我不行，而是别人比我更行。

中国的国民性，从对待弱者的态度上，就可略知一二——弱者不被同情，反被嘲笑：嘲笑残疾人，嘲笑穷人，嘲笑无子嗣的人，嘲笑长相丑陋的人……别人的不幸，竟然转化为自己嘴角的一抹轻蔑的笑意。

其实，戏坊里聚集的孩子，大多是在生计方面难以为继人家的孩子。每一个孩子，几乎都有一本血泪账。没有哪户丰衣足食的人家，愿意把孩子送进戏坊，让他们去学唱戏。很多孩子都是无依无靠的孤儿，父母或因这样那样的原因去世，爷爷或者奶奶，或年迈，或卧床不起，无力养活他（她），便把他（她）送进戏坊。戏坊那清汤寡水的饭食，至少能救其一命。

一般情况下，正规的戏坊，是不招录女孩子的。如果有女孩子硬是被家长送来，那只能安排其当帮工：洗菜，拉风箱，扫院子，整理戏服，或者给主家抱孩子。女孩唱戏，那是伤风败俗，那是丢人现眼。这样的状况，至清末戊戌变法后，才略有松动和改变。戊戌变法尽管以失败收场，却撬动了大清铁屋的基石，搅浑了社会的一潭死水，使原有的纲常处于风雨飘摇之中。小白花唱戏，且能唱出名，与这一大的历史背景密切相连。尽管如此，小白花还是撞疼不少卫道士的神经，使他们对一个露胳膊露脸的女子，站立于街头的大庭广众之下唱戏，耿耿于怀。小白花唱戏时，很多人误以为她是男孩子。当验明正身，知其的确就是女儿身时，关于要不要驱逐她，一时间，竟成衙门内外的热议话题。据说，衙门内有人联名上书知州，痛斥小白花玷污了耀州风气，建议官府有必要采取措施，将她驱逐出境。好在知州正在害痨病，被人搀扶着办公，他哪有精力理会此等芝麻小事？石川河的水患，后山里的匪患，以及西塬上东塬上抗税的浪潮，哪一件不比一个风尘女子的街头唱戏，更使知州精疲力竭？不过，开明的知州，还是硬撑着虚弱之躯，在该建言书上批了这么几句话：州城坚而固，唱不坍，何惧？

女孩子不唱戏，唯男孩子唱戏。但每一幕戏里，却总是有男有女。无奈之下，只好让男的扮演女的。生末净丑旦里的旦角，本是戏中的女主人公，但在舞台上扭捏作态的，几乎全是一些貌似女人的男人。在京剧舞台上红得发紫的四大名旦，一律皆为长相俊秀的男性，成就他们的，除了他们自身的演唱功底，还有社会的偏见与陋习。没有偏见和陋习，他们能不能大放异彩，还真不一定。

女扮男，或男扮女，无论扮相如何逼真，总是令观者感到别扭。上帝造人，男是男，女是女，二者之间有着明显的区分，不可混淆。尊崇于社会之陋规，却违反于自然之造化，并非好事。

但自从戏曲诞生以来，舞台上的男女，其实就是生活中的男男。男孩子三四岁就被送进戏坊，其中的一部分，言谈举止，说话穿衣，都在刻意地模仿女孩子，并在潜意识里，把自己想象成女儿身，日子久了，其心理和生理，都会发生微妙的变化。当这些孩子有了性意识后，他们倾慕的对象，很有可能就是同性而非异性。同性恋，这一伴随人类诞生而诞生的地下之火，在戏坊这一幽闭的区间，燃烧得最为炽烈，最为奔放。

一个男孩子，就这样被扭曲，被变异。这等景况，虽然未动手术刀，但本质上就是一种阉割。阉割，并非单指肉体某一个部位功能的丧失，还包括精神血性被摘除。

清末时，耀州的戏坊有三五家，都开在城墙角落的某个院落。唱戏的孩子，四点钟从床上被拽起来，在师傅的引领与看护下，去城门外的西河滩练嗓子；等天一放亮，他们必须缩回戏坊，免得让人瞅见。脚夫们吆着骡子，赶着毛驴，早早地启程，要远赴异地驼载货物，本可以从西门出，抄近路，却不惜绕远路，偏从东门出，为的就是不要撞见戏坊那些乌七八糟的人。一旦有所不慎，怕怕处有鬼，不想撞见却不幸撞见，脚夫们整整一天心里都忐忑不安，总觉得有什么不吉不祥之事，在恭候着自己。这天果真发生了意外，比如骡子生病卧地不起，驴子崴了腿蹄，马车侧翻于壕沟，被土匪打劫或被官人劫财等等，脚夫就会把自己的倒霉，与撞见戏坊里的人挂起钩来，于是一股莫名的怒火，便会在脑子里腾跃。脚夫们大多不爱惹事，走南闯北，他们在尝尽人间百味之余，性格的棱角也越磨越秃。惹不起，总能躲得起，是脚夫们铭刻于心的座右铭。当然，也有个别初生的牛犊，脾气大，火气大，他们在遇见戏坊的人后，若遭遇到挫折，就会拎一把砍柴刀，气咻咻地寻上门来。

戏坊周围的住户，大都不屑于与戏坊为邻。他们怕戏坊的恶风，刮进自家的院落，从而引诱坏自己年幼的儿孙。有的邻居干脆移居别处，有的邻居加高加厚了与戏坊的隔墙，有的邻居则陷入与戏坊的持久战中，三日一闹，或一日三闹。

戏坊的孩子，活得低贱而卑微，猥琐而怯懦，全然不敢光明正大地走出来见人。社会对他们的成见，早已灌满他们的耳孔，使他们清醒地明白，自己是多么地低人一等。社会是个金字塔，有十八层，他们尚且置身于十八层之下。他们是乞丐中的一员，谓之曰"丐戏"。除了承受世俗强加的负荷，他们趁着夜色，在西河滩练嗓子，练腰身，还时不时地会遇到各种不测。那个时候，西河滩一片荒芜，杂草繁茂，野木遍生，虎狼出没于此，蛇鼠也埋伏于此。有多个孩子，或被狼叼去，或被蛇咬死，或被野猪贪食，均命丧黄泉。

但戏坊里选择在凌晨四点将孩子们从被窝里拽出，赶向西河滩练功，按照他们的说辞，却是经过深思熟虑的。他们说，野兽在夜里的凌晨一两点钟，最为活跃，最为精力旺盛。但折腾至四五点，就疲乏了，也困顿了，于是大多陷入了沉睡。这个时候，人在夜里活动，相对较为安全。

孩子们在戏坊里得不到关爱，他们都宛若戏班师傅的小奴隶。让他们跪下，他们不敢站着；让他们自抽三个耳光，他们不敢抽两个。他们战战兢兢地面对着面目狰狞的师傅，唯恐师傅盛怒之下，把饭碗从自己手里夺走。不给饭吃，饿其三天两夜，堪称戏坊名目繁多的惩罚中，最为致命的一种。戏坊对待孩子，极其苛刻，动辄就责罚。一句戏词突然忘却，一个跟头没栽利落，或者拉风箱时用力不足，扫地时疏忽了墙角的树叶等等，都能成为罚跪罚站的理由。轻则拳脚相加，重则不让睡觉不给饭吃。

师傅都是从学徒过来的，他们的心理乃至生理，早就变得不那么正常。他们体罚起学生来，常常带有满足自己淫欲的趋向。脱其裤子，绑其阴私，拿烙铁烫，拿水烟杆戳……这些在戏坊之外不堪入目的下流之举，但在戏坊里，却宛若一丛丛含苞待放的恶之花，时时盛开。

坊间所谓"骗娃"，似乎也没说错。但坊间的"骗娃"，绝不是指狭义上对孩子的玩弄，而是另有所指：孩子一跨进戏坊之门，就极易学坏，变得不男不女，不贞不洁，不三不四。

有的孩子学戏三五载，有的孩子学戏五六年，就可以出师了。出师后，有的依旧留在戏坊，收门徒，当师傅；有的则走出戏坊，自己开起了戏坊，或跳槽到了别的戏坊。出师与不出师，在待遇上有着天壤之别。出师后，不但不再遭受皮肉之苦，而且还可以经常性地出外演出，收取酬劳。

拿现在的话说，戏坊既是艺术学校，又是戏曲剧团，集修炼与演出于一身。稍微殷实的人家，遇到红白喜事，都会跑到戏坊里预订节目和演员，并商议费用。演员依据名气大小，细软也有悬殊。以清末道光年间为例，州城这一级，名角演一场，慷慨一点的主家，会赏五两银子；悭吝一点的主家，最少也得拿三两银子出来；一般的角色，则会得到赏银二三两；跑龙套的，三个人才能共得一两银子。于是成为名角，就是戏坊里所有孩子梦寐以求的奋斗目标，也是师傅督促学徒好好学戏的活教材。师傅经常会给学徒们讲：你看人家张二娃，来的时候，裤子吊在半腿上，鼻涕垂在鼻腔里，头发卷得像鸡窝，手指粗得像胡萝卜，可现在呢，穿绸的戴银的，吃香的喝辣的，走到哪里，官老爷没准还会发落来轿子让他坐。知道他怎么从黑乌鸦变成白天鹅的吗？告诉你吧，人家就是把戏功当戏功地练，冷怂冷怂地练，扑出扑出地唱，唱落了太阳，唱落了月亮，这才把腰从棍子扭成了柳条，把嗓子从鸭子声练成了百灵声，你们呢？就知道偷吃，嘴比猫嘴都馋，竟能把窗下的一筐生红苕，偷吃个净光，害不害臊呀？

张二娃的戏名叫婉香，是当时耀州城里首屈一指的旦角。

小白花在耀州城里唱戏时，张二娃已经去世一百多年了。此时，耀州城里的绝大多数人，都已将张二娃遗忘。无几人知道，在一百五十年前，一个名叫张二娃的人，还曾赴京演出过。唱戏的，被人称作戏子，纵然名声斐然，也是被人看不起的。张二娃，以及后来名噪一时的许满仓，都像一缕微风，消失在了岁月的黑洞里。

一般人家，只有在过丧事时，才请来戏坊的人唱戏，戏坊包揽了所有的吹拉弹唱。戏坊的人，被人称作"门上的"。"门上的"是土话，意思是"门外的"。就是说，戏坊的人来到主人家，是不能随便跨进大门门槛的，只能在门外扎摊设点，连吃饭也都不得入内。一经进入，那就会玷污主人的门风，并给主人家带来霉运。"门上的"都是些贱人，名角，也不过是有名的贱人而已。

吹唢呐的，敲锣的，敲鼓的，唱戏的，六个人、八个人、抑或十个人组成一个小团体，在团体头头的指挥下，各有分工。一般而言，黄昏时分的"加祭"，傍晚时分的"迎饭"，入夜时分的"祭奠"，动用的都是器乐，忙碌的都是那些吹的敲的拍的，无涉唱的。只是到了后半夜，程序进行完毕，才轮到唱的出场。主人因丧失亲人，自然无心听唱，但家族的人以及四方来客，却将唱戏的团团围住，围成一个圆圈，美滋滋地聆听着。唱戏的人站立于土场子，不偷懒，不取巧，按照舞台上的演出，一招一式，皆像模像样，时而轻风拂柳，时而雷霆万钧，时而小溪潺潺，时而大河滔滔。唱一会儿，歇息下来，端着一个瓷碗的同伙，就会一个人一个人地转圈讨要小费。但多数人都不肯掏一文钱给他们，索要半天，瓷碗里照旧空空荡荡。讨要者见效果不佳，准会搬出一套早已编好的说辞来煽动：爷爷婆婆，叔叔婶婶，哥哥姐姐，堪怜堪怜我们这些贱人吧！我们冒着雪，挨着冻，遭狗咬，被狼追，容易吗？行行好吧！能赐一文积大福，能赐一两积大德……一番嘴干舌燥的反复乞求，总能打动三两颗软软的心。这些人从叶片似的口袋里搜罗半天，才掏出来几文钱来，丢进乞者的碗里。贱人知道，索要小钱，类似于猴子捡芝麻，捡几粒算几粒，老鼠拉风箱，大头还在后面呢！唱"大戏"，那是烘托场面，只是图个热闹，要想真正有所斩获，就寄望于"小戏"了。唱者继续唱，一会儿"骑墙记"，一会儿"秦香莲"，一会儿铁锤砸石一般硬邦邦，一会儿弯弓弹棉一般软绵绵。吼声在冷寂的夜空掠过墙头或树梢，惊得屋檐下的鸟雀，也扑棱着翅膀，不肯休眠。凌晨三四点钟，小戏开唱，这时候，因抵御不了困倦的来袭，多数观众已悄然散去，唯有几个发烧友和几个孝子，还孤零零地守候在唱者的身旁。发烧友是甘愿熬夜，但孝子，受孝道所困，不得不秃鹫跟上夜莺熬眼。

所谓"小戏"，皆源自孝子的"点唱"。"大戏"是唱给大伙的，"小戏"则是唱给某一个固定对象的。也就是说，谁点播这段唱腔谁付费，演员就唱给谁听。"点唱"是必须的，唯有如此，才能显示对逝者的孝敬。于是直系亲属中的外甥与女婿，就成了瓮中之鳖，谁也甭想溜掉。往碗里丢一个银锭，可以唱三段；丢两个银锭，可以唱八段；丢三个银锭，可以唱十二段，总之，丢得越多越优惠。外甥女婿免不了要和"门上的"搞价钱，争究一番后，就定下了价位，然后就先掏银子后演唱。唱声绵延不尽，一直等到东方泛白才作罢。这时候，就要起灵了，外甥与女婿的眼睛红巴巴的，"门上的"眼睛也红丝丝的。外甥女婿们披麻戴孝弯腰而啼，"门上的"拾起唢呐仰天而吹。帮忙的壮年汉子抬起灵柩，从门里出来后，徐徐而行。

几乎每家每户过丧事，都要请"门上的"，即使借钱负债也要请，因为它涉及孝与不孝的大主题。孝在中国人的观念里，是个衡量器：孝则人高，不孝则人低。不孝者，会遭人非议，被人看扁。

然而喜事就不同了。喜事无涉孝，只涉面子，对于穷人们来说，糊口都成难题，也就不在乎面子不面子了。仓栗实而知礼节，仓栗不实，腹内空空，却死要面子，东挪西借来一些银两用于唱戏，不但没有赢回面子，反而会丢面子，人们准会戳着他的脊梁骨，骂他是败家子。于是，本想给脸上涂彩，不曾料想却抹了灰。

喜事叫戏坊人唱戏的人，比丧事要少得多，但演唱者的总体收入，却不见得就此减少。一个财东家给母亲祝寿，有时会唱七天戏；一个显贵庆贺新房落成，最少也要唱三天戏。这些喜事，因主人的财力雄厚，又因主人满心欢愉，因此出手就格外慷慨大方。名角如果唱得好，赢得了喝彩，主人的虚荣心得以满足，又恰逢酒精冲昏头脑，就很有可能追加赏赐。艺名婉香的张二娃给胡家唱戏，才开口唱了几声，喝得酩酊大醉的胡老大，就往戏台上抛扔去了五十两银子，一时成为街头巷尾热议的话题。多少人挣断肋骨，两年都挣不到五十两，可张二娃仅仅动动嘴皮，五十两白花花的银子就攥到了手心，如何不让人垂涎欲滴？

张二娃毕生都在扮演着女人，还被个别大户人家暗中包养，自然赚得银两满罐。遗憾的是，他终生未娶，没有亲骨肉，仅认领了三个孤儿做干儿子。张二娃四十九岁因患有肺病而香消玉殒，由唐家戏坊包揽了他的安葬事宜。唐家戏坊的人对外说，别看张二娃穿金戴银的，可家里穷得叮当响，连个烧火棍都没有，但张二娃干儿子的说法却恰好相反。张二娃最大的干儿子叫顾润生，艺名哭莲，取秦香莲哭夫之意。唐家戏坊的人在整理张二娃遗物时，哭莲就在现场。哭莲逢人就比画着手势，哎呀呀一番，接着便数落起唐家人的忘恩负义。哭莲说干爸撒手人寰，让唐家戏坊发了一笔横财。唐家戏坊一度招不到学生，坐吃山空，就剩下了关门。可他们的运气好，偏偏就遇到了干爸的离世——哭莲甚至怀疑干爸是被唐家人谋害死的——瞬间就从叫花子变成了财东爷。干爸也是的，那么多的戏坊，咋就和唐家签了一张生死契约呢？干爸一死，唐家人不先给干爸上香烧纸，而是急呼呼地冲进干爸的卧室，从里面插上门闩，翻箱倒柜地搜寻起钱物来。哎呀呀，干爸的雪花银，装满了两个大木柜。绸缎呀，首饰呀，古玩呀等等，满当当地堆满了一整床。单金簪子银簪子，就有一木匣。干爸真是亏大了，他终日劳顿所得，全归了唐家所有。哭莲说，还是在他的哭闹下，唐家人才将一些不大值钱的东西，作为陪葬品，埋进了干爸的坟中。

哭莲后来在耀州城里，也算是一个名角。但在人们的评价里，他比起张二娃来，那是星星比月亮，根本不在一个层次上。张二娃唱到悲情处，泪水像葡萄一般，一颗颗地夺眶而出，挂满了两颊，单这一点，哭莲永远无法与之比拟。人们喜欢看张二娃哭，乡里人往返步行三十华里来城里看戏，就眼巴巴地等着瞅张二娃哭呢！张二娃一哭，台下就掌声雷动，起哄声与口哨声此起彼伏。但哭莲做不到这些，他唱到孟姜女哭长城，眼里干旱无雨，有时甚至还把自己唱乐了，竟偷偷地拿长袖掩住嘴窃笑。

林立的作坊和兴隆的烟馆

　　明清时期，耀州城和其他城镇一样，尚无工业，解决生活之需，基本上都依赖于作坊的制作。

　　作坊是家庭式的，家族式的，个人化的，零散化的。有的作坊三五个人，有的作坊七八个人，有的干脆就夫妻二人或父子二人。开设作坊，无须官府审批，在自家门口挂一块蓝布旌，或在大门外的墙壁上用毛笔刷个"酱""醋"之类，就可以开张了。街上店面里出售的货物，有一部分来自脚夫的长途驮运，但更大一部分，则源自当地作坊的制作。酱坊、醋坊、豆腐坊、铁匠铺、木工铺、棺材铺、染坊、杀坊、瓷坊、绣坊、纸坊、磨坊、扫帚坊等等，杂七杂八的，凡生计所需之物，都有相对应的作坊。

　　作坊与店铺不同。店铺常常开在最醒目的位置，唯恐他人的眼睛瞅不见，但作坊则像个害羞的闺秀，总是躲藏于房内屋后。一般情况下，作坊就开在自己的家里，与家人的日常生活搅和在一起。主人对作坊并不那么专心致志，农忙时去郊外种地，农闲时才在家中的作坊里忙碌。比起耕种，作坊并不显得特别重要。耕种——种粮食、种棉花——关乎吃穿，吃穿关乎生命，而作坊，只关乎于手头的零花钱是否充裕。

　　在商品经济未曾发酵的年代，一切都是自给自足的。吃，有赖

于自己耕种；穿，有赖于自己纺织；住，有赖于自己砌筑；用，有赖于自己制作。很多人家最初开设作坊，都怀有朴实的想法，那就是用作坊来解决自己家人的生活所需。比如，砌一个磨盘，摞上两块圆圆重重的磨石，买一头驴子，原本只是想着要为自己家人磨面的。驴子精神饱满，两腿撒欢，两斗麦子预计两晌磨完，却一晌就搞定了，其他时间，磨子闲置着，驴子也只吃不干活，于是就有亲戚或邻居找上门来，碍于情面，只好让其套驴拉磨。白用了人家的磨子，白使唤了人家的驴子，亲戚邻居的心里过意不去，便回赠给主人一升黄豆或一尺黑布。这样的回赠多了，主人从中也就嗅到了商机：既然有市场需求，何不把磨子从一台扩充成四台五台，把驴子从一头两头扩充至六七头，从事对外经营？人不分远近，不论生疏，凡找上门来，愿意缴纳一定比例的财物，都可以在本作坊磨面。磨坊，比起其他作坊来，要繁忙许多。客户们拉着架子车，常要在门外顶着烈日或迎着寒风排队。当然，也有提前预约的，等排到自己的那一时刻才上门。可怜那些驴子，被蒙住双眼，在主人粗野的骂声和鞭子挥舞的响声中，四腿交替，急急而行，绕着磨盘转了一圈又一圈。驴子是世间走路最多的生物，但走得再多，都走不出那条窄窄的磨道，这无疑是驴子们最为可悲的痛点——驴子是作为被奴役者而来到这个世界的，从生到死，仅担负有两项使命：生而为人干活，死而被人吃掉。

磨坊是这样，醋坊、酱坊以及更多的手工作坊，起初的发端，都源于自家的需要。但随着对外批发商品，坊的规模也日益扩张。有一些作坊，由于市场需要量较大，家里的地盘已难以容纳更多的器具和人力，于是就在外面租借他人的空房，用以大批量地制作与产出。这样的作坊，如果守信且严把质量关，渐渐的，就会拥有名气。李家酱油孙家醋，姚家手巧染花布，刘家针线满世走，寇家镂刻棺材铺，王家铁镰能剃头……这样的顺口溜本身，就已将耀州区域名震一时的作坊，进行了罗列和归纳。名作坊，制作名产品。久而久之，这些作坊的制作工艺，就演进成了一种知识产权，对外秘而不宣，对内传男不传女。男是门庭的守望者，坚守者，而女则因为长大了要出嫁，不可信任。张家女变成李家妻，很有可能将秘笈带至李家。女儿也许不为夫家着想，但会为自己的儿女考虑的。她如果把娘家的一技之长传授给其儿其女，其儿其女继续下传，总有一天，他们就会变为张家强劲的竞争对手。卖石灰的见不得卖面的，何况两家都卖面呢！外孙虽和外公有骨血之亲，但毕竟属于外姓人，与内孙不可同日而语。

每个作坊，都严守着各自的秘密。有的作坊，一开启就长达百年，世世因袭，代代相传。作坊开着开着，就有了自己的店铺，生产销售一条龙。更重要的是，还打造出了自己的品牌，标注成"号""行""堂"以及"铺"等。号、行、铺的功能基本等同，所指皆为店铺，经营什么，就是什么号什么行什么堂什么铺。票号，相当于银行，主营对外提供抵押贷款；盐行，负责售卖食盐；医堂，负责把脉疗伤；药铺，既收购药材，又出售药品。在"号""行"和"铺"之前，特意添加几个字，作为自己的标号，以别于他人。比如"李寡妇典当行"中的李寡妇，"白眼狼典当行"中的白眼狼，就是该"行"的标号，明眼人一瞅就明白，他们不属于一家典当行。

典当在那个年月，是极为重要的一个行业门类。那时候的人普遍很穷，一有急事难事，就想到了典当行。把自家的财物，送到典当行抵押，从而借出一笔钱来，以解燃眉之急。等缓过气来，挣到了钱，再拿钱去典当行赎回自家的物品。典当行除了吃利息差，更重要的是吃违约金。很多人把自家祖传的昂贵物品送往典当行，总想着今日背去，明天就能背回来。但实际上，物品却成了肉包子打狗，一去无回。到了约定还款的日期，挠头也好，跺脚也罢，没钱就是没钱，只好眼睁睁地看着典当行将自己的心肝宝贝据为己有。典当行生意越是火爆，所显示的，恰是越发地民不聊生。有人典当了金耳环银镯子，有人典当了木柜木桌，有人为给牛治病典当了一头骡子，有人为抽大烟典当了自己正穿的棉袄，还有人为给儿子娶亲典当了女儿。

典当女儿，女儿不必去典当行，只是由家长出面和典当行签订一份契约即可。如果家长不能履约，典当行就有权将其女儿卖给某户人家。大一点的姑娘直接被人娶走为妻，小一点的女儿也被人抱去做童养媳。卖儿卖女，平常而又平常，在那个年月，根本算不上稀奇。

在名目繁多的作坊与店铺背后，隐匿着很多在当下人看来不可思议的行业，其中，最为突出的，一是烟馆，一是接生。林则徐在广东虎门销烟后，宫廷就颁布禁令，在全国范围之内实行禁烟，但上有决策，下有对策。在紫禁城之外的京都，大街小巷的烟馆从来就不曾真正关闭过，只是变换了门头，挂着羊头卖起了狗肉。摘除烟馆门额上的"逍遥馆"三个字，以"暮雨"二字代之。京城尚且如此，何况山高皇帝远的其他地方呢！在京城之外，烟馆从来都直呼其名，不会虚伪地用"逍遥"这等委婉之词进行伪装。

耀州城里的烟馆，大多开在远离闹市的背巷里，以逃避官府的追缉。官府里的人来查烟，看起来很严厉，但其实，却是举着手中的纸老虎，吓唬一番馆主就作罢。那些衙役，很多都在抽烟，而烟又很贵，以他们薪水之低微，何以买得起？于是烟馆就成了他们能过足瘾却不用付费的理想场所。在他们的眼里，烟馆是一只母鸡，不但可以掏鸡蛋，而且还可以拔毛。除了满足烟瘾，烟馆时不时地还要往他们的长袖里塞一枚银两。如此这般，他们的所谓查缉，就真正沦为了走过场。

烟馆里的大烟，有的是从南方贩运过来的，有的是当地人偷偷种植的。在山坳里，一些农户用密林围拢起一块块的田地，往里面撒上鸦片籽粒。等罂粟花败，他们将其收割，在夜色的掩护下，用牛车将成捆的鸦片运往烟馆。

一年四季，别的生意时而兴隆，时而清淡，唯有烟馆总是烟气腾腾，星火闪闪。烟馆的后院里，沿墙砌了一圈泥坯土台子，供吸烟者吸食大烟时或坐或卧。

我聆听过一位老者对烟馆的描述，他的外公就曾是开过烟馆。老者说，烟馆后院的土台子，既是座椅，又是卧床。那些烟鬼们，进了烟馆，就像一片烂胶布，黏在了烂疮上，再也不肯轻易离去。土台子上搁置着一盏盏的烟枪，供抽烟者吸食。烟鬼们过完瘾，东倒西歪，扶墙而行，走一步退三步，像醉烂如泥一般。他们中的很多人，并不急于离去，而是仰面朝天地躺在土台子上酣睡。睡醒了又抽，抽完了又睡，个个姿态丑陋，以至于连裤裆里的肉鸟露了出来，都浑然不觉。

烟鬼们吸烟，当然得交银子。但有的烟鬼，总是赊账，赊多了却无意归还，还要变本加厉地继续赊。于是掌柜的就一声令下，家丁们就提着棍子，朝赊账者的头部肩部抡去。如果赊账者见势不妙，赶快逃窜，从此再也不来烟馆，烟馆知其家底已被抽空，就不再追索旧账。但如

◎ 解放前的大烟馆

果赊账者还要胡搅蛮缠，那就对不起了，家丁钉满铁钉的棍子，可不是装腔作势的摆设。那些棍子一旦降落下来，赊账者不是死，就是重伤。城里有专门收尸的一些人，他们经常性地出入于烟馆，将那些已死的人，或濒临死亡的人，用布单包裹住，放到地轱辘车上，拉往"死娃底"。收尸者也是烟鬼，他们辛劳的动力，无疑来自老板的能施舍他们一口烟抽。

◎ 吸食鸦片大烟

不少研究清朝历史的文章都提到这一点，清朝时期，自英国人靠枪炮打开中国的大门，源源不断地贩运鸦片到中国后，中国的烟民数量，呈几何性增长。壮年男丁中，抽烟者十之五六。起初，为禁不禁烟，宫廷内分裂成了对立的两派，还颇为激烈地唇枪舌战过。主禁者，以民族危亡为警示；反禁者，以社稷安稳为论据。最终，反禁者获得默认，于是宫廷对鸦片泛滥采取听之任之的态度。清廷最终选择了禁烟，那是因为在面对列强时，突然发现征兵变得异常困难。一个个的青年，都成了烟鬼，且被烟熏染得腿软骨软，走路都要扶墙，指头一戳就能栽倒，这样的人怎能被招募入伍，呼啸于枪林，拼杀于弹雨？

抽烟，带给一个民族的不仅有刻骨的耻辱，还有铭心的伤痛。

烟馆是毁人以希望，而接生则是予人以希望。

一个州城里，究竟有多少个接生婆？因无确切记录，无从详知。然而，依据经验判断，人数至少有二三十。这些人，多为中老年妇女。她们本是围着灶台转的良家妇女，却因某一个极为偶然的机缘——有时是情急之中，找不到接生婆，就让她当替角，但就这么一替，却使她不但积累了经验，而且信心倍增

——自此走上了以接生为业的道路。

妇女不出门工作，甚至于不下地干活。在过去，陕西人称她们为"屋里人"。一句"屋里人"，就把她们的活动区间，清晰地描画了出来。是的，没有特殊情况，他们一般都足不出户。男主外，女主内，她们的职责，就是做饭扫院，织布缝衣，并相夫教子。但接生婆则不同，必须奔走于各家各户，游荡于白昼黑夜。

那时候没有专门的妇科医院和妇科诊所。街上某某堂之类的诊所，也拒不接纳妇女生产。因为，在这些诊所的主人看来，生产远非洁净之事，是污秽的，是肮脏的；妇女在其屋内的床上生产，没准会给他们带来灾祸。医生全是男性，让男性的双目直勾勾地盯着自己的私阴处看，或让男性的双手直接触碰自己的敏感部位，生产的妇女也很抗拒，心理上也无法接受，弄不好，她们很有可能因羞愧难当而自寻短见。保守，并非全是贬义词。人之所以保守，那是因为尚且保留着一颗古老的羞赧之心。

相互排斥的社会环境，为接生婆腾让出了一片用武之地，也促使她们的身影，活跃于城墙内外。接生婆没有营业执照，甚至不懂医术，只是依据经验，稍微知晓一些接生常识。她们有时白天被人叫去，有时半夜被人从被窝里唤醒，总之，随叫随到。没有消毒用具，没有专用的医疗器械，更没有止血药止疼药之类，但这都不足以妨碍她们的"胆大妄为"。把孩子从母腹里拽出来，持一把用于剪布的剪刀，直接剪断连接母子的脐带。看到母亲分娩后其私阴处颇为不洁，随手抓起一件脏衣，迅疾地予以擦拭……如此粗糙的接生方式，带来的后遗症自然不可小觑。有难产的孩子，脑袋因受到长时间的挤压而缺氧，患上了脑瘫；有的妇女因为细菌的浸入而感染发炎，终生绝育。死亡率当然是居高不下，有的母死婴活，有的婴死母活，还有的母婴双亡。导致死亡的罪魁，是产后风和大出血。但不论生死，主家都不会为难接生婆的，该给接生婆的酬谢，一样都不会少——老天收人，谁又奈何得了？主家哭一哭，将亡者葬埋，事情也就过去了。

接生婆接生，是不收取银两的，但主家都会根据自家的实际，给予一定的物质回报。一斤红糖和一双袜子，那是必不可少的。除此，家境好一点主家，还会额外追加一些簪子、发卡和铜脸盆等物。

民国时期，传教士早已踏足耀州，耀州本土出去的留洋学生有些已学成回归，加之一些驻陕军阀和官僚的推动，耀州西式的诊疗技术迅猛勃兴，并建起了以西药为主的现代医院。然而，接生婆并未销声匿迹，她们依然神色匆匆地奔走于接生的路上。

及至二十世纪的七八十年代，农村人生孩子，照样依赖于接生婆。住院生孩子，在农村人看来，那简直不可思议：生个孩子还要花一笔钱，值得吗？

但社会疾驰的列车，最终还是将接生婆甩出了车帮，并将其遗弃在了岁月的中途。九十年代，接生婆才算真正完成自己的使命，从而彻底地退出历史的舞台。

接生婆在民间的地位并不高，甚至遭到蔑视，把她们与巫婆画等号。但实际上，接生是一项伟大的职业。试想一想，世界上的哪种职业，能比助人诞生更为神圣，更有价值？那时的人，无论高官，无论平民，无论富商，无论乞丐，哪个人不是经过接生婆之手的神奇护佑，才平安落地的？中华民族生生不息，源源不绝，接生婆无疑是功不可没的。

杀坊里嚎叫的猪

在这个坊那个坊中，我从心理上最为排斥的，莫过于杀坊。

一个"杀"字，寒气逼人，给人以血腥之气。

杀坊造就了屠夫，而屠夫在中国漫长的历史中，都是一个十分晃眼的职业。

杀坊杀者为何？答曰：动物。动物里以家畜为主，家畜里又以猪为主，兼之以牛、羊等。鸡是不用进杀坊杀的，其原因，一句古语已做了总结：杀鸡焉用牛刀？一把切菜刀，就能致鸡于非命，用不着大动干戈，把小小的鸡，弄到杀坊里去宰杀。屠夫是不屑于杀鸡的，那是对他们手艺的贬低与侮辱。杀鸡之类，任何一个家庭妇女，都可以搞定。

猪是一种不幸的动物，它来到世间，不像牛可以帮人耕犁，不像驴可以助人拉磨，不像骡子可以替人驮载，不像鸡可以给人下蛋打鸣，它活着时百无一用，又很贪吃，因此，总是以动物中的反面形象，遭人鄙夷与唾弃。人们谈论起某人的缺点，猪就跟着躺着中枪，比如"像猪一样脏"，"像猪一样懒"，"像猪一样邋遢"，"笨得和猪一样"等等。猪有种种不堪，但人何以要辛苦地养猪喂猪，并将自己的劳动所得，匀出一部分给猪吃呢？原因不外乎留恋猪的肉香。至于猪皮能制成皮革，做成皮鞋，那是后来的事。猪最早的用途，仅为满足于人们的口齿之香。

民间早就有言：羊肉膻腥牛肉顽，猪肉再好咱没钱。

也就是说，猪活着时很不可爱，但死了就变得讨人喜欢了。或者说，猪很令人厌恶，猪肉却令人痴迷。

猪肉优于羊肉牛肉，这是延续了数千年的传统观念。有钱人，上等人，吃的是猪肉；贫寒的，拾荒的，吃的是羊肉和牛肉。但现在，似乎颠倒了过来：猪肉被排挤到了餐桌的边缘，占据餐桌中心的除了鱼虾，还有羊肉牛肉。羊肉和牛肉的走红，与化学药剂的发明问世密切相连。过去人们拉着风箱煮牛肉，从早上煮到傍晚，未必能将其煮烂。顽固的牛肉就像牛的脾气一样倔强，即使用慢火炖上好几个时辰，依然顽固得不肯疏松。如今却大为不同了。往沸腾的煮肉锅里倒入一些芒硝，经过一番煮沸，再有韧劲的牛筋，都无法抵御芒硝的溶解。现在的人，贪食于羊肉牛肉的美味，岂不知带来这种美味的，是危害自身健康的芒硝。

在芒硝尚未被生产的年代，容易被煮烂的猪肉，成了肉中之王。鸡肉类似于文章中的小品文，只能作为宴席的点缀；狗肉太过低贱，上了席面会遭客人嘲笑；兔肉属于野味，只可炖汤，不可炒菜；蛇有毒，蝎子亦有毒，不敢吃，甚至不敢看；蛤蟆、乌龟、麻雀、野鸡等等，还不是食品家族中的成员……唯有猪肉，横扫天下，称王称霸。

杀坊就是专门宰杀动物的作坊，或者说是专门宰杀生猪的地方。一头猪崽，猫一般大时，被主人购买后，捆住双蹄，放入草笼背回家，到用地轱辘车载着沉重的它，朝杀坊的方向而去，期间要经历一个漫长的过程，短则一年两年，长则两年三年。猪肥挨刀子，这句被用来形容人情状的话语，同样也透露出了猪的处境：长得越快，死得越早。猪的寿命，超不过三年，但在这短短的一生里，除了留于配种的和用来生育的母猪，一般的猪，都要挨两次刀子。第一次挨刀是阉割，第二次挨刀是毙命。

猪被买回来，喂不了几天，主人就要急急惶惶地联系屠户。屠户不是每个村都有，也不是随叫就能随到的，必须得提前预约。屠户背着个布囊，里面装着一把刀子，一卷绳子，今天在这个村出现，明天在那个村亮相，忙得有时连午饭都顾不上往嘴里扒。屠户来到主人家，抽上一锅烟，瞄着猪看。懵懂而贪嘴的小猪，并不清楚接下来将要发生什么，还在摇着尾巴一个劲儿地拱着墙根刨食吃。趁猪不注意，屠户一个健步扑向小猪，一把拽住猪蹄子。小猪极尽挣扎，拼命嚎叫，却难以逃脱屠户钳子一般的五指。屠户抓起小猪，在空中抡几圈，然后重重地往地上一摔，小猪便昏晕了过去。屠户翻过小猪的身子，用双脚踩住小猪的双蹄，然后蹲下身，猫腰从布囊里取出刀子，一手抓住小猪的睾丸，一手用刀划破小猪的阴囊。小猪清醒了过来，凄厉的叫声歇斯底里，却无济于事。屠户从小猪阴囊的伤破处，伸手一掏，抓出一把血糊糊的肉团，使劲一揪，将其揪断，然后抡起胳膊，把肉团向远处抛去。一只早已偷窥的猫，火速从某个角落飞蹿而出，冲向了肉团。猫噙住肉团，得意扬扬，一副志得意满的神情。而屠户，拿着一根绳子，将小猪的划伤处予以绑扎。等一切完毕，小猪从地上翻起身来，哼哼几声，摇摇尾巴，又撒腿而去。

小猪还像小猪，但事实上，此猪已非彼猪。世间的一切生物，皆为上帝的天使，猪也不例外。但人为了吃肉，逆天而行，将猪的原始属性，强制性地予以了改变。我目睹过猪被阉割的全过程，于是在很长一段时间内，一种莫名的怅惘充盈于心。询问何以阉割猪，得到的答案为：猪若不被阉割，就会长得很慢，而且长大以后，皮粗肉糙，不大合乎人的味觉之需。

人总是替自己考虑的，却从不替猪考虑。猪在人的眼里，是案板上的肉，而不是鲜活的生命。

当然，也有抗争的小猪，不过极为个别。抗争的猪，除非跳沟而亡，或撞树而故，否则，即使暂且挣脱，最终也难逃被阉割的结局。逃得了一时，却逃不过永远；逃得出屠户的掌心，却逃不出这个人欲横流的世界。

猪挨的第二刀，就与杀坊有关。猪是坏猪，变成肉就成了好肉。这样的逻辑本身，显示的是人思维的混乱：猪很肮脏，但吃起猪来何以又津津有味，忘却其种种不堪呢？

过去的杀坊，相当于现在的屠宰场，但就其规模和屠宰量而言，要小很多。屠宰场里，天天都在发生着大规模的屠杀行为，动辄就有数十头上百头猪丧命，而杀坊却不同，每天最多宰杀一头猪或两头猪。杀坊与肉铺连缀在一起，前面是肉铺，后面是杀坊。后院里杀猪，肉铺里卖肉，杀与卖，皆归属某个住户所有。杀坊是家庭式的，父子式的，绝少雇佣帮工。即使人手拉不开，也仅四处打听与寻觅，雇佣来一个刀法娴熟的屠夫。

屠宰是一门职业，也是一门技艺。谁杀猪杀得好，在一个区域里，渐渐就有了名声。张屠户刀法利索，李屠户褪毛干净，刘屠户翻肠子像玩耍，高屠户割肉不用秤等等，每个名声远扬的屠夫都练就了一套绝佳手艺。有一些人家过事，要宰杀一头猪或两头猪，就会拎着一斤点心，二斤烧酒，前往这些屠户的家里请其出山。当众人听说某个有名的屠夫，将在某天某地杀猪时，很多人扔下自己手中的活计，大老远地跑去围观。观看宰杀，就像观赏一幕精彩的演出，令人心旷神怡。一头猪被牵至某片空旷之地，众人陆续到来，将其围成一个圆圈。屠夫在主家吃饱喝足，过了烟瘾，就拎着那把明晃晃的长刀，朝圆圈疾步而来。猪对屠户异常敏感，屠户尚未入场，猪已觉察到自己将要大祸临头。于是，猪开始了嚎叫挣扎。一群帮闲的男人控制着猪，将其摁倒在地，折叠的膝盖顶头的顶头，压身的压身，按蹄子的按蹄子，迫使猪动弹不得。屠户站在一旁，举起屠刀，朝空中晃一晃，然后弯下腰，像闪电那般，将利刃刺入猪的脖颈。长长的刀身全部捅入猪的体内，仅在猪脖子上外露一具刀柄。一刀致命，还是多刀致命，这是技艺精湛的屠户，与学艺不精的屠户间，泾渭分明般的差异所在。有的屠户杀猪宛若耍杂技，玩儿一般，而有的屠户杀猪却像拿锈刀戳橡皮，一刀又一刀，总是不能击中要害。

猪喉管的刀柄处，喷出少许的血，然后猪就四脚朝天，僵僵地不动了。

不远处一口偌大的专用大锅，水已烧得沸腾。七八个人抬起猪，向那口大锅缓缓移动，边走还要边抱怨：它这爷，咋就这么沉呢？沉得跟猪一样！

把猪扔进锅里，用开水泡上三两分钟，一群人就手抓褪毛刷，围着锅沿，给猪褪起毛来。褪毛刷不像真正的刷子，而像一块锈固的炭渣，表面仿佛七窍生烟似的，凹凸不平。经开水的浸泡，褪毛刷使劲一搓揉，一撮撮的毛就大面积地褪除下来，白亮亮的猪皮就裸露了出来。猪并不黑，而是很白。黑的是猪毛，白的是猪肤。土黑猪与白洋猪的区别，只在于毛发，肤色并无太大的悬殊。唯一的不同，也许就是白洋猪的皮肤，外形上更显稚嫩一些，且白中泛红。

　　褪去猪毛后，就用一只铁钩，钩住猪腹部的下方，然后猪被倒挂在一根横梁上。屠户从腰间抽出一把稍短的刀，从上而下，将猪的肚皮一条线地划开，猪的五脏六腑，全袒露了出来。屠户指挥帮忙者，将猪的肠肠兜兜，一股脑儿地全掏挖出来，然后翻肠子，洗肝肺，一番折腾之后，猪尿泡便被某个人洗净后，举在了手里。猪尿泡是最能吸引人目光的东西，人们瞅着它，甚至跑过去争抢，总想一探究竟。于是猪尿泡从这只手转到那只手，人们捏弄着它，并试图将它吹鼓吹圆。这个的嘴对准猪尿泡吹一吹，那个的嘴对准猪尿泡吹一吹，及至于有人吹得红脖子涨脸，差点儿背过气去，却未必能吹动猪尿泡。湿湿的猪尿泡就像一团湿湿的皮革，不肯轻易就鼓胀起来。然而，人中自有人上人，那些练过武功或气功的壮汉，唇沿一挨住猪尿泡，一呼气，一吸气，猪尿泡便浑圆膨大了起来。在进气口扎紧绳子，猪尿泡就变得宛若一只白色的气球，似乎随时都能放飞。

　　人们对猪尿泡的兴趣，其实隐匿着人对性器官的好奇。在一个个的人把自己包裹得严严实实的社会里，在公共浴池尚未诞生没有机会直视他人身体的环境里，人对除自身之外的生殖系统，自然充满了遐想。一种神秘感，始终萦绕心头。而今，猪最隐秘的部位暴晒于光天化日之下，人如何不想趁机瞅一眼，摸一把？

　　当猪的五脏被摘除干净，屠户就挥动斧头，将一头开膛破肚的猪，剁成一块块的条状肉。条状肉被许多之手拎回不同的家，切割，剁碎，历经烹制，变成餐桌上一道香喷喷的菜肴。

　　猪就这样悲惨地死去，屠户就这样在不断地宰杀中获得人生的满足感和成就感。宰杀久了会上瘾，屠户三天不动刀子，心发慌，手发痒，夜不成寐，食之无味。

　　在杀坊待久了，再笨的人，都能磨砺成出色的屠户。天天杀戮，日日朝猪身上捅刀子，岂有不长进之理？但在杀坊里杀猪，要比给过事人家杀猪，粗糙许多，原因在于鲜有人围观。厨师只给自己做饭，演员只给自己唱戏，都会有那么一点儿心不在焉。

人追猪的情景剧，时不时地就在西河滩或东河滩，甚或在某个街巷里上演——一群人吼声连天地追着一头血淋淋的猪跑，一打问，才知某个杀坊的猪跑了——杀坊里跑了猪，相当于瓮中跑了鳖，闻者颇觉新鲜，于是就将其当作笑料，四处传诵播扬。半日不出，整个州城里的人，都知道了某家杀坊里跑了一头猪。

高举的屠刀之下，猪怎么会冲破重重阻拦，撒腿而逃呢？究其因，大多为杀坊新雇的生手所致。才入杀坊不久的学徒，并非一刀就能夺取猪命，常常需要补刀。补一刀，还是补两刀，取决于各人的判断。生手们有时捅了猪好几刀，猪都未能彻底咽气，但学徒却误以为猪已毙命，便扔了屠刀，躲到屋子里抽水烟去了。抽了几口，透过窗棂，恍惚间发现案板上竟然光光溜溜，没了猪的影子，这下他才慌了神，并大呼小叫地冲出大门，满世界地去找猪。

一丛丛的猪毛被殷红的血浇湿，猪拖着伤痕累累的躯体，歪歪扭扭地逃窜，不谋封官加爵，只为保住自己的一条贱命。然而，逃窜，至多能使自己多苟活那么半个时辰。

杀坊里血色的污水时常从水眼里漫溢出来，扭扭捏捏地在街道里横流。一股刺鼻的血腥味，迎面扑来，街上的行人纷纷捂鼻绕行。人们躲避着杀坊，远离着杀坊，似乎杀坊里冒出的那一股黑烟，都带有不吉祥的气息。

人是一个矛盾体，尽管喜欢围观杀戮，但都明白，杀戮终究不是美德。在某种意义上，人围观杀戮，是对自身的一种抚慰。人追着追着观赏一头猪的受难过程，潜意识里，是想用猪的悲剧，疗治自己内在的绝望。在他人的不幸中，在动物的悲惨里，很多人的心理会得到些许的抚慰，并萌发出这样的心理暗示：我还不是世间最不幸的那一个。

有一回，在某个地方，我亲耳聆听到一个人安慰另一个人，他所说的话，让我想笑，却难以笑得出来：你看看你，就知道往前想，咋就不知道往后想一想呢？是的，你活得是不如很多人，但很多人还活得不如你。你也不想想，猪都活着，而且还活得高高兴兴的，咱甭管咋样，总比猪强吧？猪挨刀子，咱总不会挨刀子吧？你呀，要向猪学习！

铁匠铺里玩命的肉身和飞溅的火星

木匠与铁匠，在漫长的历史时期，皆不可或缺。

清代的中国，一直都在封闭中踟蹰。多数国人有可能耳闻过红毛子的厉害，却并不清楚一个强悍西方的客观存在，自然也就无法瞭望到工业革命带来的机器轰鸣。当西方人在宽阔的厂房里操控着车床，产品在流水线上被大批量地生产出来并运往世界各地时，在中国的铁匠铺和木工铺里，铁匠们正抡着铁锤，木匠们正拉着锯子，挥汗如雨地在铁砧上敲打，气喘吁吁地在木头上拉锯。

落后的生产方式，决定了铁匠铺和木匠铺的源远流长。木匠铺暂且不提，而铁匠铺，几乎成了所有家庭都离不了的依靠。凡铁器，除了铁锅源自铸造，其他的一切，都来自铁匠铺。从铁勺、铁铲、炭锨，到犁铧、铁镢、锄头，哪一样不是靠铁匠铺的铁匠，一锤一锤地敲打出来的？

在那样一个农耕时期，男耕女织的传说，只是文人笔下一种浪漫化的幻觉。男耕，那是要大汗淋漓的；女织，那是要点灯熬夜的。耕也好，织也罢，无一不透支身体，以损害健康作为代价。更重要的是，每个家庭都在温饱线上挣扎，稍有懈怠，就会滑入赤贫的境地。走进那些普通人家的院子，放眼望去，一派土色土质。除了土，还是土，墙壁是土色的，地面是土色的，仅有的几件铁器，几乎都要被满目的黄土覆盖。

但就是仅有的这几样铁器，却在传递着一个家庭的现代性，并将该家庭与半坡遗址出土的原始部落，区分了开来。半坡的原始部落，只有陶器，没有铁器，而在现代的家庭里，容易破碎的陶器已被相对结实的瓷器所替代，钝化的石斧石锨，已被锋利的铁斧铁锨所淘汰。

铁匠就是铁器的制造者，而铁匠铺则是铁器的生产基地。与木匠铺不同，铁匠铺总是裸露于大街上，一边打铁，一边卖铁。有一句话，叫"打铁先要自身硬"，讲的是，凡进入铁匠铺抡起铁锤打铁的人，皆为虎彪彪的小伙子，骨骼硬于常人，力量大于常人。骨头软了不行，身材短了不行，力气小了不行，一顿饭，不吞咽三老碗干面条，就绝然不是打铁的料。打铁日久，打铁者仿佛也变成了一个铁疙瘩，身上的每一块肌肉，都硬邦邦的。

铁匠铺汗气腾腾，火星四溅。火炉与铁砧，放置棚屋之外的空地上。一块生铁，先架在烈焰熊熊的炉子上烧烤，等其通红通红，像一块行将燃尽的偌大火蛋，眼看着就要融化，这才用大铁钳将其夹住，放到铁砧上。站立于两旁的两个小伙子，抡起铁锤，你一下，我一下，轮番猛砸铁块。要做锨，就像摊饼子一样，将其砸得薄薄的，又砸得方方的；要做镢，就砸得长长的，扁扁的，并薄厚不一。物器的形状，不用模板和图纸，打铁者依据经验，凭借手功，就能一锤锤地砸出来。等砸得差不多了，就把还在冒烟的物器，丢进一锅水中，让其固形。铁块经历了烈火的焚烧，经过铁锤的击打，最后又经历了冰水的冷却，在一热一冷中，固化成了一件能够充当生产资料的铁器。

打铁的彪形大汉，常常裸露着被烟火烤得黑红的上半身。迸溅的火花，时不时地飞落于他们的脊背或胸膛，在皮肤上烫出一个个的黑疤。汗水宛若一股股的小溪，在他们的面颊上，脖颈上，胸背上，长长短短地流淌。每一件铁器的成型，都是用一瓢一碗的汗水换来的。抡锤抡得实在太累了，就稍事休息，抓起搭在铁杆上的那个颜色发

黑的毛巾，擦擦脸，擦擦身子，并端起水盆，咕咚咚地往嘴里倾倒一通，然后又接着抢锤打铁。铁是他们的敌人，似乎与他们不共戴天，但又是他们的饭碗，因为只有铁的顽固生硬，他们才被需要，也才能依靠自身的蛮力，换得微薄的酬薪。他们家人生命的延续，完全有赖于他们铁锤的一打一击。

铁匠铺的老板，并不袖手旁观，而是打铁的参与者。小伙子砸出物器的大致轮廓后，老板则要手举一根小铁锤，在大锤一落一升的间隙，见缝插针地快快敲打，从而为物器塑形。物器是否合乎规则，是否高质量，就看老板的手劲了。老板们都是打铁出身，本就是技术娴熟的铁匠。两个抢锤的小伙子，则是他收来学艺的徒弟。老板年轻时，也是个抢锤砸铁的角色，只是后来自立门户，开起了铁匠铺，这才由抢大锤，变成了抢小锤。

打铁的时候，总有路人站在一旁观看。人是喜欢凑热闹的，也是极其盲从的。一人驻足，会吸引来两人三人驻足。观看者越聚越多，其中就有人忍不住地要大发感慨，这个为某一锤用力之猛叫好，那个为某一件成器品相之端叫绝。抢锤的人，听到了赞美声，似乎锤子的重量都变轻了，于是抢得更为起劲。

成型的铁器挂满了墙壁，摆满了地面。一排排的铁锨，一溜溜的犁铧，一排排的镢头，一层层的锅铲。购买者步入棚屋，东看看，西瞧瞧，拿起这件端详端详，拎起那件比画比画，在挑挑拣拣中，终于相中了某件物品，这才将手伸向腰间，从缠得紧绷绷的腰带里，掏腾出一些银两，递给老板。老板面无表情，一副爱买不买的架势。

铁匠铺不单是城里有，而是遍布城乡。在明末清初，耀州区域的铁匠铺，达上千家。与我家乡连畔种地的稠桑东村，就有两户人家从事打铁的生意。当然，大部分铁匠铺，还是集中在耀州城区。一条街道，长不过不五百米，却开有三四家铁匠铺。久而久之，哪家铁匠铺打出的镰刀最锋利，哪家铁匠铺打出的切面刀剁肉不损刃，众人皆有共识。于是，那些技艺超群的铁匠，慢慢就有了名气。东街的宋师，西街的谢师，北街的杨师，南街的苟师，就成了打铁行业中响当当的人物。有了名气，就有人订货，官府的采购也会盯上他们。要发财，官府来；要红火，寺庙买。官府和寺庙，是铁匠铺财源的两大福地。官府的人掏钱，利利索索，大手大脚，往铁匠铺那张简易的桌案扔一锭两锭银子，手既不抖，眼亦不眨。相比之下，寺庙里的人就要小气许多，总是要把竹子削成筷子，把馒头压缩成饼干。但寺庙里的需求量很大，米粒汇多了，也能化为粟海。

通过打铁发财的，大有其人。其中的秘诀，就是能独揽到官府和寺庙之需。官府大门上的铁栓铁链，屋檐上的镶边，锅灶上的铁铲铁勺，稍有破损，就毫不犹豫地进行更换。而每一次集中修缮和更换，都足以让铁匠铺忙碌半年。官府再豪迈，却也独此一家，别无分店。但寺庙就不同了，它数量之众，密度之大，超乎了现代人的想象。有人的地方，必有寺庙，哪怕该地仅有三两户人家。烧香磕头，是那个时代的人最为重要的必修课。人人心中有神，个个跪地求神，似乎神灵统管着人的一切，决定着人的一切。耀州城内，中等规模以上的寺庙仅有三四家，但小型寺庙却多得数不胜数。城里的寺庙很密集，乡野的寺庙更密集。每个村子，都香火袅袅；每座山头，皆木鱼敲月。仅为寺庙里打造香炉，就能使铁匠铺抡锤的小伙子，累得上气不接下气。

有意思的是，铁匠铺的开设者，最初鲜有当地人，而是从山东、河南、安徽等地流落至此的谋生者。这些人在故土的生活难以为继，于是就踏上了一条逃荒之路。他们携家带口，一路西行，像一片片的叶子，飘落到耀州。看到耀州有铁器之缺，他们便安顿下来，并在街边搭建棚子，开起了铁匠铺。开一家铁匠铺，无须大的投入，也无须大的器械，一个铁砧，一个火炉，几把铁锤，雇佣三两个壮年劳力，就已足够。打上几年铁，有了些许的积蓄，转而买地盖房，自此在耀州扎根。两代人三代人过去，他们的后裔便被耀州同化：操持着一口地地道道的耀州腔，端着粗瓷老碗圪蹴着往嘴里扒拉面条。

龙生龙，凤生凤，老鼠的儿子会打洞。这样的民间俗语，显然过于极端，但并非毫无根据。在中国古旧的生态链条中，家庭是人活着的依偎与归属，也是人活着的舞台与边界。一切为了家庭，一切围绕着家庭。自然，家庭之于人的熏染，就具有无可替代的决定性因素。家庭形似模具，一个孩子的形状，受之于这个模具的塑造。父亲读书，孩子模仿，孙子复模仿，如此不绝，三代人过去，这个家庭就会飘拂起缕缕的书香，继而成为受人仰慕的书香门第。父亲杀猪宰羊，且让孩子当帮手，孩子又让孙子当帮手，如此循环，不一而终，这个家庭就有可能成为屠户世家。更重要的是，大凡有一技在身的父亲，总想把自己的技艺，传授给儿孙，以使儿孙不至于沦落至无饭可吃的境地。于是乎，铁匠的儿子会打镰，木匠的儿子能锯板，泥水匠的儿子会砌砖，说书匠的儿子嘴乱翻，也就不足为怪了。

铁匠铺一直持续到二十世纪的八十年代中期，才棚拆炉熄。

瓷是器皿，亦是艺术

耀州最为显赫的，不是戏坊，不是杀坊，亦不是铁匠铺，而是瓷坊。

瓷在中国文化里，是一个标志性的符号。西方人把中国称作瓷器国，显然不是空穴来风。西方人也在烧制瓷器，可他们制作瓷器的基础原料是钢铁，而中国人则捏一把泥土，就能将其烧制成各种各样的器物。西方人烧制的瓷器，被国人称作洋瓷。洋瓷仅供实用，却毫无文化的魅力和艺术的价值。

中国人烧制的瓷器，比起洋瓷来，也许易碎，也许不耐用，但其精神气质，却呈现着一种典雅和高贵。

瓷品介入中国人的生活，由来已久。原始时期，中国人就会制作陶，并把陶当作容器，以储存粮食，并打水存水。瓷是陶孕育的儿女，或者说是陶的升级版。陶极易破碎，而瓷相对要坚固一些。

瓷最初被烧制，只是为了满足生活之需，与艺术无关。吃饭的碗，盛菜的碟，泡茶的壶，喝酒的杯，储水的瓮，腌菜的坛，制醋的罐等等，皆为瓷器。每个家庭，几乎都摆满了坛坛罐罐。生活中的瓷器粗大而粗糙，结实而耐用，完全不在乎其外观是否精致，品相是否脱俗。一个大瓮，一个老碗，一个矮坛，其表皮上，也许还留有明

◎ 宋代耀州窑印花碗残片

显的肿块和疤痕。

老百姓从来都不把瓷器当作艺术品，他们购买瓷器，只是为了实用。视瓷器为艺术之风，先是从宫廷开始吹刮的。宫廷起初网罗天下的瓷器，也仅为满足生活之需。庞大的宫

◎ 宋代耀州窑印花碗残片

廷，食禄者众，这些人要吃要喝，哪个能离得了瓷器？一人一只碗，恐怕都要千只万只。

皇宫是一个国家的最高端，为上中之上，顶端之顶。给皇宫制作任何一样东西，均马虎不得，都要拼其全力，倾其所有，穷其所能。挑选最有创意的工匠，招募最精良的画师，派出最精湛的炉工，来制作进献于皇家的瓷器。供于皇家的瓷器，称其为贡品。贡为进贡的贡，贡品与赠品，在经济意义上并无二致，皆为白送，但由于赠予的对象有所不同，情景也就相应地有所殊异。一个"贡"字，其潜台词就是不但要送，而且在神情面目上，还要表现得毕恭毕敬，甚至于膝盖跪地。而"赠"，面对的是与自己平等的个体，无须在态度上刻意谦卑。

将最为优等的瓷品送进皇宫，哪怕是一个碗，一个碟，一尊酒壶，一套茶具，皆精雕细刻，精益求精。工匠醉心于出奇制胜，画匠殚精竭虑于奇思妙想，于是这些烧制而成的瓷器，无论造型，还是镂刻，抑或是图案，都沾染有浓郁的艺术气息。继而，由于宫廷装饰与点缀之需，瓷器中便诞生了闲品。闲品不盛茶，不盛饭，仅用以观赏。也就是说，闲品不是拿来用的，而是拿来看的。闲品中最为流行的东西，就是瓷瓶。由瓷瓶延展开来，其他闲品得以源源不断地推陈出新。

可以肯定地说，皇室是中国瓷器由实用品升华为艺术品的始作俑者。布衣百姓不识字者居多，且劳碌终日，为一日三餐而形容枯槁，既无审美之能，又无尚美之闲，他们对于瓷器的渴求，止步于能用来喝水吃饭的层面。但宫廷之人就不一样了，他们有的是闲情，有的是逸致，不为三斗米折腰，不为五尺布皱眉。而且，宫中的人大都接受过良好的教育，几乎人人都对艺术怀有几分雅兴——即使个别人真的不懂，也要装出一副很懂的样子，以避免被他人耻笑。

宫廷的雅兴，引领着社会的风尚，也像传染病一般，越出宫墙之外，附着于一些地方官员和民间的"士"人身上。地方官员纷纷效仿，民间的"士"人也不甘落伍。于是崇尚瓷器之美，品味瓷器之雅的风潮，弥散于国土的每一个角落。瓷器再也不单是一种实用工具，而是美的载体、雅的象征。

"士"在古代的语境里，不是扛枪的战士，而是捉笔的读书人。"士"人位居高官之下，平民之上，属于夹层中的一个群体。"士"人读过书，有的功成名就，身着绫罗，头戴顶珠，坐轿而行，但更多的"士"人，却生不逢时，沦落于草莽，孤守于茅屋。但不论行头如何，"士"人是很不情愿把自己混淆于大众的，其内心的清高与孤傲，一直挥之不去。"士"人一方面在孤芳自赏，一方面在忧国忧民。他们就像那个忧天的"杞人"，总在无法克制地患得患失着和自己毫不搭界的物事。君之昏醒，官之贪清，民德之有无，伦常之完缺，皆像蛔虫一般，在他们的腹内爬行，啃噬得他们坐卧不宁。

"士"人在寻常百姓看来，有点儿古怪，有点儿可笑，但他们对中国基层社会的稳固，却有着不可替代的价值与功德。中国文化的因子，能在民间扎根并蔓延，"士"人从中扮演了承上启下的桥梁角色。是"士"人，点亮了乡土社会那一盏盏文明的篝火，并小心翼翼地呵护着那一丛丛的火苗，使其永不熄灭。及至后来，"士"人也不再自我囚禁，而是参与进具体的生活中去，与民同苦同乐。我们所能瞭望到的乡绅，就是由身居底层的"士"人演化而成的。"绅"是贵族的称谓，乡绅就是乡村里的贵族。但这样的贵族，不食俸禄，却有地位，而地位不是来自官府的委任，而是来源于民众的拥戴。乡绅以其开明与公正，以其道德与卓识，调解民间纷争，处理村庄难事，逐步赢得众人的信赖，从而使自己的威望与日俱增，犹似丘陵中山巅之隆起。因此可以说，乡绅的地位，不在于官脉，而在于民心。

有"士"人的传播，瓷器在民间的用途，逐渐分化成了两条平行线：一条线是实用，一条线是玩赏。两条线的疆界并不分明，经常混淆。比如，民间吃饭的碗，过去皆是土色粗瓷，后来进步成了白色的细瓷。但由于审美的需要，便在碗的造型与图案上，下了不少功夫。从碗口到底座，从碗的形状与碗的姿态，以及从碗肌肤的光泽度到碗肌肤的花纹，都颇为讲究，乃至于琳琅满目。我记忆中，二十世纪的六七十年代，农村人手中端的饭碗，都是那种"兰花花碗"。这些碗，白底蓝花，当时很觉平常，并不在意，现在回想起来，心中除了充盈着一股别样的温馨外，还为它的灭失，深感惋惜。

蓝色的花朵，栩栩如生地盛开于碗上。那些花，品种多样，色泽鲜艳。有梨花杏花，有芍药牡丹，有莲花菊花，还有几片竹叶，几缕藤蔓。不一样的花纹，呈现出不一样的精神气度，于是那一只只的碗，犹如满坡的野花，既有姿色，又有芳香。

把绘有花纹的碗端在手中，用于盛面盛粥，它是饭碗；然而，一旦把它放到博古架上，它就是艺术品。也就是说，实用的瓷器中，已经融入了艺术的元素，渗透进了普通人对美的领悟与求索。

我们的先辈其实是非常唯美的，这一点，与时下的国人大为迥异。现代人的急功近利，所遮掩的，是文化的贫血。文化的短缺，又造就出缺乏敬畏的狂妄无知。狂妄的外在表现，就是面对一切，皆轻之蔑之，敢于肆无忌惮地推倒重来。几番折腾，潜伏于生活中的点滴之美，近乎荡然无存。但古人不同，他们很慢，生活的节奏犹似老牛拉车爬坡。他们一边行走，一边东张西望，发现一朵小花就欢呼，听见一只鸟鸣则雀跃。他们决然不满足于物件的适用性，还要在每一个物件上，附加上美，完成对使用与审美的双重追索。当然，工匠求美，除了不让观者的视觉单调乏味，还有另外的价值目标，即通过对美的呈现，来显摆自己手艺之出众。手艺越高，越能获得别人的尊重。人生的成败，很大程度上，取决于周围人对自己的评判。受这种心理动机的驱使，工匠们将每一件物品，自然都会当作暴露自己才情的艺术品来打造，于是从石雕到木雕，从砖雕到玉雕，从飞翘的屋檐到门额的盘龙，从造型各异的拴马桩到千姿百态的屏风，甚至于一个枕头，一双鞋子，一笼馒头，都要绣上花朵，或做成动物的模样。中国古人打造的物品，一眼望去，宛若一个花花世界——花无处不盛开，无处不摇曳。

这样的习性之于瓷器，瓷器就格外地丰富和斑斓。随着社会的演进，瓷的实用功能在减退，而审美功能在增强。大清帝国把高档瓷器送给英国王室，可不是让英国的王子王孙往里面装填面粉和酸菜的；西方人喜爱中国瓷器，也不是看中它能盛饭敛酒的。他们无一例外地把瓷器当作艺术品，或摆放于家里醒目的位置，向人炫耀；或藏匿于保险柜中，怕人窃取。

文化和艺术的含量，使瓷器弥漫上了一层浪漫色彩。但浪漫是瓷器的成品，不浪漫的是瓷器的制作过程。瓷器和砖瓦为亲兄弟，它们共同的母亲是黄土，皆从土中脱胎而来。给土浇上水，使其变成泥，将泥浆使劲搅拌，让其具有某种粘性。然后将一块一块的泥像面团那样揉来揉去，并放入模具中旋转。在旋转的过程中，人的手不会闲着，而是轻抚泥坯，为泥坯塑形。手艺有高低，塑形便有高下，一个匠工的功力，从其塑造出的泥坯中，就能略知大概。泥坯捏弄好后，晾干，画师手持细细的毛笔，一丝不苟地给泥坯染色绘图。等一切程序完毕，泥坯被送进炉窑，一排排一层层地架于窑内的半空烧烤。用什么样的柴火焚烧，也大有讲究。选用麦草之类的软柴，还是树根之类的硬柴，依据的是窑里烧制的是粗瓷还是细瓷。过去烧的都是柴火，只是柴火的类型有别而已。至于炭窑柴窑之别，那都是清末以后的事了。清末时，西方的探矿业与采掘术，才传入华夏，在华夏大地的腹部藏匿了数万年的煤炭，才得以重见天日。清末之前，烧制陶瓷，无一例外用的皆为柴火。

烧制瓷器，对火候的要求极高。能不能把握好火候，既考验着炉工的水平，也关系着一窑瓷器的成败。瓷器在熊熊的烈火中，可谓千锤百炼，而站在炉外一边填柴一边观察火色的炉工，亦可谓千锤百炼。炉工头发被火舌烧得蓬松卷曲，面目被烟火熏烤的黧黑斑驳，他们的样貌，堪比白居易笔下描绘的卖炭翁——卖炭翁卖

◎ 耀州窑遗址遗迹展示

的是木炭，而非煤炭——"两鬓苍苍十指黑"。

炉工的样子如此，窑场的状况也好不到哪里去。挖土，将土混成泥，把泥做成坯……不是土就是泥，加之每个炉窑的烟囱都在冒烟，估计那时号称"十里窑场"的耀州窑上空，整日都是烟雾缭绕，尘土飞扬。

耀州窑是古代的名窑，也是官窑。古代的统治者，管天管地，却唯独不统领生产。其因在于他们不是不想把管辖的触角伸向生产领域，而是精力不济。官吏们数量有限，且交通不便，随便去一个地方，都要耗费数日并精疲力竭。再者，生产都是作坊式的，很分散，很零碎，管起来颇为婆婆妈妈，却捞不到多少油水。

属于官府的生产实在很有限，但耀州窑却位居之列。我猜测，所谓的官窑，并非就是上面拨付资金，圈地建厂，然后委派官家的人前来管理，而只是把各家各户的小作坊，集中成片，以使官府里的人采购瓷器时，既有目标，又不用跑远路，还有更大的挑选余地。也就是说，官窑仅为官府定向采购的生产基地，并非产权与经营权都归官府所有。作坊式的生产，如果躲在山坳里，十年八年外人有所不知，逃税是完全有可能的；但在蔚为壮观的"十里窑场"里生产，即使是作坊式的，税金注定是逃不掉的。然而有贡瓷的存在，税金究竟怎么收缴，就值得探讨了。贡瓷进贡于宫廷，表面上是无偿的，不敢索取毫厘费用。

然而，皇家也不是铁石心肠，不是贪得无厌，不是老虎嘴，只知吞咽，不知呕吐。皇家不花钱，只是为了保住自己的脸面，并非真的缺钱。只要你为它舍得，它也就对你舍得。皇家不肯背负购买之名，不等于就是铁公鸡，一毛不拔。皇家常常以赏赐或嘉奖的方式，将利益返回给你，让你非但不吃亏，而且还能占到大便宜。皇家和瓷家，一个在赏，一个在贡，演绎着眉来眼去的哑剧，你情我愿，最终谁都不吃亏。

以我的猜想，谁家的窑场里烧制贡瓷，且瓷的品相卓越非凡，官府定然会用贡瓷来冲抵税金的。烧瓷有成本，但瓷器无价格。瓷一旦成为玩赏品，谁也无法估量其真正的价位。一个造型别致花纹精巧的瓷瓶，三十两银子不算少，一千两银子亦不算多。

瓷对土质有着特别的要求，不是随便在一个地方建个炉窑，都可以摆开架势烧制的。耀州的山石，适合于烧制水泥；耀州的泥土，又适合于烧制陶瓷。而这些，既是耀州的幸运，又是耀州的不幸。

"公道杯"中蕴事理

　　耀州瓷为中国古代的名瓷，这是明摆着的客观事实，根本用不着讨论。耀州瓷在相当长的历史时期里，皆蜚声天下，以其造型之雅致，色泽之凝润，品相之上端，深受达官显贵和"士族"们的青睐。

　　耀州自古就是一个州城。过去有"一州管三县"之说，但实际上，一个州管辖的区域，时大时小，并不固定。耀州最大时，下辖十多个县，四分之一的关中地区，都被其收入囊中。管三县，那是它瘦身以后的体态。

　　耀州瓷是中国古瓷中的一个流派，如同京剧里的四大名旦。唱同一出戏，一个名旦与另一个名旦的唱腔唱韵，总有些许的差异。既为流派，决定了不仅耀州在烧制耀州瓷，别的地方也在烧制，只是带有这种风格的瓷，发轫于耀州，彪炳于耀州，并以耀州的生产规模最大，产品最为成熟臻美。

　　耀州窑起始于唐代。唐代时，耀州谓之曰京兆华原。京兆者，京畿也。也就是说，耀州为京都的近郊，归属京都管辖。唐朝是中国最有朝气最有底气的一个朝代，它以其胸怀之宽广，视界之辽阔，不但造就了中国历史上罕有的鼎盛繁荣，而且映现出一个王朝无与伦比的精神宽容度。比之大部分朝代的迟暮与狭隘，唐朝是朝气蓬勃的，是登高望远的，是气吞山河的。唐朝的君主，与"只识弯弓射大雕"的成吉思汗在治国策略上，形成了鲜明的对比：后者野心勃勃，欲仰仗于马蹄的凛冽和马刀的闪烁征服天下，前者却雄心万丈，欲以宽厚与开明让天下人信服。

　　由于唐朝国门大开，胡人——对外族的统称——大批量地涌入，国都长安的文化底色因之而悄然地发生了变化。胡乐、胡伎、胡舞、胡服等，不但随处可闻可见，而且渐成时尚。醉红的灯笼高悬，酒肆里裙裾飘摆，搔首弄姿的异域美人，让多少装模作样的正人君子夜不成寐？李白醉卧街头，可不是一次两次了。风流倜傥的他，究竟是被酒灌醉，还是被某个美人的脂粉熏晕？

　　唐朝的富庶，除了实施养民生息的善政外，还得益于它的对外贸易。贸易是国强民富的基石，也是一个国家与世界对话的重要管道。中国人第一次跨出国门，走向远方，是在西汉时期。汉武帝执掌权柄时，派遣大臣张骞出使西域。张骞跨出长安的西大门，四顾茫然，完全不知他此次出发，能否扛着完整的脑袋返回。西域在张骞的意识中，只是一个遥远而模糊的传闻。传说中的西域，无比可怕，人还没有完成进化，处于半人半兽的状态，强者吃弱者，弱者吃更弱者。张骞心怀恐惧，忐忑西行。他只是瞪大眼睛，茫然四顾地跟着感觉走。一直走，一直走，走了若干年，终于抵达盘踞于亚平宁半岛的罗马城。张骞后来多次往返，半途还被匈奴俘获，失去自由长达十年，且生有一个汉匈混血的私生子，当然，这些都是后话。仅他的第一次出访而言，应该说，总体还是顺利的。张骞给西域送去了中国的丝绸、茶叶和瓷器，也把西方的麝香与器皿等带回了中国。尤其是高桌子低板凳的传入，结束了中国人席地而坐的历史。一条贸易的丝绸之路，在张骞的踩踏下，现出了最初的印痕。我疑惑之处在于，丝绸与茶叶容易携带，且不怕摔打，但作为易碎品的瓷器，张骞究竟要费多大的气力，才能将其带至罗马？一路上有匈奴悍兵的围追堵截，有狼虫虎豹的轮番威胁，有语言不通衍生的万千羁绊，有乘坐轮船风浪的汹涌险恶，张骞在自身难保的狼狈中，如何保护得了那一件件的瓷器？瓷器不是药丸，装入口袋就能掩人耳目；瓷器甚至不是玉米秸，剁成一截一截，塞入麻袋中，随便往哪里一扔就万事大吉。面对一件件瓷器，就像面对一个个的婴儿，必须贴胸抱着它，护着它，手轻不得，亦重不得。

　　于是，在我看来，张骞将中国的瓷器第一次带出国门之说，是要打一个大大的问号的。一好百好，一坏百坏，是中国史学的惯性动作。张骞出使西域有功，于是各种花花绿绿的彩纸，免不了要极尽可能地往他的脸上粘贴。张骞随身携带瓷器，估计就是后来人贴在他脸上的一页放光的锡箔纸——事情的真相究竟为何，有待于进一步考证。

唐朝时，中国的瓷器成批量地出口海外，已是不争的事实，而出口的高端瓷器，以耀州窑产出的青瓷为主。西方人对中国瓷器津津乐道了千余年，却不知那些美轮美奂的瓷器，来自一个名叫耀州的地方。

长安的贸易盛况，从史书记载的东市和西市中，就能窥其一斑。东市以国内贸易为主，而西市则面向全球，互通有无。用现在的话说，东市是国内商品集散地，西市是全球商品集散地。西市有店铺，有客栈，有酒吧，有妓院。西市有一半的商铺，被胡人租用。每天之每天，西市的街铺前，讨价还价声不绝于耳，高鼻梁蓝眼睛的胡人操持着不同的腔调，往来穿梭，将一件件打包成捆的货物，扶上马背，或装上牛车。

而瓷器，是诸多商品中最受西方人喜爱的东西。丝绸的织造，茶叶的炒制，西方人最终都借鉴而去，学会了自行制作，唯独瓷器，迄今还是难以仿制。越是没有的，就越是喜欢，瓷器被西方人当作神秘到无法破解的珍宝，自在情理之中。

耀州与唐朝的国都长安，相距不足二百华里，用马车驮运，一个白昼就足可抵达。虽然此时的制瓷业，已遍布东西南北，但就其路程而言，耀州最近；就其规模而言，耀州最大；就其名声而言，耀州窑最响亮；就其质量而言，耀州瓷最卓越……种种之优势，使耀州窑被唐王朝钦定为官窑，其烧制的产品，三管齐下，满足着不同层面之需：既作为贡品送入宫内，又作为贸易商品输出国外，更作为日用品倾销民间。

然而唐朝，仅是耀州窑的开端，而不是它的鼎盛。宋王朝建立后，伴随手工业在全国范围内雨后春笋般地蓬勃兴起，耀州窑厚积薄发，书写出了它至为辉煌的篇章。

宋王朝是一个温文尔雅的王朝。尽管它过于腼腆，过于柔情蜜意，造成了自废武功，被一个小小的金国打得头破血流，及至于徽宗钦宗两位国君束手被擒，不得不退缩至江南一隅。但就其社会的温和与宽厚而言，没有一个朝代能够与之比肩。宋朝的辞赋如此奔放，文墨如此洒脱，隐身其后的，则是政治的相对清明与仁善。

宋朝不杀读书人。这样的禁忌，恐怕唯有宋朝才拥有。开国皇帝赵匡胤开启了对文化人的尊重，此风一开启，便绵延不尽，俨然固化为宋王朝世代国君恪守的一条准则。文人们可以牢骚满腹，可以胡说八道，可以议论国事之短长，批评朝政之清浊，感叹世事之热冷，无所顾忌，皆因无掉脑袋之虞。相比之下，清朝就显得过于磨刀霍霍了。

有一种观点，认为历史是由英雄书写的；还有一种观点，认为历史是由大众书写的。两种观点似乎有着各自的理由，但究其实，就会发现它们皆基于假设之上，缺乏事实的强力支撑，过于笼统与大而化之。事实是什么呢？事实是，历史从来都是由读书人书写的。英雄也好，大众也罢，只能创造历史，而不能书写历史。华山是地壳运动造就的，但墙上悬挂的那幅华山绘画，却不是出自地壳之手，而是出自某位画家之手。

画家不同，画中的华山就有所不同，而历史，就是过往事实的绘画，而不是事实本身。

历史是一种记录，也是一种人工模型。模型的塑造者，恰是读书人。

山东聊城的一位朋友告诉我，《水浒传》所写的武大郎确有其人，当地古代的地方志，对其有着详细记载。武大郎原名武植，是一名县令，长得俊朗而飘逸，属于典型的美男子。某个时辰，一说书人前往官衙拜会他，请求他为自己办理某件事，不料却碰了一鼻子灰。武植不但态度傲慢，断然拒绝了他，而且以刻薄之言，对其讥之讽之。说书人受辱，便撂下了狠话，发誓要在今后的说书中，抹黑他，贬损他，既把他侮之为一个奇丑无比的卖烧饼者，又给他戴一顶绿帽子——虚构他的妻子与他人通奸。妻子与他人勾搭成奸，是那个年代最难以启齿的奇耻大辱。

《金瓶梅》《水浒传》等书，最早被称作"话本"。"话本"与"剧本"在功能上颇为相近：剧本是演出的脚本，话本是说书的脚本。也就是说，这些被称为名著的书，根本不是写给读者读的，而是写给说书人说的。说书人在传播的过程中，免不了要添盐加醋，依据自己的喜好，进行个人化的取舍与编造。把一个相貌堂堂的七尺男儿，说成一个腿短胳膊短的侏儒，完全有这样的可能性。

标注《金瓶梅》的作者是笑笑生，《水浒传》的作者是施耐庵，其实并不十分准确。严格地说来，他们只是民间话本的收集者和整理者，而不是真正的创作者。真正的作者，另有其人，却无名无姓。

有意思的是，说书人尽管把武植污化为武大郎，但武大郎的生存状态，还是能引起读者对宋朝的瞭望和窥视。武大郎就一个卖烧饼的小商贩，却住在阳谷县的紫云街，拥有沿街至少200多平方米的两层楼房，独门独院，且能娶来貌若天仙风情万种的潘金莲为妻。这样的故事，虽然并非现实的拓片，但至少也算得上意象派笔下临摹的画像，从中不难得出那时市场相对繁荣和民间相对富足的结论。宋朝手工业者的兴起和贸易的自由，确实为民间带来了蓬勃之气，这一点，从《清明上河图》就能看出端倪。

至于朋友的讲述，是否属实，我因未做考据，真伪不辨，暂且当作笑谈。假如它是真的，我首先谴责的，还不是县令武植，而是那个说书人。说书人并不当然地就等同于文化人，但如果这位说书人非要视自己为文化人不可，那他的做法，就很失范，甚至很缺德。恪守节操，坚守品格，才是文化人的本分，也是社会需要文化人的缘由。文化人是人类精神的护林员与清洁工，更是人类文明的创造者与传递者。社会再恶浊，文化人都应干净；社会再世俗，文化人都应清高。文化人的节操，并不空洞，也不抽象，体现于言行上，则是对真相的揭示，对事实的求证，对本源的追溯，对客观的坚守，绝不能随意增添和删减事物的本来面貌。信誉是文化人的第二个生命，不可漠视，更不可践踏。如果以一己之好恶，往历史的墙面上胡乱涂抹红漆或黑漆，都是令人鄙夷的恶行劣迹……然而，武植得罪过那位说书人这件事，如果是真的，那么至少能够给人以如下的警示：对待历史文本，要带着警惕的目光去面对，要带着怀疑的心理去阅读。

作为一个王朝，宋朝有点儿不幸；但作为一个时代，宋朝却令人神往。宋朝的宽松政策，犹似和煦之风，撩拨得"千树万树梨花开"，而耀州窑，则是一株无比斑斓的花树。

耀州窑像散漫的星辰，缀满耀州的大地。大大小小的炉窑，或连缀成一片，或游离于外围，其核心区域，分布于耀州城东北的漆河两岸。漆河扭捏流淌，在两塬间劈开一道窄川，于是窄川以及窄川周边的坡状梯田，全部被炉窑占据。炉窑未经统一规划，各自为政，似乎杂乱无章，但有一点却是相同的，那就是所有的炉窑皆坐北面南。

何以要坐北面南？毫无疑问，是受到衙门的影响。衙门永恒地坐北面南，那是因为在过去，国都大多在北方，统管的区域大多数分布于南方。面南而坐，目视逐渐低落的南方，显得巍巍乎，又威威乎，有震慑之寓意，有逞霸之企图。

中国的地势，总体走势是北高南低，北犹椅背，坐而有靠；南如断崖，坐而不稳。当然，衙门的大门如此安放，一定还受到风水师的点播。风水师会告诉官府里的人，北为阴，南为阳，背阴而面阳，是吉兆；背阳而面阴，是凶兆。

衙门的习性，深刻地影响了民间的建筑格局：民宅要面南，店铺要面南，作坊要面南，书坊也要面南——炉窑面南而立，就是想图个吉利。

所谓的"十里窑场"，散落于漆河流域，而主体部分，则位于同官县境内。同官就是今日的铜川，历来都归耀州管辖。同官的炉窑，除了流布于漆河沿岸，还聚集于四个

◎ 陈炉古镇位于陕西省铜川市印台区东南方向20公里处。作为陕西最大的制瓷窑场，陈炉镇已经燃烧了1400余年。

◎ 史料记载，陈炉曾经一度有 8000 户，瓷户专营拉坯，窑户专营烧制，行户即是批发商，足见熙熙攘攘之气象。

小镇：陈炉镇、立地镇、上店镇和玉华镇。

　　除此之外，耀州窑强劲的辐射力，几乎覆盖了大半个国土，乃至于形成了遍地开花的奇观。以现今的黄堡镇为耀州窑的中心，由此向外扩展，东到河南，南至广东广西，都有耀州窑的蓝烟在袅袅飘浮。河南的宜阳窑、宝丰窑、新安城关窑，广东的西村窑，广西的永福窑、内乡大窑店窑等，皆为耀州窑的分支。

　　耀州窑在宋代也被列为官窑，其中的一部分产品，作为贡品，进献于皇宫。宋代的皇宫，弥漫着浓郁的艺术情调。上有所好，下必甚焉，君主的嗜好，直接影响着宫内的气氛。太后宫妃，文臣武将，无不沉溺于对艺术品的收藏与把玩之中。把玩久了，俨然以行家与玩家自居，并对自己所具备的甄别能力沾沾自喜，津津乐道。这些饱食终日之人，不闻外面的风声雨声，不顾游牧部落的战马已在城外嘶鸣，一味地自娱自乐。他们就餐时端在手里的碗是耀州瓷，饮酒时举在手中的盅是耀州瓷，品茗时捧在手心的杯是耀州瓷，睡觉枕在头下的枕有可能还是耀州瓷。他们把耀州瓷摆放于桌案，把玩于手掌，并作为礼物馈赠于人。耀州瓷，不论是在他们的物质生活里，还是在他们的精神生活中，皆不可或缺。

耀州瓷的产品很是丰富，并不单一，有碗、盘、瓶、罐、壶、钵、香炉、香薰、盏托、注子温碗等，以青瓷为拳头产品。青瓷胎薄质坚，釉面光洁匀净，色泽清幽，呈半透明状，辅之以牡丹、菊花、莲花以及鱼鸭龙凤等动植物的刻花印花，体态丰满，线条飘逸，有动有静，有密有疏，有铿锵也有优雅。

令人惊异的是，耀州瓷追求的不仅仅是形态之美，更是把做人的哲理，藏于设计的机巧当中，用以启发人，警示人，教化人。最典型的，莫过于那件看起来极为素朴的"公道杯"了。"公道杯"在耀州瓷中，其貌不扬，低调内敛，一般都是作为其他瓷器的搭赠品，躲于某个夹缝里。但就是这样一件瓷器，却在给人以做人方面的明示。往杯子里倒水，尚未倒满，水便往外溢流。溢流的清水，阐发着这样一个处世原理：人不能太自满，太满必损益。口舌不能太满，太满易树敌；行事不能太满，太满易招风；欲望不能太满，太满易伤神。"公道杯"宣扬的，其实就是儒学的"中庸之道"，用民间的话说，就是"差不多"就行了。"中庸之道"之于社会，未必有益，因为它遵循的是"枪打出头鸟"的逻辑，强调的是"明哲保身"的人生信条，并忠告人们要缩头束手，勿飞蛾扑火，以卵击石。

◎ 陈炉镇是国内唯一遗存的"炉火千年不绝"的耀瓷烧造基地，是千年瓷乡的扛把子。古老的手工艺也传承至今。陈炉有金、元、明、清陶瓷烧造区 30 余处，窑炉 40 余座。

"中庸之道"的缺憾在于，它没有回答，当然也回答不了这样的问题：当一群羊面对一头狼，退无可退时，究竟该咋办？是恪守"中庸"，束手就擒，还是期待某一只羊敢于出头，带领羊们与狼搏斗？搏斗也许是死，但至少还有生的希望；不搏斗，下场只有一个，那就是被狼一个一个地吃掉。我并不全面否定"中庸之道"，甚至认为它作为调和剂、胡辣汤，对人与人之间的宽容相处，对人调整自己的心态，不无裨益。但"中庸"二字看用在什么地方，得区分出时间和场合来，不能简单化地一概而论。任何一种对"中庸之道"极端化地肯定和极端化地否定，恰恰都违反了"中庸"的精髓，皆是对"中庸"的背叛。

"公道杯"阐述的理念，有益还是有害，可以讨论。我看中的，是设计师的奇思妙想。是怎样的一位设计师，不止步于瓷器外观之悦目，还要继续前行，为瓷器注入精神的说教？

宋代之后，耀州窑逐渐走向萎靡和萎缩，但薪火一直未曾中断。那些林立的炉窑，经不住世事的颠沛流离，一个一个地倾斜倒塌，最终化为了被尘土掩埋的残迹。唯有那些遗留于地面的瓷片，以支离破碎的姿态，向不肯瞥其一眼的行人，述说着耀州窑昔日的炉火熊熊。

但有一个地方，却像一尊顽固的礁石，没有被岁月的浪涛吞噬，那就是陈炉镇。陈炉镇因烧瓷而久负盛名，至今还在秉承着这一古旧的传统。一个家庭就是一个制瓷作坊，一个院落就是一座炉窑。先辈们把烧瓷的手艺传给儿子，儿子传给孙子，如此辈辈相传，代代相继，从而使陈炉镇的炉火，始终不曾熄灭。先辈们是瓷人，后辈们就是瓷的传人。几乎每一个人，不论男女，不论老少，皆为制瓷的能手。他们粗茶淡饭，衣饰简易，脸上的褶皱间，写满了生活的风霜雪雨。然而，那一件件精雕细刻的艺术珍品，就出自这一双双无比粗糙的手中。这些手，握起镢头垦地，扔下镢头制瓷。

陈炉镇是耀州窑诸多炉窑中，仅存的一个孤本。它置身于高高的塬畔，俯视幽深的沟壑，像古树一样苍劲，亦像古树一样不断地萌发新芽。

脚夫磨破的脚与寻花问柳的心

如果有人问耀州城里什么店铺最多？

答案不言自明：瓷器店。

耀州城其实扮演着瓷器集散中心的角色。除却贡瓷，凡民间用瓷，大部分都是从耀州城里扩散出去的。宋时的耀州城，因文字记录的缺席，我们很难知其端详。但就明清时期而言，耀州瓷已经衰落，但耀州城里依然像一个瓷器的露天卖场。一条街，总有几家瓷器店；一条巷子，总有几家瓷户；一片区域，总有一两个偌大的瓷器批发市场。因为瓷器，许多人家的生计有了着落；因为瓷器，许多人漂泊远方。

那条通往炉窑的土路，从一抹晨曦披于东山，到一轮夕阳坠落西巅，总是人来人往，川流不息。牛车、马车、人力车以及挑夫等，皆沿着一条慢坡道，小心翼翼而行。彼此错落着，相互礼让着，熟人与熟人打着招呼，生人与生人颔首致意，怕就怕稍有冒失，造成你磕我碰，从而使两斗麦子才能换来的一车瓷器，行至半途就粉身碎骨。怕别人碰撞自己，也怕自己粗心碰撞别人。踩踏的路，靠密集的脚掌踩出，并非官路，鲜有人修整与维护。一场一场的雨水，在泥路上冲出一道道横七竖八的壕沟。木轱辘车在路上碾过，颠颠簸簸，发出咯吱咯吱的响声。一辆车，最少得有三个人，才能将其推动和控制：一个人驾辕，两个人一边一个地扶住瓷器。于是，每一次出发，都是父子三人或兄弟四人齐上阵。车帮内，其实是装不了几件瓷器的。体积小的瓷器，比如饭碗茶壶之类，还能密密匝匝地装个数十个上百个，而大件瓷器，比如面瓮水缸，至多能装三五件。一般情况下，都是大小搭配。车厢的底层铺着麦草，麦草上卧着

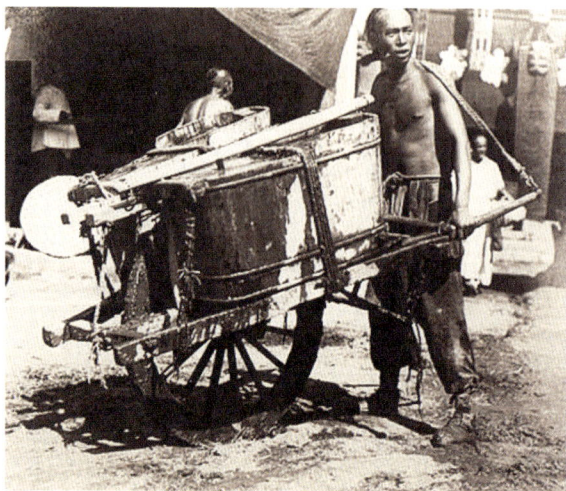

老瓮，瓮上架着坛罐，紧挨车帮处塞着两捆老碗或一溜酒杯。一道粗粗的绳索，上下左右像网子一样将其缠捆，唯恐那些晃晃悠悠的坛坛罐罐，经受不住剧烈的颠簸，从车上滚落下来。

最辛苦的还不是车夫，而是挑夫。即使是那种原始的牛车，在那个年代，也是日子相对宽裕的人家才会拥有。中等日子，养得起牛，才敢奢望打造一辆牛车。现在的汽车要耗油，节节上扬的油价，令许多有车一族皱眉。那时的牛车要喂料，而料也让不少家庭难以承受。牛的肚子大，饭量大，一顿能吃半斗料，耕种二亩薄田的人，哪能承受得了？没有牛车，却想着挣钱，就只好肩扛担挑了。当不了轿夫，就只能当脚夫，这就是诸多百姓的命运选择。当轿夫，抬官老爷，比起脚夫显然要高人一等。轿夫不是谁想当就能当上的，在官衙里若无粗腿可抱，加之又没有好的运气，别说天空掉馅饼，即使是掉下一颗臭鸡蛋，也砸不到自己的头上。轿夫累一时，脚夫累终生。官老爷要坐堂，要审案，被各种事务纠缠着羁绊着，十天半月都缩在官衙内，难得出一次官衙的大门，轿夫何累之有？况且，轿子抬得好，官老爷需要平稳时平稳，需要抖擞时抖擞，需要癫狂时癫狂，伺候得官老爷舒舒服服，官老爷笑逐颜开之际，平时有银两馈赠，过年有红包赐予，对于轿夫，该是多么美滋滋的好事啊！再说了，跟上厨子沾油星，跟上泥水匠溅泥点，跟上官老爷还能不沾点隆运？如果真的天降大运，弄不好，完全有可能成为官老爷的乘龙快婿呢！从轿夫到乘龙快婿，例子很多，并非纯粹是轿夫们的痴心妄想。也就是说，今天的轿夫，就有可能摇身一变，成为明天的官老爷。命运的转变，复杂起来格外复杂，但一旦简单起来，却像翻一张扑克牌。

脚夫远没有轿夫那般的幸运，他们天天奔跑在路上，却没有哪位官老爷能看得见他们。脚夫依靠的是双脚，那双苦命的脚，在没有尽头的路上和没有尽头的日月中，永远踩不出属于自己的足迹。

然而，脚夫却是千万家庭庸常生活里不可或缺的一群人。货物从南运往北，从北运往南，从东运往西，从西运往东，除了马车牛车，主要依赖的还是脚夫。一根扁担，几根绳子，就是脚夫的全部装备。把货物用绳子捆扎好，扁担的铁钩钩住绳子，脚夫们挑起担子，一闪一闪地就上路了。路有多远，他们的脚就要踩踏多远。给这户人家送瓷器，给那户人家送木炭，给另一户人家送粮食，凡此种种，不一而足。

耀州瓷的运输，脚夫是起了很大作用的。天未泛白，脚夫就已呼朋唤友地起身出发。当他们匆匆而行，抵达窑场时，太阳已一杆高了。买到瓷，用绳索捆绑好，却并不急于动身，而是拿起挂在腰间的马勺，去窑场的灶房里舀上一瓢水，传递着，每人都仰起脖子喝上几口，然后圪蹴着抽那么两锅烟，这才开始返程。挑着两个粗大的老瓮，或挑着两大捆瓷碗，身子扭摆着，扁担在两个肩膀上不停地倒换着：从这个肩膀，换往那个肩膀，又从那个肩膀，倒换在这个肩膀。等把瓷器送进城里，太阳已有西斜之意。走进某一家开在路边的小食馆，吞咽几口饭，来不及抹嘴，就又匆匆赶往窑场。等下一趟归来，星星已缀满天空，大户人家挂在大门用于驱邪的红灯笼早已点亮。

耀州城里，散落着数千脚夫。他们是一群从乡野跑到城里谋生的人，在城里没有家室。每一家骡马店里，都有专为脚夫准备的麦草铺。麦草铺被安放在三间大瓦房里，沿着墙根的地面铺设。麦草

是潮湿的，里面蠕动着臭虫之类，空气污秽不堪。每一个黑水汗流的脚夫，身上的污垢都像湿泥一样，用手轻轻一搓，就会卷起层层泥浪，散发出刺鼻的汗腥味。汗腥味与污浊的空气混在一起，使麦草铺上空流荡的空气，堪比天长日久无人打理的茅房。除此，还有虱子对人的威胁。没有地方洗澡，也没有洗澡的概念，经年累月，虱子藏匿于衣缝，繁殖繁衍，越长越胖。虱子贪嘴，总以人的肤肉为美餐，那张微型小嘴，一天到晚蠕动不休。脚夫们一坐上麦草铺，宛若落座于丝绒沙发，脸上洋溢着笑意，眉梢挂满知足，除装进褡裢的银两让他们暗自窃喜外，还有眼前的这个麦草铺，让他们孵化出一种甜蜜的幻象。歇一歇脚，伸一伸腿，展一展懒腰，对他们而言，那就是最大的幸福。他们先是坐在麦草铺上揉脚，将那双臭烘烘的双脚，使劲地揉来揉去，尔后脱下衣服，在幽暗的微光里，凭直觉搜寻虱子的踪影。虱子糊满了衣缝，随便用手一摸，就能摸到一个肉乎乎的东西。捉到虱子，两个指甲并拢，咯嘣一下，虱子就被挤压成了一抹血迹。

一排麦草铺睡多少个脚夫，得依据住店人数的多寡来定，并非一成不变。入店的脚夫少时，麦草铺显得较为宽松，人和人尚能保持一定的间隙；但入店的脚夫如果很多，睡麦草铺就成了插萝卜，别进一个再别进一个，插进去三个还想插进去四个五个。再多的脚夫，两排麦草铺都能将其容纳得下。店老板当然希望别进去的人越多越好，恨不能让他们一个摞在另一个的身上睡觉。常常的情景是，麦草铺上早已拥挤不堪了，身子与身子紧贴着，连搔个痒翻个身都难以实现，但店老板还在不断地领人进来。店老板拿一根竹棍，在这个头上敲一敲，在那个肩上戳一戳，嘴里喊着"挪一挪，挪一挪，往这边靠，往这边靠"。如此这般，一个个的壮汉，就拥挤得宛若被绳子捆绑的一捆葱秧。

每个店里，都有驻店的女人。这些女人，皆是从外地沦落至耀州的，被耀州人称为"野鸡"。耀州人是很看重颜面的，视颜面比性命还要重要。即使粮仓空空，面临着饿死，也鲜有乞讨或卖身的。没有谁家的女儿，敢于冲出自家的门槛，一头扑进骡马店，去从事那种丢人现眼的勾当。假如真的有哪位不守妇道的女子堕入风尘，她的父母一定会被人诅咒死唾弃死。人们在嚼她舌根的同时，不免要连累到她的祖先，说她的祖坟里冒了白烟，才出了她这么个白气。

驻店的"野鸡"不野，并非满天乱飞。她们在店主的勒令下，规规矩矩地守在店里，从不逾越店门。她们当然明白自己的现实处境，因此比小猫还要乖顺。她们双脚并拢，低眉羞眼，说话像蚊子嗡嘤，走路像偷窃那般蹑手蹑脚，不敢大声地咳嗽，不敢长长地出气。骡马店既是她们的风月场，更是她们的监牢。然而，假如有谁心血来潮，执意要上街，一旦被人认出，弄不好是要挨巴掌的。那些满腹郁闷的男人，如果撞见她，就会把自己的倒霉，怪罪到她的身上，认为是她这等人这些满身骚味的扫帚星，败坏了自己本该蒸蒸日上的好运。他们怒气冲冲地朝她吐口水，抽耳光，甚至于揪着她的头发往墙上猛撞。反正，这些下贱胚子，无人疼，又无人护，即使被打伤，也得自己跑去诊所贴狗皮膏药，绝对不会有人跑来追责的。对弱者下手，把更弱的人当成出气筒，既能显示自己的威风，又能舒缓自己的情绪，一石二鸟，何乐而不为呢？

"野鸡"来自不同地域，追溯她们的身世，不难知道，其实她们每个人皆血泪斑斑。她们有的被贩卖，刚从虎口里逃出来，想回老家却没有盘缠，于是期待着能挣到一笔路费；有的则父母双亡，自己成了孤儿，一路行乞来到耀州；有的则受不了婆家的虐待，满身伤痕，跌跌撞撞地逃出夫家的大门，为有一口饭吃，一头扎进了骡马店。

"野鸡"们住在大瓦房对面的一座砖砌的小阁楼里，七八个人挤于一屋。她们半遮半掩着窗户，时而露出半个涂满脂粉的脸庞，时而在窗口换衣服，故意亮出白晃晃的肌肤，以勾引脚夫。脚夫们吹着口哨，说着荤话，以示回敬。大多数脚夫，都很在意自己好不容易挣来的血汗钱，总是把口袋捂得紧紧的，生怕钱长了翅膀自行飞走，哪里敢拈花惹草？但也有那种无法把控自己的脚夫，用他们的话说，就是"用自己的肉去换别人的肉"。他们一见到那些妖里妖气的女人，就烈火焚身，锥子锥心，形若热锅上的蚂蚁，坐也坐不住，站也站不住。煎熬难耐之际，他们就管不了挣钱的难易了，一副破罐子破摔的样子，以生理之需的满足为优先。于是他们踏足青楼，一边呼哧呼哧地喘着粗气，一边急不可耐地宽衣解带。

青楼里，被挑中的那个女子与客人在房间里云雨，其他女子则退至屋外，坐在马厩外的石榴树下，耐心等待着一场肉体狂欢的结束。出一次高台，能挣到二两银子。一两归老板，一两归自己。脚夫中，不乏赖账者，提起裤子就翻脸，矢口否认自己真刀实枪地干过那种事，辩称只是虚晃了一枪而已。还有那种更无赖的，不但不买单，反倒咬一口，纠缠着让女子赔偿自己，宣称其患有梅毒，给自己染上了性病云云。

脚夫和"野鸡"，是一对难解难分的冤家，相互抵触却又彼此依赖，见不得，却又离不开。对于"野鸡"们来说，脚夫就是喂养她们的奶牛，只要脚夫在，她们的奶瓶才不会断奶。对于脚夫而言，"野鸡"们的存在，也算是为自己单调而劳累的日月，注入了一抹绿意。走了一天又一天，跑了一趟又一趟，天擦黑才歇息，脚疼腿疼，腰疼背疼，这时候，能隐约望见半个粉嘟嘟的脸，能模糊耳闻哆声哆气的笑声叫声，心里似乎舒坦了许多。男女搭配，干活不累。同样的，男女搭配，住店仿佛也有了别样的味道。

脚夫与"野鸡"的缠绵，有时会带来意想不到的结局——骡马店里的"野鸡"，一个一个地都被脚夫领回了家，变成了脚夫的妻子。这样的搭配，合乎双方的意愿，皆大欢喜。"野鸡"们极其期待能拥有一个家室，以使自己安顿下来，不再漂浮于风尘。一些脚夫口袋空瘪，拿不出巨额彩礼，将正经女子娶回家，却也不希望自己终生打光

棍，只好将就着，捡到篮子里都是菜，将遭人嫌弃的"野鸡"化为"家鸡"；还有一些脚夫与某位"野鸡"日久生情，情若河水泛滥，于是他们就像河流交汇那般，合二为一。

骡马店的老板，根本不怕"野鸡"飞走。老"野鸡"离开了，腾出窝来，新"野鸡"才好来填充。"野鸡"就像流水，唯有流动，才不腐臭。她们刚进入骡马店时，是骡马店的财富，但驻扎久了，就转换成了骡马店的累赘。很多"野鸡"，体内潜伏着各种疾病，时间一长，就暴露了出来，成了从早到晚都忙于抓药熬药的"药罐子"，弄不好，骡马店还得浪费一张裹尸的席子，负责葬埋她们。"野鸡"的寿命普遍很短，能活到三十五六，就算高寿了。趁她们的病症尚未发作，还没有彻底地"黄瓢烂西瓜"，有人愿意将其娶走，骡马店打心眼里是高兴的。她们离开时，骡马店大多以三尺白绫或三尺花布相赠，以示祝贺。

脚夫们有壮有弱，有高有低，有力气大的也有力气小的。力大的脚夫跑一趟，挑回的瓷器，几近于力小者的两到三倍。那根扁担，被脚夫的肩膀，磨得滑滑溜溜，透射出黑红的颜色。黑，是汗液浸染后凝结的污垢；红，则有可能是肩膀被磨破后，殷殷的血渍沾染上去的。汗与血，是对挑着重担来回奔波的脚夫，最为贴切的注解。

一根扁担，压弯了脚夫的脊梁。每一位脚夫，初涉此行，刚拎起那根扁担时，皆身材周正，腰杆挺拔。但一年过去，个个都变得弯腰驼背，东扭西歪。他们在扁担上缠上毛巾，或在肩膀上垫上垫肩，但双肩依然被沉重的扁担磨压得红肿，甚至溃烂化脓。沿着一条土路，来来回回，每天都要行走上百华里，一年过去，所走路程的长度，能绕地球两三圈。他们是人，却永远也走不出驴子的苦命。

脚夫们各有各的秉性，也各有各的最终归宿。有的半途病倒，且一头栽倒下去，再也没有起来；有的干上三五年，年纪慢慢增大，气息渐渐变弱，不得已返回家乡，重拾镢头锄头，或重握牛绳羊鞭；有的有了一定的积蓄，在城里开了店面，自己扔下扁担，雇佣别人挑着担子给自己的店里挑货物；还有的远走他乡，数年后回归，已是绫罗加身，银两满筐，俨然一个成功的商贾。

有一点可以肯定，过度的劳累，必然缩短人的寿命。古人寿命普遍不长，这一点，从"人活七十古来稀"的慨叹上，就能知道。除却偶然事故，一般情况下，人的寿命是由三种因素决定的：一是基因，二是医疗，三是环境。

我相信，明清人的基因，和现代人的基因，并无太大的差别。也就是说，人内在的东西并无二致，问题就出在了医疗条件和生存环境上。在医疗方面，中国人很早就发现了草药，并创立了一整套的中医体系。但中药的成分，过于含糊；中医的队伍，也过于芜杂。中药始终无法摆脱"大腿上捉脉"的嫌疑，迄今都缺少病理分析和科学验证。服了几剂药，病果然好了。但药里含有哪些成分，剿灭了体内何种病毒，却说不清道不明。优良的中医，依据从业经验，开出对症的药方，能救人于危难；但伪劣的中医，凭着感觉开处方，完全有可能陷人于万劫不复的深渊。现在讲求从医资格，但在过去，似乎没有设置这样的准入门槛。大门敞开着，狮子可以进来，蟑螂也可以进来，于是中医界便呈现出一派鱼龙混杂的乱象，庸医多得数不胜数。那些跟上师傅学了几天的学徒，不用办理营业执照，在大门上刷个大大的"诊"字，摆张桌子，搬个凳子，往桌后一坐，就敢给前来求医者把脉开药了。多少人被误诊，病情越发加重；多少人被耽误，最终被埋入土中。家属们懵懵懂懂地葬埋了亲人，总是用"人的命天注定"来舒缓内心的痛楚，绝不会想到是因庸医的过错而导致亲人丧命的恶果。西医最早进入中国，传教士功莫大焉。

一提起传教士，很多人就想起"文化侵略""思想鸦片"等负面的词汇来。但实际上，传教士对中国社会的进步，起到了不可忽视的推动作用。他们形若一根撬棍，撬动了原本已固体化的社会格局，给越发僵化的华夏大地，带来一股异样的新风。传教士们在把"上帝"输入进孔夫子家乡的同时，还私藏并贩运来更多的东西，比如利玛窦带来了科学，小妇人艾伟德带来了妇女解放和儿童关爱，司徒雷登带来了现代大学教育，伯格理给贵州偏僻之壤的苗族人带来

114

了文字等等。

一提起现代医学在中国的传播，人们不约而同地都会提及利玛窦。利玛窦的贡献，固然有目共睹，然而，以中国幅员之辽阔，单凭利玛窦一人之力，决然难以完成这一浩大使命。利玛窦只是一代传教士中，具有代表意义的标杆式人物，是无数手电筒中，光亮最为晃眼的那一把。利玛窦不是太阳，仅是一把手电筒。然而，单靠一把手电筒的亮光，根本无法穿透黑暗的笼罩。正是因为无数把手电筒的开启，才使一块巨大无边的黑布，劈开一道一道的裂纹。在广袤的基层，于山山岭岭和沟沟岔岔中，有无数传教士的身影在晃动。很多传教士没有留下自己的名字，却将自己的尸骸遗留了下来——他们或被野兽吃掉，或被人打死。

很多传教士，就是西方某国教会医院的医生。西医现在当然是大行其道，占据中国医疗的大半江山。但在它最初降临这片国土时，却很不顺当，被视为异端，遭到上至达官，下至草民的共同抵制。史料记载，在四川、湖北、贵州、安徽和湖南等地，都发生过在乡村行医的传教士，被村民乱棍打死的恶性事件。给一位少妇注射一针，因扒了少妇少许的裤子，便被怀疑是在耍流氓，就能激起全村人的愤怒，以至于能将传教士乱棍活活打死。村民的过激行为，在很大程度上，是受之于当地卫道士们的蛊惑和煽动。这些装了满肚子三纲五常的人，有的原本就是中医师，有的寄身于庙堂当和尚，他们绝对难以容忍中国的道统，被蛮夷的一粒药片腐蚀和污染。在他们看来，药从山上采摘来，晒干后，放进中药铺，然后购买回家，倒进药锅，将药锅架在干柴焚燃的泥炉上，经一个时辰咕咕咚咚地熬制，最终化为一碗黑乎乎的药汤，才算是药。而那些不经汤汤水水的熬制，变戏法一般从口袋掏出的白色药片，一定是谋财害命之物。西医的处境，伴随美国的有关机构用清政府的庚子赔款，创设协和医院，以及清政府派遣至美国的留学生络绎返回，才得以改善。西医有西医的悠长，也有西医的局限。同样的，中医有中医的妙处，也有中医的短板。任何厚此薄彼，褒扬一方而诋毁另一方的言辞，皆不客观。正确的做法应该是相互借鉴融合，取彼之长，补己之短。

论起环境，古今人都面临着烦恼。当代人面临的是环境污染：水之不洁，气之不清，天之不蓝，云之不白，农药和化学品渗入食品等。加之竞争带来的焦虑，攀比导致的挫败感以及各种社会弊端投影于心灵而滋生的困惑、迷惘、孤独与绝望等。古代人也烦恼，但烦恼的内容与今人有所不同。古人的烦恼，可以用下列两句话囊括：贫穷导致的营养不良、苦力导致的肢体劳损。极度赤贫带来抵抗力的衰微，极度劳累引发各个器官的异常，于是在医疗条件极为落后的情况下，人比风中枯萎的蒿草还要脆弱：一场流感，都能像一台收割机那样，将一茬茬的生命收割而去。

脚夫的猝死或短命，在那个年代，实在算不上稀奇。不当脚夫就得饿死，当了脚夫就得累死。但那些智力相对较高的脚夫，只是把挑担子作为跳板，借此攀爬上一个新的台阶，不愿与一根扁担终生为伍。

有不少脚夫，在反反复复的挑担中，琢磨出了商机所在。他们通过打问，得知很多地方都没有像样的瓷器店，那里人要购买瓷器，还得一家老少齐出动，牵着毛驴，来回奔波三四天，才能将生活所需的瓮缸等驮回家。于是，就拿出自己的少许的积蓄，再向典当行借贷一些，便远赴外县或外省开店。有人在半途中被狼吃掉，有人在路上被人骗了个精光，但也有人通过几年的打拼，取得了成功，跃升为盘踞一方的赫赫有名的"瓷老大"。只要打点好官家，喂饱街痞，就能立稳脚跟。一旦开店营业，生意肯定红火。耀州瓷声明在外，妇孺皆知，不愁无人问津。重要的是，此时作为店掌柜的他，再也不用自己前往窑场，挑着重担来回奔走了，而是雇佣一帮脚夫，为自己的货场送货。

遍布陕西各个县城州城的"瓷户"，有一大半都是耀州人。除了在本省开店经销瓷器，耀州人还把瓷器店，开往了扬州、成都、蚌埠、泉州等地。就连与大陆隔海相望的台湾，这座当时还无比荒凉的小岛，也依稀留有耀州人的足印。郑成功收复台湾后，从大陆招募去不少能工巧匠，其中不乏耀州瓷人和耀州"瓷户"。随着时间的推进，"耀州瓷户"的美誉名扬三秦内外，俨然成为瓷器品质的保证。众人一有瓷器需求，自然而然地会想到"耀州瓷户"，也都会寻找"耀州瓷户"购买。仿佛只有从"耀州瓷户"那里购买的瓷器，才让人放心，也才能好意思拿来招待客人。天长日久，"耀州瓷户"这一词组，内涵和外延悄然地发生着变化：外延被扩大，不再局限于专指经销瓷器的耀州人，而演绎成了对所有耀州人的泛称，似乎所有的耀州人，身上都沾有瓷性，表情都很瓷化；内涵呢，被偷梁换柱，从褒义而沦转化成了贬义，乃至于成为外地人揶揄耀州人的利器。这时候，瓷的高贵典雅不再，呆板与木讷突现。一句"耀州瓷户"，言下之意是，耀州人就像烧制出来的瓷器那样，不灵活，不活泛，面目生硬，脾气倔强。

对于"耀州瓷户"，也有人将其称为"耀州瓷壶"。究竟是"瓷户"还是"瓷壶"，各有各的说法，并无定论，暂且存疑。前者指人，后者指物，但作为戏谑之言，褒贬的轻重并无异样。

流民的套路与香客的虔诚

　　耀州城地处陕西交通中轴线的咽喉地带。从陕北以及更北的塞外南下西安，或从西安北上陕北塞外，耀州为必经之地。南来北往的过客，走累了，走困了，马要吃草，人要吃饭，于是就歇息下来，在耀州城里住上一宿，逛逛店铺，逛逛"窑子"，厌腻了，就去东街看看斗鸡，去西街看看赛狗，去南街看看拳客抡大刀，去北街看看大户门前舞狮子。或者，就去庙里烧香，一遇佛像就跪地磕头。

　　傍晚时分，是耀州城最热闹的时候，各种杂耍都从小巷的隐蔽处，蹦跶到了街面，花样百出地吸引人的眼球，以求得人的施舍。捏泥人的，吹芦笙的，耍猴的，下棋的，卖狗皮膏药的，扭捏卖唱的等等，这儿叫，那儿吼，这里几声铜锣响，那里一阵鼓点急。一盏盏高悬的汽灯，或挂在一根木桩的顶端，或悬于某株树的树杈，人在微弱的亮光中，像一团模糊的云影在晃来晃去。表演者表演一阵子，便端起摆放在地上的瓷碗，转着圈向围观者讨钱。讨钱开始，人墙松动，围观者后撤。对于一般人，讨钱者并不过度索要，只是走走形式，给不给无所谓。讨钱者为扎场子的领班，走南闯北，练就了一副火眼金睛。他的眼珠子骨碌一扫，就能大致猜测出在围观者当中，哪些是本地人，哪些是外地人，哪个人兜里有钱，哪个人兜里没钱。面对外地客，讨钱者显得很不客气，他不但拽住他们的衣襟，而且还要从袖筒里抽出一根钢鞭，带有威胁意味地舞动着，以逼迫他们消财免灾。外地人到了异乡的街头，比起在自家的门口来，胆也怯，气也短，腰不硬，腿不直。无奈之下，他们便转过身去，遮遮掩掩地从捆绑的腰带中，取出几文钱来，递给舞鞭者，然后扭身逃窜。对于那些衣着阔绰的人，讨钱者则改变了策略，用祈求代替威逼。领班递来一个眼色，两个或三个女人，就扑通一声，齐刷刷地跪在了某个貌似"老爷"者的面前。身着绸缎，肥头大耳，摇着蒲扇，一副逍遥游的架势，能不是"老爷"？下苦力的，日子紧巴的，能养出那样一身厚墩墩的肥膘？女人们跪在"老爷"面前，除了捣蒜一般地磕头，还嘤嘤地哭，边哭便诉说自己的不幸。这个说她妈去世了，无钱安葬，到目前为止，已在自家的庭院里躺了七七四十九天。妈呀，妈呀，你咋就那么命苦呀？活着吃的是猪狗食，死了竟连张席子都卷不起；另一个说她丈夫是个赌徒，输光了所有的家当，还把她一个宝贝儿子抵押给了别人。为赎回儿子，她才四处流浪卖艺的。她一个女人家，本来脸皮就薄，却被逼成了讨饭的。儿呀，儿呀，你咋就这么倒霉的呀？咋就偏偏遇上了这么一个豺狼爹爹呀……女人们这么一哭一叫，一磕头一伸手，"老爷"挺不住了，便想溜之大吉。但此时的他，不是想逃就能逃走的。他脚跟刚一拧转，女人们便扑上前去，死死地抱住了他的腿。许多条胳膊，像藤蔓一样紧紧地缠住他，使他欲罢不能。领班对这等状况起初佯装不见，等闹腾了一阵子，才转过身来，以调解者的口吻，打起了圆场，说好我的老爷哩，你能忍心让两个女人给你下跪？跪了，磕头了，哭了，诉说了，你一个有头有脸的老爷，好意思不予赏赐就离开？你还是行行好吧，大大方方地给上她们几两银子，权当少喝了两盅酒，让她们葬埋母亲赎回儿子！人在做，天在看，天有一亏，地有一补，你怕啥呀？你行了善，上天都在账本上给你记着呢，到时候还能不加倍地报偿你？

一番说辞之后，"老爷"张口结舌，无言以对，只好从衣兜里摸出一块铜板来，扔进领班顶住自己下巴的碗里。"老爷"走后，两个女人站起身来，掸掸衣服上的尘土，脸上笑眯眯的，一扫哭诉葬不起母亲和儿子被抵押时，"黑云压城城欲

摧"般的伤悲。领班觉得差不多了，就收拾摊子，打算回去休息。他们明白见好就收的道理，决然不敢得陇望蜀。"老爷"胆敢一怒，他们恐怕想溜都溜不掉了。

围观者观赏他们的卖唱或耍猴，纯粹是为看热闹，而讨钱讹钱，则宛若一幕戏剧的高潮部分，数人在演，百人在看。事实上，演员事先都进行过模拟演练，每一场演出，不过是按照剧本背诵台词而已。

街头的杂耍，表演者大多不是耀州本地人，而是从外地流窜而来的外户人。这些人一路行走，一路表演，看到哪里相对富裕，人气又旺，便会在哪里多待一些时日，但不会永久驻扎。耀州在渭北一带，算得上是一个人流熙攘之地，于是这些外户人来了去了，不外乎于紧盯耀州人的钱袋打转转。比起这些带有坑蒙性质的谋生伎俩，耀州本地人却显得过于老实本分。他们大多依靠苦力来赚钱，即使涉足商海，也规矩经营，不欺不诈，不缺斤不少两。最重要的是，耀州人的观念普遍很正统，说好听一点，就是只沿着正道走，不受岔路的引诱；说得不好听点，就是认死理，脑子是榆木疙瘩。

耀州的旅馆业很是兴隆，其客源主要有三大块：一是商人，一是信徒，一是脚夫。其他如杂耍卖艺的，人数算不上很多，可以忽略不计。乞讨者也不少，但他们不会住客栈，甚至连骡马店的麦草铺也睡不起，而是在富户人家的围墙外，占据个角落，窝着身子，凑凑合合地过夜。对乞讨者最大的威胁，来自于野狼。一到半夜，狼就钻出洞穴，溜进城里寻肉吃。但狼一看见火红的灯笼，就畏缩不前。富户人家几乎家家都要悬挂红灯笼，灯笼一夜不熄，就是为了辟邪和驱狼。乞讨者眠于灯笼之下，相对要安全许多。

不同的客人，有不同的歇息处。比如商人，常常都聚集于各自家乡的会馆里。四川人有蜀馆，安徽人有徽馆，山西人有晋馆，山东人有鲁馆。会馆可能很奢华，一个大院子，前楼后楼的，一派雕梁画栋；也可能很简朴，仅一处小院，几间瓦房。这些会馆，都是由各地商人集资建造的，类似于驻扎当地的"大使馆"。入住其中，说着乡音，吃着家乡饭菜，满目皆是熟人，有一种回到家的温馨感。商人在外，一怕官府找碴儿，二怕土匪打劫。一群家乡人住在一起，彼此照应着，有个三长两短，人多力量大，集体抱团行动，不像独自面对可能遭遇的危险那样，身单力薄，孤立无援。

并非所有的商人，都能在耀州找到自己家乡的会馆。没有会馆的商人该怎样安顿自己？首要的选择，就是"蹭馆"。别人的会馆，自己混迹其中，但前提条件是，必须有人引荐，且引荐者对其知根知底，如此才能避免犯引狼入室。举例说，河南某人在做某个生意时，和某个山东商人结识，并发展成朋友关系，于是他就去"鲁馆""蹭馆"。经他山东籍朋友的游说，大家基本同意他来下榻，于是他就以缴纳茶水费的名义，支付少量的费用，便可以把自己融入进一群山东人中间。会馆不对外营业，哪怕钱再多，只要不是它的人，都叩不开它的大门——会馆的大门只对自己人敞开。

无馆可蹭，那只好住客栈了。商人们下榻的客栈，条件不知要比骡马店好出多少倍。客栈里除了房间干净，还配有酒肆、茶室以及赌博室等。当然，躲在暗处的女人是免不了的——人与人或许身份不同，但在生理的需求上，并无太大的差异。

客栈里住有很多商人，也住有很多信徒。信徒很多，其来源也很芜杂，远至南洋，近至周边的州县。南洋一带的信徒，去年的十月就从家里出发，今年的三月初，才抵达耀州。他们不远千里万里地来耀州，不过是要去观音菩萨的修身地香山烧一炷香。香山每年过两次会，农历三月十五和农历十月十五，一个春会，一个秋会。春会是正会，比秋会在规模上更宏大，盛况更空前，原因在于，春会的日期，恰好是观音菩萨的生日。

耀州境内的香山，从北魏开始就一直香火旺盛，且名声远扬。凡为信徒，

都把这座隐于密林深处的山脉,视为心目中的圣地,似乎不亲临朝拜,就难以获得修行的圆满。于是他们从各自的家乡结伴出发,络绎不绝地赶往耀州。信徒有男有女,而以女性居多。女性中,又以中老年妇女为主。这些女人,被整个社会视为不祥之物,除了去寺庙,平时总是躲于屋檐下,拘于灶房内,是极少走出家门的。每个女人,自小都接受过一次惨无人道的酷刑,那就是裹脚。不裹脚,非但嫁不出去,沦落为猪嫌狗不爱的剩女,而且还被人指指点点地看不起。

有人调侃说,中国人不但发明了指南针、造纸、火药和印刷术,还有第五大发明,那就是女人裹脚。女人裹脚的确算得上是中国人的一项创举,也独为中国人所拥有。不过,这样的发明,实在是太过恶劣,太过变态,太过耻辱了。它不是中华文化脸上的光泽,而是雀斑。它的出现,让我们能够清晰地目睹到含情脉脉掩映之下的青面獠牙。

小脚女人尽管行走不便,但千难万险,也阻止不了她们向观音菩萨靠拢的决心。她们有的是从福建海边的某个渔村起程,有的从浙江的某个山坳里出发,有的从陇东的某个荒野里起步,有的从川南的某个山寨走出,背着干粮,挪动着鸡蛋大小的小脚,晃晃悠悠,颤颤巍巍,朝着耀州的方向汇聚而来。她们知道,在耀州,有一座山叫香山;在那座山上,观音菩萨的肉身虽然已经圆寂,但她遗留的仁善之光,弥漫于山林,闪烁于峰巅。

小脚女人们从家里出来,迎风而行,一走就是好几个月。布囊里的馒头吃光了,随身携带的水也喝干了。饿了,就到沿路的一些寺庙,寻找一口饭吃;或到一些施主的家里,寻求施舍;渴了,就在某一条溪流旁,蹲下身去,双手捧起一掬水,吮吸而饮。沿途的虫狼虎豹,时时都在威胁着她们的性命,但她们无所畏惧,因为她们心中有神,坚信神的保佑。观音菩萨,是这些小脚女人心中永不熄灭的灯盏，照亮她们的暗夜，牵引她们的前行。

耀州在哪里？她们不知道。香山在耀州哪里，她们也不知道。她们只是按照大致的方位，依据日月星辰的移动，来确定脚步的方向。

观音菩萨也是女人，可她坐于山巅，供万人朝拜。她们也是女人，却是卑微的女人。她们虽贱若草芥，但依然向往一种高度。她们执着而虔诚地相信，信仰能赋予自己以力量，能给自己带来幸运，能保佑自己的家庭和孩子。

耀州香山，是她们此行的目的地，也被她们视为灵魂得以升华的圣殿。

香山，同名同姓者甚多。单中国境内，就有八座香山。如果把香山看作同胞兄弟，那么耀州香山，则是兄弟中的老大。有一种说法，说耀州香山是诸多香山中的鼻祖，而其他香山，不过是它的分支。如果这种说法成立，那么就昭示着这样一个逻辑关系：耀州香山是总根，其他香山是根须。

耀州香山，年岁最高，资历最老，因寺而兴，因观音而旺。它的盛名，蜚声海内外，其知名度，在漫长的历史时期里，绝对不输于山西的五台山和福建的普陀山。

◎ 香山西峰祥云（付炜 摄）

曾几何时，一到农历三月初，从各省远道而来的香客，就挤爆了耀州城乡。寺院里住不下，就找驿站；驿站没有床位，就打地铺；地铺容纳不了，就叩击信徒的家门；信徒的家里消化不了，人群漫溢而出，流落至大街的屋檐下。街道两旁，店铺墙外，一到夜里，全睡满了从异地而来的香客。

远路上的香客爬上香山，跨进寺门，除了磕头烧香，还要布施。因为路途遥远，他们很难将实物带来，因此，从自己的口袋掏出并塞进布施箱的，基本上都是一些硬通货。但本地的香客却与之不同，要么吆着一头肥猪，要么赶着一头山羊，要么捉着两只公鸡，要么背着一袋玉米或半袋土豆。这些活物或食物，就是他们将要捐给香山的布施。当地的香客捐献何种东西，是由前一年上山时在神面前的许愿所决定的。许什么样的愿，就还什么样的愿，不能随心所欲，更不能出尔反尔。一旦有所偏差失信于神，据传就要遭到报应。神报应人，比人报应蚂蚁还要简单。蚂蚁钻进地缝里，人未必就能找见；但人不论藏于哪里，神都能尾随而至。在闭塞的乡村，人们极其迷信因果报应之说。村庄里或周围村子的某个人，或遭雷击而亡，或被毒蛇咬伤而故，在口口相传中，总是把他的厄运，与去寺庙许愿却不还愿挂起钩来。这样的传说，营造出了一种恐怖的气氛，使任何一个曾对神许过愿的人，都骇然惊悚，不敢有丝毫的怠慢。于是送猪送羊，送小米送豆子，送棉花送布匹，包罗万象，应有尽有。寺庙里的出家者，多达数百之众。一次过会，差不多够这些剃发和尚和削发尼姑吃喝半年，不足的部分，则有赖于大户人家的捐助。

人越是富足，越是胆小，越是睡不着。一无所有的人，牵挂少，恐惧亦少，纵然灾祸突降，丢失的最多只是性命。但大户人家则不然，他们要为粮仓会不会失火而担忧，为埋藏的钱罐是否被贼惦记而惶恐，为孩子能否"学而优则仕"而愁绪满怀，为大老婆小老婆的争风吃醋而身心俱疲，为家庭是否永远保持兴旺而面目憔悴。牵念多了，恐惧也就多了。很多大户人家身穿老虎皮，脖缀着象牙骨，但内心就像浮冰一样脆弱。大户人家，几乎家家都在信佛，且大多都建有家庭式的微型佛堂。即使没有佛堂，也要摆一张桌案，将佛供奉起来。每

◎ 登顶拜佛（石铜钢　摄）

天起床后的第一件事，就是去佛堂里向佛报到，并插上三柱香，说一些求佛保佑之类的话；晚上睡觉之前，也要去佛堂，跪在佛像前，又插上三炷香，并念念有词一番"阿弥陀佛"。其他时间里，则是该收账时收账，该放贷时放贷，想去青楼就去青楼，想去赌场还去赌场。大户们深信，单靠家丁，是不足以保卫家业与保护家人的。家丁最多能抵挡土匪，却无法抗衡命运。而要让命运姹紫嫣红，必须借助于佛的力量。佛高居尘世之上，左右着人，支配着人，人不过是其掌中的浮尘。佛轻嘘一口，人就四处飘散。于是，大户人家不但要和官府搞好关系，还要和佛搞好关系；不但要竭力讨好官府，还要竭力取悦于佛。基于这样的理念，大户人家向香山捐献起财物来，格外地主动和慷慨。他们在神像之前，一许愿，动辄就是十头猪十石麦子。

　　许愿，源自心中有愿。有愿望却无法实现，于是就想着假借神之手，神之力，神之能，帮自己实现愿望。许愿者中，有的妻子跑了，遍寻不见；有的养鸡鸡死，养牛牛病，日子过得很不平顺；有的孩子耳聋眼瞎，中药喝了不顶用，偏方服了没作用；有的赌博手气很背，输得很惨，想偷邻居家的银器卖钱还账，不料被邻居扭住了胳膊……凡此种种，都希望万能的神能助自己一臂之力。

每逢过会，香山的几个山头，总是人山人海。几口大锅，摆放在中峰的空旷之处，数十个男女信徒，劈柴的劈柴，挑水的挑水，拉风箱的拉风箱，搅勺把的搅勺把，揉面的揉面，一派忙碌的景象。一口一口的大锅冒着蒸汽，一摞一摞的瓷碗堆叠成山，他们要蒸出很多很多的馒头，要擀出很多很多的面条，以满足所有上山者的口腹之需。他们做的饭食，被称作善斋，只要有人伸手，就有馒头和面条递来，且无须缴纳费用。这种善斋，很像二十世纪六十年代初生产队的大锅饭，谁都可以吃，但油水不大，且场面有些混乱。人太多，又不排队，很容易出现你拥我挤的状况。香客们已经够多了，其他的谋生者还要蜂拥而至。摆抽签摊的，摆测字摊的，卖祭祀用品的，卖字画的，卖古玩的，牵着毛驴驮运人的，赶着牲口送补给的等等，凡进山者，都希冀用善斋喂饱自己。

蹭饭者中，最多的还是乞丐。乞丐们老老少少，一手拄根柳木棍，棍子上绑道白布条，一手端个瓷钵，瓷钵里扔一些钱币做诱饵。柳木棍和瓷钵，是乞丐的行头，犹如清朝时官人戴的顶珠，外人打眼一瞧，不用搭腔，就知道他们是干啥的。乞丐们上山，主要受两样东西的吸引：一是过会期间，香客出手都较为大方；一是有免费的饭菜，不用叫叔叫婶就能吃个肚肚圆。乞丐们乞讨累了，便跑来吃喝，他们围住几口大锅，眼巴巴地盯着将要揭开的锅盖。既然为免费的餐食，那就松开裤带，放开肚皮，端起碗不肯丢手，不吃八个馒头三碗面条，决不罢休。平时干瘪瘪的肠胃，哪能装填得下这么多东西？哪能受得住这等优待？吃不了，就兜着走，但肠胃不

听话，兜不住了就闹别扭。一些乞丐蹲着吃饭，吃完后竟然站不起来了；还有一些乞丐突然肚子剧痛，捂着肚子在地上打滚。每年过会完毕，清理丢扔的垃圾时，都能从山上抬下几具乞丐的尸体。这些可怜的人，十之八九，不是被饿死冻死的，而是被吃得撑死的。

香客们对待乞丐是宽容的，宽厚的。他们兜里只要还剩下一个馒头，都要给乞丐掰上一角，因为他们相信，香山上的神灵在俯瞰着他们。佛心怀慈悲，不会嫌弃乞丐的。佛都如此，作为佛的信徒，他们能对乞丐踢一脚或唾一口吗？香客们把对乞丐的施舍，当作积德。付出一文钱，或一角馒头，他们积德的账本上，就会加上一分。倒是乞丐，才不管佛不佛的。他们不信那一套，只关心碗里的虚实。

◎ 云绕香山（程和平　摄）

香山的咫尺天涯

　　香山的盛况，我最早是从父亲的讲述里得知的。我的曾祖父安礼熙，清末中举，后来官至多少级，因家境跌宕，存留的文字已全部灭失，现已无法查证。我从记事起，村里的老人们，就不断地向我渲染我曾祖父曾经的辉煌。背着书包读书时，教书先生一边用一根指头敲击着我的额头，一边向其他学生娓娓讲述我家曾经的盛景，他唾液四溅地感叹，我至今都记得清晰：别看他家现在很穷，但过去可是大财东啊！他的老爷，中过举，头戴顶珠，出入坐着轿子，即使躺在躺椅上打盹，都有人给他摇扇子。

　　坐轿子，在村民的眼里，那是了不得的待遇，也大概是他们羡慕曾祖父的主要缘由。

　　我降临人世时，父亲少小曾居住的豪宅华屋，已荡然无存，但曾祖父的显赫，透过那一座遗存的坟茔，还是能够得到佐证。曾祖父的坟墓位于村南的开阔地里，特别高大，比柳公权的墓茔，足足大出一倍多。唐时柳公权的墓，比现在看到的，无疑要大一些。千年的雨水冲刷，一座土堆，免不了要水土流失，瘦身缩型。古时候的埋葬，是有严格规制的，不是随心所欲地想埋多大，就能埋多大。墓多大，是由官衔和职级决定的，其他均忽略不计。比如商人，即使家财万贯，名扬四方，但究其身份，依然是一介平民。既为平民，就不能随意将自己的墓建造得与官人比肩。违者，是要受到追究的。在礼法制度和宗法制度极其严苛的国度，坟墓也是地位与身份的象征。清朝晚期，朝廷在摸透商人内心需求的前提下，为自己找到了一条发财的路径，那就是出售官衔。也就是说，头上的顶珠，只要肯花一笔巨资，就能买到。于是，具有实力的商人，一个个慷慨解囊，不惜捐出大笔银两，换取那顶官帽。朝廷收到了钱，经君主御笔的钦点，一顶镶有顶珠的帽子，就降落在了捐赠者的头上。但这顶帽子，仅为帽子而已，帽子底下，虚而无座。具体说来，就是给你一顶帽子，但不给你实权。帽子只停留于名义，带有荣誉性，更像是一张奖状。商人们明知如此，却甘心情愿地支付黄金白银，原因就在于，他们很需要这顶帽子。这顶帽子既是他们成功的标志，也是他们获得其他待遇的通行证。不说别的，单说埋葬，有无这顶帽子，就大为不同。有了，就可以将坟墓建得很大，以光宗耀祖；没有，就只能建得很小，被荒草埋没。朝廷仅因几页纸，就从民间搜刮去大笔的款项，自然对此也是颇为满意。此时的朝廷，因给这个赔款，给那个赔款，早已国库亏空，急需有新的银两填充。商人们的钱，犹如雪中之炭，雨中之伞。

二十世纪八十年代，一些地方财政吃紧，就想到了出售城市户口。在市民和农民界限分明的年月，市民的身份，无疑让农民垂涎。市民不是吃得好穿得好那么简单，最重要的是高人一等。但谁若想从农民变为市民，那简直有着只身泅渡长江之难。于是不少地方政府想出了一个妙策：出售市民户口。然而购买该户口，并非像地摊上的萝卜白菜那样，谁交钱就卖给谁，而是设置了诸多的门槛：一是城内的农民，二是取得指标。不少人跃跃欲试，却未必能跨身进去。然而如愿者，拿到手的却仅是一本"蓝印"户口。正规的市民户口本，红色封皮，红色印章，但"蓝印户口"却是蓝皮蓝印。"蓝印户口"昭示着你即使花了钱，依然不能与手持"红印户口"的人平起平坐。如果说"红印户口"是第一等级，"白印户口"是第三等级，那么"蓝印户口"就是第二等级。也就是说，"蓝印户口"处于夹层中，比"红印户口"低，比"白印户口"高，其身份的不伦不类，使怀揣这种户口本的人颇为尴尬，并难免滋生出"人不人，鬼不鬼"的感觉。然而，"蓝印户口"的销售，并没有出现"门前冷落车马稀"的窘迫，照样有诸多的人挤破脑袋在争取。究其原因，在于纵然是"蓝印户口"，也要比"白印户口"拥有更多的机会。招工，手持"蓝印户口"的人可期可待，手持"白印户口"的人则别妄想。婚嫁，平等沦落于口号，门当户对才是实质，于是手持"红印户口"的男子，有可能自降其身段，屈娶手持"蓝印户口"的女子，却绝不斜瞥手持"白印户口"的女子一眼。

最初灵机一动，首倡发放"蓝印户口"者为何人？不得而知。但我猜想，这位可爱的仁兄，似乎是读过一些史书的，大概受之于清末官帽出售制度的启发。

据我父亲回忆，曾祖父曾担任过香山会的会长。香山会是一个官方组织，还是个宗教组织，抑或是民间团体，无从详知。但有一点可以肯定，那就是曾祖父无疑是一个佛教徒。与佛教不沾边，不搭界，纵然才高八斗，或许能去别的地方任职，却难以被簇拥着出任会长。不是披上一件袈裟就是佛教徒，也不是把"阿弥陀佛"挂在嘴边就是佛教徒。佛教徒对人性之善，有着苛刻的要求。曾祖父在佛教界拥有相当的地位，由此推断他至少不是一个恶人。他如果弃善从恶，即使可以混迹于佛教界，也不可能获得拥戴。在过去，中国人是非常看重人的道德水准的。德高才能望重，望重才能服人。无德无望，又何以能成为会长？

　　曾祖父的生命绚烂绽放之时，应该是二十世纪的二十年代，此时正值军阀割据，北伐的大幕才刚刚开启。远离是非之地的香山，闻不到硝烟的呛味，听不到枪炮的轰隆，一派祥和静谧。僧侣们该念经的还念经，该打坐的还打坐，他们坐在东山迎朝阳，坐在西山看日落，其生命的意义，全部转化为对菩萨的顶礼膜拜。

　　父亲那时六七岁，作为曾祖父的长孙，他自然是曾祖父掌上的明珠。每到农历三月初，香山的轿子就来到我家门前，将曾祖父接走。曾祖父上山时，不忘牵上长孙的小手，于是父亲也坐进了轿子，随曾祖父一起被抬上香山。

　　香山三峰并立，曰东峰，曰中峰，曰西峰。东峰为闲峰，其上无建筑，无庙堂，无僧侣，仅为其他两峰的陪衬。中西峰连缀在一起，像夫妻那样手牵着手，而东峰呢，则像一个光棍汉，孤独而突兀地耸立着。东峰与中西峰之间，隔着一条幽深的沟壑，沟壑里石头狼牙交错，灌木蓬乱，有一种拒人于千里之外的冷傲。然而，东峰并非可有可无，它的价值，在于为香山塑形。从关庄塬

◎ 香山全景图（何阿宁　摄）

的最北端，沿九里坡盘蛇般的小径蜿蜒而下，接着又顺着起起伏伏的石川河川道逆流而上，时不时地，便能望见香山三峰并峙的奇观若隐若现。三峰隐身于诸山之后，却随着行走者身体的移位，忽而露出，忽而隐没。行至山下，仰望山上，三座高峰，犹如三尊高昂的头颅。

中国人对"三"情有独钟，并给"三"赋予了太多的内涵。"三"是多的意思，"三"也蕴含着圆满。三足鼎立，鼎才能稳固；三叩首，才显得虔诚；三阳开泰，才一片大好。香山暗合了中国文化的内在架构，恰好是三座高峰，而不是两座或四座。多一座则累赘，少一座则空缺。三峰并立，除了寓意吉祥，还极为合乎人们视觉审美的习惯。两座峰则略显单薄，气势亦不足，一眼望去，既不雄伟，也不美观——如果从这个角度审视东峰的价值，就会发现它虽为闲峰，却并不等闲。它就像画家在留白处斜勾出的一根旁枝，虽与主体大树脱节，却在昭示着树木的勃勃生机。闲笔不闲，闲峰不闲，世间的万物，均来自苍天的精心构造与取舍，凡留存的，没有一样是多余的。

中峰是香山的主体部分。供奉观音菩萨的大殿，宛若庞然大物，蹲坐于中峰半壁的石台上。大殿是一组建筑群的核心部位，但不是全部。大殿的下方，是层叠而铺排的木质楼宇，既有藏经室，又有诵经室，还有僧人的起居室和餐饮室。藏经室与好几个石洞相通，那些无比珍贵的舍利子或经卷，全被装入一个个刻有菩提树的宝匣中，藏匿于洞穴的幽深处。山洞的壁崖上，一尊尊的石塑或泥塑，悬空而耸，栩栩如生地讲述着佛门的过往，阐释着佛法无边的道理。雕塑或雕于北魏，或刻于隋唐，或补充于宋元，总之，都很古老，很陈旧，有点儿颓唐，有点儿斑驳，清尘拂面，蛛网轻绕。诵经室相当于佛学院，新入寺的和尚与尼姑，在一墙之隔的两个庭院里，聆听师傅的讲解，诵读各种经文，并敲击着木鱼自我研习。每个早晨，伴随山林里的鸟鸣，诵经室里传出的嗡嘤之声，掠过树梢，扶摇直上，将飘拂的祥云撩拨得心慌意乱。

香山上的建筑，远望像悬浮于空中，很是壮观。那一根根的立柱，像人腿一般，顽强地支撑着屋宇臃肿磅礴的上半身。立柱粗粗的，经风雨的长年侵蚀，已颜色发黑，且呈现出了枯朽之态，使整个建筑群落，给人以摇摇欲坠之感。然而，貌似就要垮塌，却坚如磐石，一屹立就是上千个春秋。恰是这种悬浮的险峻，构成了一种夺目的奇观，令人错愕而惊骇。

曾经的香山，建筑物层峦叠嶂，其奇异之妙与雄霸之势，足以傲视天下。

香山是名山，香山寺是名寺。名寺自然有名寺的不凡之处，从塑像到花纹，均招募来四海之内的名匠精雕细刻。因此，每一块砖石，都不随便垒砌；每一具雕塑，都堪称艺术杰作。

大殿位于石台的最中央，一座高大宽阔的木质建筑，雄筑于石壁之前，以石壁为靠背，并与石壁连为一个整体。石壁是典型的喀斯特地貌，颜色微微泛红，外观呈鱼鳞状。石壁的体态，无疑是风化的结果。万年亿年，风像多情的目光，从香山的面庞一阵阵地掠过，将石头的皮肤吹皱。

大殿里供奉着观音菩萨，观音菩萨的塑像却并不是坐在大殿里，而是坐在石洞里，其身后，虚无幽深。大殿只是帽子，是石洞的装饰物。这座经过人力加工的阔大石洞，至今还烙有凿子的划痕。石洞是天然的，但人觉得它尚不够廊然豁然，于是就举起凿子，一凿子一凿子像鸡啄米粒那般，将其进行了扩充。凿子划过之处，留下了一道道的白色纹路。那波纹状的墙面，像动物枯瘦的根根肋骨。

观音菩萨的巨大塑像盘膝而坐，善目善眉，表情祥和，面含慈悲，高高在上。她的头顶，祥云朵朵；她的双肩，松枝摇曳。寺庙的主持坐于其左前侧，和尚们则立其右前侧，一个长条形桌案放置于菩萨的脚趾之下，一座四足香炉摆放于桌案之前，香炉之旁，则是一个红色的功德箱。三条软软长长的铺垫，横在捐款箱之前。

每逢过会，大殿门前就人潮汹涌。信徒们手持长杆香，摩肩接踵地朝大殿里拥挤。维持秩序的和尚，阻止不了脚步的移动，于是也就听之任之。等放进一拨人，大殿的门就关闭了。这拨人出来后，另一拨人才能入内，不然，大殿内的秩序就会失控。人们进入大殿后，先是掏出自己布袋里的核桃、苹果、雪梨、大枣以及蒸熟的红薯和油炸的麻叶等，恭恭敬敬地放于桌案，并不忘压低嗓门，殷殷叮嘱观音：爷啊，你吃了我给你的东西吧！红薯是我专门给你蒸的，麻叶是我专门给你炸的。我知道你爱吃麻叶，就多炸了些，你就把它全吃了吧！

前几样供品，皆来自树上的采摘，唯独麻叶，源于人工的烹制。麻叶是一种油炸食品，有点儿像麻花，却比麻花要薄要脆。俗世的人，是如何知道佛爱吃麻叶的呢？这个疑问，在我的脑子里盘旋了很多年。小时候，我到邻居大婶的家里去借铁锨，适逢大婶正在厨房里炸麻叶。麻叶的香味，幽幽地钻入我的鼻孔，让我垂涎欲滴。大婶见我站在厨房门前，痴痴地呆望，硬是不肯给我递一个麻叶吃。不给麻叶倒也罢了，她反过来还要说一番带有恐吓的话：麻叶是给爷炸的，爷爱吃麻叶；吃了爷的东西，爷是要掐鼻子的。农村人嘴里的爷，就是神。不论男神女神，他们皆统称为爷。后来，我在很多人家都见到炸麻叶的情景，一打问，才知道第二天这户人家的女主妇，要去庙里烧香，麻叶是给爷预备的祭品。

爷喜欢吃麻叶，给爷上供就要献麻叶，爷吃高兴了，才能对进献者之所求，给予特别的眷顾和特殊的照顾……这样的推测，渐渐转化为一种民间的共识。在贫困的乡村，食品的单调显而易见，人们总是围绕着现有的面食和菜油做文章，相比之下，油炸的麻叶最为酥脆可口。人们视麻叶为食品中的尤物，爱吃它，却限于食油的短缺，又舍不得吃它，于是就幻想着把它献给敬爱的爷。爷高人一等或几等，对食物很是挑剔，是咽不下五谷杂粮的。那些糟糠之食，只配庸众享用。

就这一现象，我和一位学者曾进行过非正式地探讨。学者带有玩笑成分的戏言，似乎也不无道理：也许是某个寺庙的主持，将自己的嗜好，假借于爷的名义，暗示给了某些信徒，信徒们信以为真，且广而告之，最后不但演变为一种有意识的统一行动，而且沉淀为一种无意识的思维定式。你想想，献给爷的祭品，能吃进爷的肚里吗？献得再多，爷连一个都不会吃。祭品最终是被谁吃掉的？还不是那些主持以及和尚尼姑？主持与和尚尼姑，尽管上山修行，但依然身处尘世，远不是虚无缥缈的神。他们，和普通人一样眼馋嘴馋。

上了供品，又上香。一根根正在燃烧的香，密密匝匝地插满了香炉，香灰满满当当地向香炉外溢洒。接着就是朝功德箱塞进银两，银两多少不一，但总体上都是些零碎银子。

大额捐赠，不在这里，而在西峰。西峰有专门的接待室，除了接待一些朝山的权贵，也负责接收大户人家的捐款。大额捐助者，寺庙要在功德簿上记录下他的名字，并赐予他几条红织带，和几条开过光的念珠，用于他及家人裹缠和佩戴。红织带其实就是红裤带，用其系裤子，只要不被人偷去，就永远能紧贴着人，为人避邪。

最后一个环节，才是跪在垫子上跪拜。当一排排的膝盖折叠着跪下去，主持敲响铜锣，和尚们随之敲击木鱼，诵经的声音宛若大合唱一般，潮起潮落。

跪拜完毕，大殿里早已烟雾缭绕。打开殿门，吆喝着让这一拨香客徐徐退场，并趁机让烟雾从门里溜走，这才迎接后一拨香客。

整整一个白昼，大殿都被朝拜的客人挤满。至傍晚，殿门前终于冷清下来，忙碌了一天的和尚口干舌燥，腰酸腿困，这才关闭殿门，回起居室用膳休息。

和尚一般是不去西峰的，唯有主持才可以去。西峰是尼姑的天地，庙里居住着数十个尼姑。比起中峰的开阔与坦然，西峰不但地势高拔，而且阴森险峻。古树参天，野草蓬勃，纠纠缠缠的枝蔓宛若披散的乱发，乍一看，很像一头咆哮的怒狮。

西峰也有庙，庙里也是香雾弥漫。尼姑们出家前都裹了脚，那双小脚，只要没有特殊事宜，是不大跨出庙门的。她们在庙里修行，在庙旁的偏房里吃住。信徒们在大殿里跪拜完毕，大多都会来西峰的庙里烧香布施，于是在过会的日子里，尼姑们的耳根很难清净。

然而，我父亲对西峰却是念念不忘，并对其怀有一份特别的情感。每当说起西峰，他都会提及西峰那个搂着他睡觉的尼姑，于是平日无比暗淡的眼圈里，总能飘浮起一丝丝的暖云。父亲说某一个傍晚，由于人多，他独自玩耍了一阵

◎ 春到西峰（路荣涛 摄）

子，竟然找不见曾祖父了。就在他因惊恐而声嘶力竭地哭号之时，一个从此路过的尼姑将他轻轻抱起，给他拭泪，并想方设法地安抚他。尼姑帮着他寻找曾祖父，遍寻无果，于是将他领至西峰，给他吃喝，并哄他入睡。尼姑和衣而卧，为消除他的惊惧，用一只白嫩的胳膊，紧紧地搂抱着他的腰。凌晨二更之时，失魂落魄的曾祖父，才带领一帮搜山的和尚，追踪至西峰，并找见他的下落。看到他已沉沉睡去，曾祖父并没有打扰他的美梦，只是叮嘱了几句便离开。

父亲一直记着那位尼姑的相貌：圆脸，双眸明亮，皮肤白皙，笑起来很甜美，说话柔声细语。父亲每当怀念过世的祖母，脑子里就能浮现出那个尼姑温和的笑容。他说那个尼姑不论从长相还是性格，都很像我的祖母，仿佛原本就是我祖母的同胞姊妹似的。

曾祖父在香山，只管大事，不管小事。除了制订大的规划，他的主要精力，都耗费在了迎来送往上。朝山的达官络绎不绝，他自然也就忙得不亦乐乎。丢失我父亲的那回，据他事后解释，是因为山上来了一位军界头子，即所谓的军阀。他上前与军阀握手寒暄，军阀的随从却把围观的人群向远处驱散，这才造成爷孙俩的失散。

香山会闭幕，轿子又将曾祖父抬回村子。尾随轿子而至的，还有一群猪羊和一大堆供品。我家那时拥有四百多亩土地，耕种与收割，除了固定的几位雇工之外，几乎被香山的和尚大包大揽。尤其是收麦子，用村里老人的话说，我家的地里，"齐茬茬的都是些光葫芦"。光葫芦们钻进黄亮亮的麦田里，远远望去，犹如一个一个的黑瓢，在汹涌的黄浪里漂浮。那些剃度之人，南腔北调，卷着舌头，"说话都像念经"。和尚们和村里人极少交流，但村民还是对他们充满好奇：听他们的口音，大多都不是当地人，而且个个都很年轻，他们为何要出家当和尚？

有好事的村民与年幼的和尚搭讪攀谈，很快破解了他们的出家之谜：出家，一是为了躲避战乱，二是为了逃避兵役。战乱的恐怖不难想象，而被当作壮丁

◎ 香山远眺（王淼 摄）

强行抓去，尚未喘一口气，就被赶往火线，也无异于送死。子弹是不长眼睛的，谁都难保证自己全身而退。在这样的背景下，很多家长千方百计把自己的爱子，络绎不绝地送往寺庙，以求得为其预留一条生路。在东西南北的寺庙中，陕西的寺庙最受青睐。因为，不论外界多么地炮火连天，地处西北一隅的陕西，都相对比较宁静——军阀混战无涉陕西，北伐战争无涉陕西，就连后来虎狼一般凶猛的日军，尽管也曾对陕西虎视眈眈，但最终都未能成功渡过黄河，西进陕西。

劳累了一整天，暮色渐起之时，和尚们便收工歇息。我家前院两边的厢房、后院的楼上楼下，偏院的祠堂和藏书阁，全都住满了和尚。和尚们的晚餐很简单，只吃素，不沾荤。吃完晚饭，太阳早已日落西山，年轻的和尚聚集于沟岸，举着几根木杆，摸黑敲打起挺立于沟岸的杏树来。

我家坐西面东，门前豁然开朗，是一座宽宽阔阔的碾场。碾场的一角有一口水窖，水窖的北侧是一座涝池，涝池的北岸是一个蓊蓊郁郁的树园。碾场的外侧，则是一条沟壑。两棵粗壮的杏树，还有两棵更加粗壮的杜梨树，以及其他树木，皆挺拔于沟岸。和尚们高举的木杆，在杏树的枝条轻轻一击，树上就叮叮嘣嘣地掉下许多黄杏来。此时的他们，把师傅的告诫遗忘得一干二净，孩子的天性战胜了佛性，纷纷弯下腰去，摸索着捡拾那些滚落的黄杏，并一颗颗地往自己的嘴里填。年幼的父亲听见嬉闹声，举着马灯出门察看究竟，当望见他们在偷吃自家的黄杏时，就转过身去找曾祖父告状。曾祖父表面装出一副很凌厉的样子，扬言要马上出去收拾他们，但却一直稳坐太师椅，纹丝不动，反倒歪过头去，对身后的管家耳语道：吃就让吃去，娃们家嘛，能吃多少？管家原本打算出去阻止和尚们的胡闹行为的，但听了曾祖父的话，便偃旗息鼓。

父亲给我讲述这个情节时，满面愧色，说他长到三十多岁，才理解了曾祖父何以如此。

曾祖父直至去世，才卸去了香山会会长的那顶帽子。但香山，似乎与我家有了某种血脉与情感上的隐秘联系。每当有人在我面前提起香山，我都会想起曾祖父，想起香山上那些帮我家割麦子的和尚。

农历三月十五，是我出生的日子。我一降临人世，村里有人就将我与香山往一起拉扯，并言之凿凿地说三月十五日很吉祥，因为这一天，正是观音菩萨的生日。及至去年，还有人冲着我感叹：谁能比得了你呀？你先人伺候菩萨爷有功，菩萨爷都把你的生日和她弄成了同一天。

表面上木讷的村民，其实是极具想象力的。当某一个人，某一件事，成为这样或那样，他们很少仔细分析这个人或这件事本身的因素，却总要在人与事的外围追根溯源。当我考上学，并从事与文字有关的工作时，村民们苦思冥想之余，一路追踪，竟追至我曾祖父的坟头。有人当着我的面，以一种自我安慰的口气，对其他人说：咱咋能和人家比呢？咱家的祖坟，都要比人家矮一截。人家考上学，捉笔杆子，那是人家祖坟里有呢！人家的先人坐轿子，咱家的先人挑担子，比得了吗？人和人比不成，骡子和马驮不成。咱若有那样的先人，咱也不用握镢头了！

曾祖父离开人世若干年后，香山遭遇了一场劫难：一场大火，将那些无比苍老又无比雄奇的建筑，统统化为了灰烬。

◎ 物外仙境（成欣 摄）

台上台下戏纷呈

耀州诸多客舍驿站的爆满，还与另一座山有关。

这座山不像香山那样，隐匿于人烟稀少之境，而是坐落于耀州城的旁侧。香山向往一种清净，这座山似乎在刻意营造一种喧闹。

出耀州东城门，过漆水河，步行两三华里，就能抵达山的脚下。站在石川河的河滩朝东凝望，耀州高耸的东门楼仿佛就搁置在那座山的半山腰里，山仿佛伸手可触。

这座山叫药王山，曾为唐代医学家孙思邈的隐居之地。明末清初，后世的人为追思药王，在山上大兴土木，筑大殿，砌石阶，刻碑文，铸香炉，植柏树，并于每年农历龙抬头的二月二，举办一年一度的盛大祭祀活动，耀州人称其为"二月二庙会"。

山的原名并不叫药王山，而是叫五台山，由五座山组成。名为山，却似是而非，不伦不类，简直没有山的样子，

◎ 1924 年药王山庙会

却有塬的种种风韵。体表无石，全由土堆积。站在山下朝上望，斜斜的荒坡，陡峭凹凸，确实有那么一点儿山的意思。但攀至山端，却发现无巅无峰。山顶是一片开阔地，除了部分被占用建造了房屋，其他的，则是农民种植的庄稼。半山半塬，但人们却将其称之为山，就高不就低——在人的意识里，塬过于平庸，唯有山才气势非凡。

五台山，顾名思义，就是半台半山，亦台亦山。台为何？其实就是土塬。五台山由五座山聚拢而成，但彼此间的界限很是模糊，肢体部分相互勾连，难解难分，仅有五个头，还能从中分出个一二三来，但身躯却共有。五个扁平的头，矮矮的，秃秃的，无奇崛之姿，无凌厉之相，像五个朴实的农村老大爷，土气而又粗糙，祥和而又随和。坡不陡峭，雨水在斜斜的坡面上，冲出一条条的壕沟。一坡坡的柏树，从上而下，从下而上，东倒西歪，像绿色的波涛，风一刮过，发出沉郁的呜呜之声。这些由明朝人或清朝人栽植的柏树林，掩饰不住那一座座由现代人堆砌的坟茔。

我最初耳闻这座山，还是在父亲的讲述里。父亲是个戏迷，但在没有收音机和电视机的年代，他想过足戏瘾，不比登天容易。好在他在村剧团里，还充当着一个不起眼的角色。每当村里唱戏，他就坐在舞台的一角，缩在一群人的身后，时不时地举起鼓槌，敲击一下悬挂的那面铜锣。演出结束，已经深夜，父亲回家，其神其态仿佛领赏归来，显现出少有的兴奋。睡不着觉，他

◎ 药王山老照片

就给我讲古戏，《朱吹灯》《墙头记》《三娘教子》《斩辕门》以及《薛仁贵》等诸多剧目，我都是从他的嘴里知道的。父亲在把一段一段的唱词倒背如流的同时，还不忘对剧中的人物进行一番善恶评判，并为那些悲剧人物的命运唏嘘不已。说着说着，他不时发出这样的慨叹：咱村的戏台实在太小了，而药王山的那个戏台，大得"没没（mó mù）"。

"没没（mó mù）"就是"很很"的意思，比之一个"很"字，在语气上还要加重一些。说其"大"，尚且不够，还要以"没没（mó mù）"来渲染其大。父亲对药王山的那座戏台，念念不忘，啧啧称奇，并宣称自己三四岁时就在那里看过戏。耀州城里，曾有曾祖父置办的宅院，父亲言及他自小去药王山看戏，并非妄言。

父亲不止一次地慨叹药王山戏台之大，类似的话语，我也在别的村民那里听到过。某一天，在村民们习惯聚集的碾场里，一群上了年纪的村民，端着饭碗，一边吃饭，一边有一句没一句地闲扯着。话题并不固定，一会儿是谁家孙子过满月，一会儿是谁家添了新牛犊。扯着扯着，就扯到了药王山的戏台。这个说：那个戏台就是大，五个人在上面栽跟斗，都不会相互磕碰。那个附和且用手比划着，说：就是就是，大得"没没（mó mù）"大得"没没（mó mù）"，足足有五十个炕大。

一座炕有多大，我能想象出个大概来，但五十座炕并拢在一起，究竟有多大，我就犯了迷糊，不明就里。但村民的意思，我还是能领会的，不过是在强调戏台面积的无比宽敞。

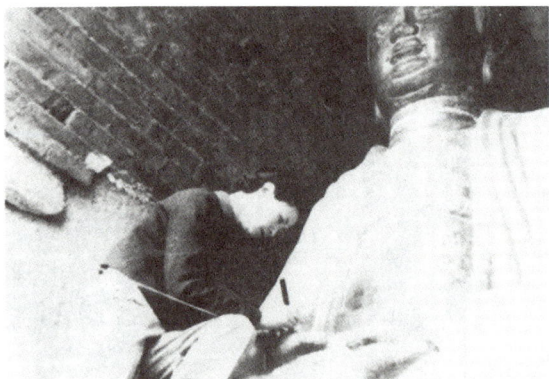

◎ 1934年，梁思成、林徽因等往敦煌途中，林徽因在耀州调查药王山摩崖造像，并在县政府西仓巷创建耀县碑林。这批造像今存药王山。

我首次赴药王山，是在参加工作后，时年我二十岁。到了那里，我急于见到的，不是药王殿中的药王塑像，也不是传说中的石雕"摸摸爷"，而是那座戏台。几乎一步入药王山的地界，用不着东张西望地寻找，戏台就浮现在了眼前。一座砖箍的拱桥，横卧于沟壑溪水之上。桥面经过铺垫，很宽阔，很平整，像一个小型广场。修建拱桥之上开阔的平台，其本意是要官员在此下马抖尘，民众在此整衣洗漱，所有人收拾整齐和干净后，才可以步入大殿参拜药王。但时间久了，平台的功能免不了发生变化。小摊小贩在

◎ 药王山摩崖造像

此设摊扎点，民众游山累了坐在这里歇脚，孩子们在这里嬉戏打闹。人们或饿了，或嘴馋了，就买一个烤红薯或一个煮熟的玉米棒子，举在手里啃咬。

◎ 药王庙内孙思邈塑像前面有献亭，内立 30 多通石碑，上刻药王山的历史变迁和历代文人学士对药王的颂诗。

◎ 清代建造的太玄洞戏台

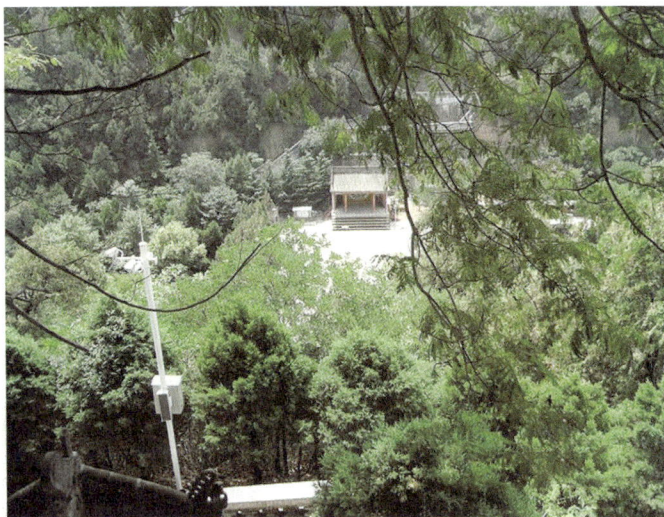

◎ 戏台远眺

那座被父亲和村民渲染了无数次的戏台，蹲坐于卧桥的前方，面向药王殿，背靠南山梁。南山梁是与药王殿所处的北山梁相对应，中间隔着一道沟谷。南山梁的梁顶因建有殿堂楼宇，耀州人习惯性地称其为南庵。

戏台的后面，是高高的土坎，土坎上的荆棘与蒿草，或垂头丧气，或张牙舞爪。戏台是清朝时期建造的，乍一看，像一座老屋，被人拦腰掏空。瓦覆屋脊，砖砌墙面，后壁封闭，三面虚空，两根立柱，一左一右地支撑着前半部分的屋顶。柱子粗粗的，被漆成了红色。在那个满目皆土的年月，舞台虽然无雕梁画栋，但或多或少，都有那么一点儿富丽堂皇的气象。然而，上看下看，左看右看，把戏台端详来端详去，我都没有看出它"大"在何处。它实在算不上"大"，宽不过丈五，长不过两丈。在见过了各种摆阔式的奢华之后，再回望那座戏台，我已不再纠结于那座戏台的大与不大，而纠结于它的寒碜与不寒碜。它背对朝阳，隆起南梁将阳光遮蔽，以至于在前半天里，它的神情都略显阴郁。唯有夕阳的余晖，才能将它彻底镀亮。但夕阳之下的它，消瘦羸弱，竟显得有几许的楚楚可怜。

反过来理性地回味父亲和村民对它的描述，并不觉得太过离谱。大与小，都是比较的产物。一只老鼠如果有兔子那么大，肯定会引来一片惊骇之声；但如果一头牛仅有兔子那么大，同样也会引来一片惊骇之声。虽然同为惊骇，但惊骇的指向却正好相反：前者惊讶其大，后者惊讶其小。没有见过更大舞台的村民，其参照物，只能是村庄的土戏台。比起村庄的土戏台，这座戏台的确宽大了很多，阔绰了不少。

戏台是唱戏的地方，戏台下面是看戏的地方。演员和观众，皆不能缺席，缺一方戏就无法演下去。如果一出戏糟糕透顶，仅单方面地谴责演员，也是有失公允。没有观众的围观与掌声，演员即使演了，也只是演给了风，演给了雨，而风雨是不长耳朵和嘴巴的，既不会将唱词聆听进去，又不会将唱腔传播开来。

药王山的戏台都有哪些演员在演，哪些观众在看呢？史料皆无记载，自是一团疑云。然而，演员或许难以知晓，但观众即使无文字记载，我们也能清楚地知道他们是谁。观众是生活中的小人物，一个"芸芸众生"的成语，就将人世间的鱼虾一网打尽。观众是从不在史书中露面的，史家趋炎附势的眼睛，总是围绕着舞台之上打转转，从来都不肯斜瞥舞台之下一眼。在炫目的舞台近旁，其实就是黑灯瞎火的台下世界。然而，实际情况是，台下的世界比起台上的世界，更为广阔，也更为精彩。不同之处在于，台上一投足，一摆手，一颦一笑，一唱一叹，都能清晰目睹。但台下谁哭了，谁笑了，谁跌倒了，谁爬起来了，谁被人踩在脚下，谁被人抛向空中，均被遮蔽，成为一本糊涂账。其实，台上的演员背的是台词，是由编剧杜撰的，演员演的永远是别人；而台下的观众演绎的，才是真正的自己。他们不化妆，不做作，不捏腔，不拿调，很是自然逼真。于是真正的戏剧，也许并不在台上，而是在台下。

赴药王山观戏的人，以朝山者为主，当然还有一些从耀州城赶来的戏迷。

耀州城里的戏迷，也许早已把药王山游览得烦腻了，但对于戏，却宛若沾染上毒瘾那般百看不厌，哪里有戏唱，他们就对哪里趋之若鹜。

官人即使有戏瘾，也不大前来观看，主要原因是嫌麻烦。如果知州来看戏，鸣锣开道，侍卫分列两行，惊动得鸡犬不宁。威风倒是很威风，却畏惧于有草民拦轿喊冤。那些受冤枉受委屈的民众，耳闻州官要出城看戏，早早地就跪满了路的两旁。有的手里举着刷有"青天大老爷"几个字的白牌子，有的额头画一个"冤"字，有的胸前挂着一张黑包公的画像，还有的后颈上插着一把木刀。见到知州的轿子由远及近，喊冤者立刻从马路两侧，冲向马路的中央，并跪在了轿前。轿子走不动了，只好停下来。知州揭开帘子，询问何人拦路，有何冤情？喊冤者见机，急忙从口袋里掏出状子，双手举过头顶，递给专为知州接状子的随从。随从将状子呈给知州，知州扫视一番状子，若能当下处置就当下处置；若案情复杂，云里雾里，需要调查慎处，就让喊冤者某日某时到官府来，他届时再升堂断案。简单化的处置，源于简单化的案情，所涉无非鸡毛蒜皮之类，比如谁拔了自家的萝卜，谁耍赖硬说他家的铁铲是自家的，谁把自己孩子的小腿踢得红肿等等。对于这等芝麻小事，知州不问三七二十一，当即发号施令给随从，要他惩罚这个歹人五十大板，或责其给那个坏种加重赋税。

那时候的知州知县，应酬不多，不来虚的，只来实的，却个个忙碌不休。忙碌的一个主要内容，就是升堂断案。升堂不是理政务，而是审案子。有律法，却无法院，无法官，官府就是法院，知州知县就是法官。民要告状，就去官府喊冤，官府的人接了状子，一把手就得出面审案子。因为其他人都不具备判案资质，唯有一把手才代表着公正，才有断案资质。

每座衙门里，都布置有一座审案室，并拥有一个由数人组成的审理团队。审案室的地面像教室，有高有低。高处，类似于讲台，只是比讲台宽大许多。台面上摆一张大大的桌案，桌案的中央放有一根条状的"惊堂木"，并栽立着一杆微型小秤，两旁则堆摞着笔墨纸砚及律书等。桌案之后，是一把宽大的太师椅。背后的墙上，横挂着四个大字：明镜高悬。该字的两端，各竖四个大字，字体略小于横着的字，分别是"循天地理"和"罚刁劣民"。君是天，民是地，循天理就是不能欺君，循地理就是不能欺民，合起来，就是上下左右都欺侮不得。民被分为三等：良民、刁民和劣民。良民遵纪守法，规规矩矩，不惹是生非，为举世之最爱；刁民比起良民，其品行要略逊一等，但还可以教化，可以救赎。刁民若枉顾圣贤之道，违逆天地之理，尽做害人之事，教化他的有效手段，唯有棍棒伺候。劣民则是民中的渣滓，人中的垃圾，冥顽不化，屡教不改，不可救药，凡有人遇之，只要告官，官府派出衙役，不问三七二十一，直接将其予以捉拿并投入大牢。

知州判案，以洞察秋毫之敏锐，先要把人划拨进这三类人群中，并预先在心里给他们贴上各自的标签。贴上良民的标签，越看越像良民；贴上刁民的标签，越看越像刁民；贴上劣民的标签，则越看越像劣民。凭一眼之见，一面之识，加上几句简单的一问一答，就能断定谁是良民，谁是刁民，谁是劣民，未免过于草率。凡草菅人命，无一不发端于草率。看过一本书，书名忘了，但里面的两则情节，一直让我耿耿于怀：山西某魏姓县令判案，只因一个少妇用眼睛斜睨他，就将其定为劣民，并投入大牢；另一位中年男人仅因吐字不清，县令便斥其有欺瞒之意图，也将其定为劣民，投入大牢。前者的夫君和后者的妻子，自此踏上了申冤之路，他们天天手举"冤枉"二字，跪在衙门前哭天抢地地大喊冤枉，一晃五个春秋过去，直至县令更换，由魏姓变成了林姓。林姓县令叫林秉承，书中写他不徇私情，在城门外当众砍下了亲胞弟的头颅，挂于城门之上示众。林县令亲自核查少妇和中年男人的案子，不查不知道，一查吓一跳：少妇天生就是一双斜斜眼，中年男人更离谱，他原本就是一个结巴。林县令主持公义，将二人从牢中释放。这部写于清末的书，沿袭的是呼唤明君清官的套路，但它在颂扬清官之时，却未免让人觉得清官太过残忍：将亲弟弟的头砍下来，血淋淋地挂于城门，这样的清官，该有多么地冷血啊！清官是人，凡人皆有七情六欲，全然不必为拔高他们，把他们千篇一律化为一具铁打的模具。

从这样的描述里，我们不难看出仅凭一己之感觉，就将人分为三六九等，是何等荒唐。任何把人的标签化，概念化，脸谱化，其实都是不靠谱的。每个人皆为一个复杂的混合体，犹如托尔斯泰笔下所写的那样，有善有恶。即使是那些看起来穷凶极恶之人，他的心里未必就无丝毫善念；那些看起来无比良善之人，他的心里未必就不会闪现恶念。不同之处在于，有人善于管控自己的恶念，极少释放心中之恶，并使其转化为无害之念。有人管控能力差，从而使心中之恶，犹如脱缰之野兽，冲破躯体之束缚，以至于践踏道德，危害四邻，殃及社会。

知州于某日某个时辰升堂，打算审理哪几桩案子，衙役就会提前奔赴原告与被告的所在地，通知他们按时到堂。若有违抗，必遭通缉与捉拿。

被告与原告们早早地来到衙门，守在堂外等候。时辰一到，堂管重重地敲击悬挂于堂外的铜锣，伴随铜锣咣咣咣地三声闷响，堂管扯长嗓子的吼叫声，便在走廊里回荡："升堂——，升堂——，升堂——"。

知州听到敲锣的声音，从自己的办公室走出，步入审案室，坐定后，抓起面前的木板，往桌上"啪"一拍，喊一声"现在开堂"，衙役便传唤原告入内。原告跪在桌案之前，一口一个"老爷"地叫着，边叫边将自己的遭遇，哆哆嗦嗦地讲述给"老爷"听，并不时偷睨"老爷"的脸色，唯恐"老爷"不耐烦。原告陈述完毕，"老爷"发问，原告回答，等"老爷"心中有了谱，再传唤被告入内。被告总是无理的，这是"老爷"的基本判断。这样的判断，并非凭空而来，而是根植于现实的基础。通常情况下，中国的老百姓不到忍无可忍的地步，绝不会轻易沾惹官司的。有告必有冤，有冤必占理。况且，先入为主，先下手为强，在被告尚未露脸之时，原告就已将被告的脸涂抹得乌黑，并将他已渲染成了一个劣迹斑斑的恶棍，这时候被告到庭，纵然浑身长有七嘴八舌，也会陷入百口莫辩的境地。在"老爷"的心目中，被告不是劣民，就是刁民，因此，当他见到被告时，就气不打一处来，远不像见到原告那么和蔼可亲，而是劈头盖脸地一番怒斥，横眉冷对地一顿责骂。一阵咆哮之后，接下来就是给被告定罪量刑了。罪重者，赏五十大板，投入牢中；罪轻者，当场令人打其二十或三十大板，并责令偷鸡者还鸡，赖账者还钱。清晰的案子，短短数十分钟，就已搞定；复杂的案子，有待于传唤证人，来日再审。当然，也有那种脑子黏糊的"老爷"，把一个简单的案子，像搅拌胡辣汤一样，来来去去地理不清搞不定，于是在"你二人说的都有理，本官我心中无主意"的迷糊中，"葫芦僧判决葫芦案"。于是，冤案在所难免，窦娥的哭声注定难以根绝。

审民官司，理民纷争，解民之忧，也算得上亲民的一种方式，总比躲于衙内，民众连见其一面都很难，要好出许多。明清时代尽管吏治严酷，但官场并不清许如水。然而，尽管世事混浊，但官员有一点还是值得赞许的，那就是凡有人拦轿告状，官员都会停轿接状，并倾听冤民的陈诉。民众对官的期许值并不高，也不多，能给自己一颗定神丸吃，或者见了他不那么趾高气扬，他就千般万般地感恩戴德。然而，人治毕竟不是法治，即使再貌似公正，却也蕴含着根本上的不公正。遇到明察秋毫的判官，算是烧了高香；遇到脑子混沌的判官，或遇到贪赃枉法的判官，只能自认倒霉。一把软尺，握在判官的手里，宽与严，长与短，全取决于判官的个人好恶。尺子的一头握在判官的手里，而另一头则拴在当事人的脖子上，与其命运紧密相连，岂能松紧无度、丈量无忌？这样的判案方式，还有一处硬伤，也不得不让人揪心，那就是被告的基本权利，常常被蛮横地予以强行剥夺，得不到起码的维护与尊重。

在路上拦轿告状的，通常有两种状况：一是有小纠纷，一是有大冤情。纠纷基本上都是些小偷窃、小赖账和小打架之类，但冤情就不一样了。凡有冤者，必是大冤，诸如亲人被诬陷坐牢，甚至亲人受冤已被处以极刑等等。一般情况下，面对小纠纷，知州现场就做出决断，号令随从事后不忘责罚有过错的一方；对于复杂的案情，则要接过状子，留待坐堂审理。

知州本意是去看戏的，但不得不频繁地停下轿子接状子。这张状子刚接到手，尚未前行多少步，另一个手举状子的人，又跪地拦轿，撕心裂肺地摆手喊停。如此这般，一路走走停停，等抵达戏台前，太阳已奔拉在了西山顶端。当然，知州不来，戏就不演。观众急得跺脚，气得骂娘，均无济于事。一个知州的分量，比台下的数百个观众加起来都重，宁可得罪观众一万回，也不能得罪知州一回，这一点，剧社人的心里无比透亮。当观众得知知州迟到，是因为有人拦轿告状，于是就纷纷骂起那些喊冤者来，诅咒他们不得好死。

然而，今天的诅咒者，明天就有可能成为拦轿告状者。他诅咒了别人，别人也可能因他拦轿告状延误开戏，反过来诅咒他。诅咒者与被诅咒者，本来就是同伙——既为看戏者，又为戏中人。

有知州之类的头面人物捧场并赏银，药王山的戏台岂有不红火之理？于是每年之每年，只要遇到二月二的庙会，或官方在这里举办什么活动，这座戏台上，总是灯笼高悬，长袖飘逸，唱腔依依。药王山有多红火，戏台就有多火。药王山的庙会，体现的并非官方意志，而是民间约定成俗的一种规习。二月二，龙抬头，人们相信这一天药王也会显灵，于是纷纷奔向药王山，化裱烧香，期待用这样的举措，换来药王的回报与恩赐，以祛除自己和家人的身体之恙。需要什么，或畏惧什么，就向什么磕头。实用主义的这一哲学实践，在中国人的烧香磕头中，体现得淋漓尽致。

唱戏是庙会的一个组成部分，是庙会的拉拉队。唱戏纯粹是为了给庙会助兴，其意在于让庙会更能吸引人，促使人气足够旺盛。药王山的庙会，比起香山，民间性更强，娱乐性更足。香山吸引的主要是信徒，奔着热闹去的人相对较少。但药王山则不同，它地处州城的附近，又安坐于一州版图的中央，老幼妇孺皆可抵达，于是它的人气，犹如像森林着火那般熊熊烈燃。而唱戏，形若火上浇油。

观戏者以逛庙会者为主，那么唱戏者为何人？答案是，他们皆来源于州内的某些村寨。偶尔请来西安府的剧社，唱上两场三场，但那只是临时抱佛脚的应急之举。想请戏坊的名角来演出，却付不起动辄数十两银子的高昂出场费，无奈之下，只有把目光投向乡野的草台班子。从二月一日戏曲开演，到二月二十日戏台落幕，在二十天的时间里，曲目不能重复，老调不能重弹，没有足够的演出团体支撑，自然是无法持续的。令人欣慰的是，不少的村庄，都组织起了村戏社，有的还请来一些较为专业的乐师唱师，手把手地教大家敲锣打鼓和甩袖摆腰。刚才还手握镢头在田间弯腰耕作的农民，回到家，掸土拂尘，换衣洗脸，一转身，就被戏社相中并招募而去，笨手笨脚地扮演起了剧中的某个角色。唱戏表面很容易，其实很难。农民大多不识字，更不识谱，他们唱的每一句台词，都来自鹦鹉学舌之后的死记硬背。唱师唱一句，他们唱一句；唱师说句话，他们说句话；唱师甩头他们甩头，唱师蹬腿他们蹬腿。一点一滴地重复，一句一招地默诵默念，最终才能达到滚瓜烂熟的程度。尽管如此，到了台上，卡壳的，忘词的，发呆的，不知所措的，仍然不在少数。好在大多数观戏的人，仅为图个热闹而已，并不那么计较与挑剔，表演者也就能顺利地蒙混过关。当然，也有一些演员，尴尬得几乎下不了台。个别戏迷，与其说是跑来看戏的，毋宁说是专门跑来起哄的。演员若有一句唱腔出错，一旦被他灵敏的耳朵逮个正着，他就会大声地嚷嚷着要演员滚下台来。一人之呼，引来百人之应。接着，吹口哨的，鼓倒掌的，跺脚的，咳嗽的，闹哄哄地响成了一片。但这些插曲，终究是往河里抛扔的几块小石子，不足以将河流截断。演员在一阵面红耳赤之后，很快就恢复了常态，该哭还哭，该笑还笑，该忸怩作态还忸怩作态。

来药王山戏台演出的农村戏社，多达二三十个。每年春节前，药王山的戏官，就要去各村摸底，并现场观摩，搞清楚都在排演哪些戏，演出阵容如何等等。看到某个村的戏不错，就提前预约，给其发放一张黄纸请柬。到了该演出的时段，被预订的剧团，组织好队伍，提前一天赶着载有道具的牛车马车，一路步行地来到药王山，下榻并起居于南庵的庙里。睡一觉醒来，旅途的疲惫尚未消散，他们立刻就投入进化妆换衣当中，试乐器，练嗓子，并在登台之前，要将喉咙里积存的痰液吐得一丝不剩。那个时候，没有麦克风，一切皆有赖于人的唱功。村里的老人说：没有驴叫声，哪能登戏台？也就是说，能不能唱戏，嗓音的高低和音域的宽窄是其前提条件。说话猫叫一般，立于其旁的人都听着费劲，站在台下的观众又怎能听个仔细？只有高喉咙大嗓门，吼一声，惊得一树的鸟雀瞬间飞散，才适宜于唱戏。然而，并非仅有大嗓门就万事俱备，没有乐感，不懂得轻重缓急，也是唱不了戏的。最为致命的，要数唱戏者皆为男性，但剧中的角色却男女皆有，于是，一些男人就不得不模仿女人的做派，唱腔不但要尖细婉转，而且举手投足间也要有十足的女人味。

药王山的戏台，演出团体并不固定，你刚唱罢我登台，轮换交替着，煞是热闹。我的家乡麻子村，就一直因循着唱戏的传统，及至二十世纪的九十年代，村里的土戏台上，逢年过节，依旧唱声铿锵。男的，女的，老的，少的，似乎人人都能来那么一嗓子。有时是父子对演，有时是婆孙同台，有时是兄弟敌我。据老人们说，大约二三十年代，村里的戏社，就曾不止一次地奔赴药王山演过戏。能在药王山那个偌大的舞台上露脸，在村民看来，那无疑是莫大的荣耀。

◎ 药王山全景（孙力 摄）

孙思邈的"仁德"之光

　　药王山，顾名思义，无疑与药王有着莫大的关系。

　　历史上的名医很多，比如扁鹊、华佗、张仲景、李时珍等，为何独称孙思邈为药王？王者，绝顶老大也，地位至高无上，无人能出其右。

　　在那样一个等级森严的社会，一个人决然不敢自称为王或被他人拥戴为王的。王者，首领也。一国之王，叫国王；国王之下，还有地方王，史称诸侯王。国王要经过加冕仪式，才能登基成王；诸侯王必须有来自圣上的册封，才能赴某地称王称霸。中国的古代帝王，一直身陷要不要册封诸侯王的纠结中，难以

◎　药王山祭祀广场上的孙思邈祭台

自拔。帝王看待朝廷的兴衰轮回，很少从历史的规律和历史的大趋势上去解读，而总是围绕着在怎样用人上转圈圈。秦朝实行的是一统天下式的集权治理方式，凡事朝廷说了算，一切都得绝对听从朝廷的。话虽说得硬邦邦，但在地方治理上，朝廷毕竟鞭长莫及，还是不得不依赖于六国那些归顺的贵族。然而，这些贵族，表面上很是效忠始皇，但其实，却对始皇的马蹄荡平自己的国家，始终耿耿于怀。陈胜吴广揭竿而起，若没有各地贵族的暗中助推，依他俩的号召力和影响力，事情绝对不会发酵到不可收拾的地步。作为推倒秦王朝最后一面墙的刘邦，在谋得天下后，自然要从秦朝的短命中，分析其成败的缘由，用以吸取教训。刘邦毕竟是个小吏出身，不具备历史的瞭望与解析能力，他看到的，是秦国君主的脑子过于傻，过于笨，没有派遣自己人去各地把关坐镇，从而为

◎ 祭台上耸立的药王雕像

自己的覆灭，预埋下了隐形炸弹。刘邦于是召集天下与自己有血缘之亲的刘姓之人，来皇宫共商国是，并像分切蛋糕一般，将中国的土地划分成数十块，册封这些"自家人"为诸侯王。儿子、侄子等，人人有份，不论其智商如何，情商怎样。血缘的亲疏，决定领取蛋糕的大小。在刘邦的意识里，外姓之人容易产生外心，唯有自家人才能靠得住。刘家的江山，须由刘姓之人来捍卫，才能睡得踏实安稳。这样的分封制，在最初实行的阶段，确实有效。血缘就像一条胶带纸，将所有的裂纹裂缝都能粘连在一块。但二三百年过去，一代又一代人繁衍生息，曾经的亲兄弟，其后人在血缘上已日益疏离，再想用血缘的胶带，

来捆扎一堆四分五裂的瓷器，已难以为继。于是被册封为诸侯王的刘家后裔相互钩心斗角，纷争不断，及至于磨刀霍霍，都想尽力地扩充自己的地盘，摘取更为硕大的果子。况且，诸侯王的王位也是可以继承的，爷爷当完了儿子当，儿子当完了孙子当。天久日长，那个统辖的区域，俨然沦为某个血脉分支的"自留地"，呼风是风，唤雨是雨。诸侯王盘踞某地日久，便尾大不掉，形若土皇帝，宫廷的圣旨即使遥遥地传来，也已轻化为一缕微风，难以撼动一片树叶。汉朝的灭亡，最初正是由刘家人的内斗撬动的。

孙思邈的"药王"之桂冠，显然不是宫廷甩出的一顶高帽子，而是民间的众生，用一针一线缝制出来的。民间拥戴孙思邈为药王，并非人人都见过他，且受益于他的医治。很多高喊药王的人，尚不识字，在那样一个刻印术被官家垄断的年代，即使识字，也未必都接触到孙思邈的一系列典籍，于是民众对他的了解，只有一个渠道，那就是口口相传。比起其他带有御医性质的名医，孙

◎ 在祭祀广场举行祭祀孙思邈的仪式

◎ 从南庵远眺北洞山上的药王大殿

思邈似乎更为大众化一些，更为民间一些，用现在的话说，更像是在"走群众路线"。

孙思邈能被民间称作药王，那是由一系列传说造就的。传说中，他医治了不少老百姓的疑难杂症，使他们的寿命得以延长；传说中，他医术神乎其神，能捉住一根绳子把脉，隔墙判断人体的热冷；传说中，他就是一尊大神，老虎见了他让路，狮子见了他颔首；传说中，他活了一百四十多岁，用自己的寿命，验证着自己药方的可靠性……但传说毕竟是传说，带有很大的夸饰性，并不十分可信。比如把绳子拴在太后的手腕上，他不摸脉搏，就能说出病情，开出药方，如果此事属实，那一定是另有隐情，绝非是他有通过摸绳子，就能摸出太后脉搏强弱的特异功能。太后的肌肤，是随便可以摸的吗？显然不是。纵然是看病，也得小心翼翼，弄不好，就会招致杀身之祸。扁鹊的下场，就是一个活生生的血腥事例，作为后继者的孙思邈，岂能不从中吸取前车之鉴？依我之猜度，聪明的孙思邈对太后的症状，其实早已心中有数，但却并不急于给出结论，而是舍简求繁，弃直取曲，故意在她的手臂拴根绳子，摸着绳索的一端为其把

◎ 药王大殿在北边的山腰上。从山下拾级而上，经过天门，便是雄伟壮观的大殿。大殿高 22 米、宽 24 米、长 57 米，依山而立，如同空中楼阁。殿门前耸立着一对铁旗杆，上面有一幅赞颂药王高尚医德和高超医术的对联："铁杆铜条耸碧霄，千年不朽；铜烧汞炼点丹药，一日回春。"

脉。摸绳子，百分之百是装模作样，是一出演给宫内人看的戏。不摸其脉，显得有点儿轻率，有点儿潦草，容易给那些爱嚼舌头的人遗留下不大认真的把柄；但径直捉腕摸脉，却极有可能晃动皇帝心中的那坛老醋，派生出难以预料的其他事端。不认真和性骚扰，这两样罪责，不论哪一种，孙思邈都肩扛不起。于是在两难之中，孙思邈就想出了绳头把脉这一既能堵人以嘴又能蒙人以眼的绝招。如此，可谓一石三鸟，既能避免自身遭殃，又能满足宫廷之人对精心医病之期待，还能显摆自己诊疗技术之高超。而目睹整个就医过程的人不明就里，真以为孙思邈神乎其神，于是免不了要把此事，当作神话来远近传播。

皇家并未给孙思邈册封过什么什么"王"之类，药王之"王"，源自民间的"加冕"。然而，并非皇家就对孙思邈的成就熟视无睹，唐太宗就曾大笔一挥，赐予孙思邈"真人"二字。唐太宗此举，不知是否与孙思邈的绳头把脉有关，但可以肯定的是，孙思邈出入于宫廷，远非一次两次。被医治的人多了，太后太子，宫妃宦官等，经医治后效果不错，这才能俘获天子的信任，以至于最终靠近龙体龙身。为皇帝诊治效果不错，皇帝才会给他以隆重嘉许。

◎ 大殿中央靠山，有明代孙思邈彩色塑像一尊，高3米，白脸长须，身着便服；相貌温和端庄。塑像上方，有松鹤延年雕画。塑像背后，有一岩洞，俗称药王洞。大殿配殿内，还有扁鹊、仓公、张仲景、华佗等10位古代名医的彩色塑像，他们都是孙思邈当年研究医学时尊崇的先师。

听惯了"真理"，鲜闻"真人"之说。既有"真人"，是否还有与其相对应的"假人"？真的是什么，假的又是什么？我想，以太宗视界之宽，处世之慎，他题写"真人"二字，无疑是经过一番深思熟虑的。他说出口的是"真人",没说出口是"假人"。真与假,好与坏,大与小,高与低,胖与瘦,都是相互比较的产物。正所谓无假就无真,无坏就无好,无小就无大,无低就无高,无瘦就无胖。"假人"云集,"真人"才显得有点儿鹤立鸡群。

孙思邈的"真"体现于何处呢?以我的分析,无非就两个方面:在做人上很真实,在医术上有真功夫。做人一是一,二是二,不虚情假意,不两面三刀,不口蜜腹剑。医术精益求精,医治疾病有高超的本领,不是南郭先生,不行江湖骗术。

以"真人"来评判孙思邈,可谓恰如其分。仅仅一个"真"字,就把孙思邈拔高到了凡人难以企及的高度。"真"似乎很简单,但若想靠近它,拥有它,并非易事。世间的人,大都有趋利避害之念,加之受中庸之道的深度熏陶,不冒尖,不直言,不露真面目,藏剑于袖筒之内,掩怒于笑容之后,讨厌上司却要极尽恭维,反感权势却在权势者面前低声下气。久而久之,人格就走向了分裂,呈现出双面人格:一重人格面向自己,一重人格面向大众。人的面孔,随之就变成了一面可以任意粉刷的调色板,需要红色就刷红漆,需要绿色就刷绿漆,需要白色就刷白漆。人的伪善,正是在这样见风使舵的环境中磨砺出来的,且越发地无法调转方向。于是"假"便成为人际交往中的常态,而"真"却日益稀少,甚至有另类之嫌。但究其每个人的内心,其实大多都保留着对"真"的一份渴望,一份迷恋,一份向往。人在堕落着,但没有谁甘愿堕落。于是那些从里到外坚守于"真"的人,就让人格外地刮目相看,并心生崇敬之意。

"真"不是不穿衣裳,随意裸露自己的肌肤;也不是心里恨谁嘴里就骂谁,想怎么骂就怎么骂。"真"属于精神领域的范畴,是一种高贵的人性之光,与生活中的粗野与粗俗,毫不搭界。口无遮拦,恶语伤人,那是没有教养,无关乎于"真"与"不真"。真正的"真",是对原则的坚持,对道义的捍卫,对良知的守护,对人性的遵循,对事物本来面目的孜孜以求。

有一点可以肯定,那些让我们心生敬仰的伟大人物,必有一个伟大的人格作为铺垫。而伟大的人格，又必然是以"真"作为前提和基础的。于是，我们不难看出这样一个逻辑关系：真人，不一定能成为伟人，但伟人一定是真人。

我这里所指的伟人，并不包括历史上那些具有雄才大略的政治家——对政治家作为的评判，仁者见仁，智者见智，极易陷入争论的漩涡而不可自拔，因此暂时回避为好——而是专指那些为中华民族创造出璀璨历史文化的艺术家和科学家。在这些光辉的名字里，就有"孙思邈"三个字在熠熠闪耀。

用"伟大"来冠之于孙思邈，绝对算不上夸大其词，而是名至实归。孙思邈除了在专业领域的非凡造诣，除了在医学方面遗留下诸多著作造福于后世，除了拯救那个时代无数人的性命，他最为打动人心的，还是他思想的光芒万丈。也就是说，他不单纯是一个伟大的医学家，还是一位具有平等意识与正义情怀的思想家。恰恰是因为他理念的先进与思想的卓越，才奠定了他能够站立于历史的山巅，极目远近与上下，透视苍穹与大地，散发出无与伦比的人本主义和人文主义光辉。对人的尊重，对人的悲悯，对人的怜惜，对人的透析，构成了孙思邈思想的核心要素。

医高辅之以德高，术深辅之以学深，彼此间的相辅相成，水涨船高，才使孙思邈犹坐云端。

医术再突出，至多是个好医生；但有了人文领域的深厚造诣，好医生就会升华为杰出的医学家。中国当代的医生，不缺乏在专业方面的精致与熟稔，缺少的，正是人文知识的渊博与人文修养的丰沛。站在伟人的肩膀上，却

◎ 医方碑碑亭内立置医方碑五通

◎《海上方》一名源自民间传说，相传孙思邈救过东海龙王的太子，老龙王感恩不尽，将宫中珍藏的《海上仙方》赠予孙思邈。

◎《千金宝要》四字取自孙思邈原书用语："人命至贵，有贵千金，一方济之，德逾于此"。

从不探究同样是人，伟人的肩膀何以如此宽厚坚实？自然也就只能成为随风摇摆的叶子，难以成为让人敬仰的一抹鲜亮的云彩。

人文是土地，医学不过是土地上的一株树。土地肥沃，树木就粗壮高大；土地贫瘠，树木就矮小凋敝。

在《千金要方·大医精诚》中，孙思邈告诫其他医者："若有疾厄求救者，不得问其贵贱贫富，长幼妍媸，怨亲善友，华夷愚智，普同一等，皆如至亲之想。"

这段话，在现在看来，也许并不值得惊叹。但在一千年前"君君臣臣"笼罩的中国，在一个等级制度与等级观念根深蒂固的社会里，这等话语，犹如惊雷，振聋发聩；犹如闪电，惊世骇俗。

平等，在那样一个阶梯状的社会里，不但形若天方夜谭，而且近乎于一种奇谈怪论。孙思邈的不凡之处，就在于他敢于冲破时代的禁锢与世俗的偏见，卸去人身上的附着物，把人还原为人。众所周知，孙思邈虽然生活于唐朝初年，但早于西方文艺复兴几百年就提出了人的平等意识。文艺复兴，是西方社会从蛮荒走向文明的引线。在西方人尚未意识到人的价值之时，在东方古老的中国，一个了不起的医学家，已率先孜孜追求着人的平等。遗憾的是，文艺复兴，彻底颠覆了西方人的价值尺度，从而使西方世界，犹如一头睡醒的猛兽，咆哮着昂然崛起；但中国的孙思邈，却仿佛哀鸣的孤雁，其微弱之声，并未能穿透多少淤塞的耳孔。孙思邈的平等意识，造就了他本人的孤高，却并未对民族思维方式的更替，带来实质性的推动。

尽管如此，孙思邈传递出的声音，并非毫无作用。一人之觉醒，总比无人之觉醒要好一些。萤火虫不能照亮黑夜，但至少可以让黑夜不再黑得那么密不透风。

孙思邈告诉从医者，在诊断病人时，要把一切患者都当作亲人对待，不能因人而异，"看人下药"。所有的就诊者，不论地位高低，财富多寡，年岁几何，长相美丑，关系远近，以及是华裔还是非华裔，是智商正常还是智力有缺陷，不但不能过问，而且不能对强者谄媚，对弱者歧视。这些话语，表面上是讲给从医者听的，但它道出了孙思邈就医和做人方面的道德伦理——他完全无视尘世里普遍存在的"穷在街头无人问，富在深山有远亲"的势利之风。

人和人之间，也许表面上"差之毫厘"，但其境界，完全就"谬以千里"地有了云泥之别。差距，不是体现在对强者、对亲者的态度上，而是体现为对弱者、对疏者、甚至对仇者的态度上。对疏者以温暖，对弱者以体恤，对仇者以宽谅，大人格与大境界，便已铸就。对强者以跪拜，对亲者以亲爱，对弱者以蔑视，对疏者以冷漠，对仇人以牙还牙，如此这般，其魂魄只能陨落于尘埃，无法翱翔于天界。

孙思邈正是在这个意义上，显现出了他非同寻常的做人素养。他的平民意识与悲悯情怀，体现于行为，那就是不论是皇亲国戚，还是褴褛布衣；不论是家财万贯者，还是一贫如洗者；不论是体态周正者，还是嘴歪眼斜者，他都能言语以亲而敬之，救治以全力为之。正因为如此，他在民间的口碑就慢慢得以积累并扩散，民众用"药王"之誉，来回敬他，赞美他，称颂他，乃至于上千年过去，他的美德依旧被人追忆和怀念。

颂赞孙思邈，掩盖的，却是这样一个无奈的现实：孙思邈这等"大医"，实在是太稀缺了。满树的黄叶，人们才能意识到一片绿叶的可爱；如果满树都是绿叶，谁又能注意到某片叶子的颜色与姿态呢？物以稀为贵，恰是因为"稀"，才成就了"贵"。

孙思邈除了仁德之高，还非常饱学。他并不把自己之所学，局限于医学的围墙之内，而是博览群书，像蜜蜂那样，吮吸万花之香，采撷百家之言。在《千金要方》的序言里，他一开腔，谈的不是救治与施治，而是读书。

博学，塑造的是孙思邈的精神内涵；对医学的钻研，成就的是孙思邈的精湛医术。

帝国夕照下的遗物光辉

孙思邈把五台山选作自己的修身隐居之地，自有其理由。

孙思邈出生于五台山旁侧的孙塬村，估计从小就常常涉足五台山。孙思邈的祖辈，尤其是他的祖父和父亲，从事何种职业，不知其详。按照常理推测，他们无非从事着这样两种职业：要么农耕，要么非农耕。纵然从事农耕，那肯定属于耕读人家，不然，就不会具有把孙思邈送往学堂的远见卓识。在那个农耕社会，即使不稼不穑，也难以做到把自己束之高阁，脚不沾泥。人以食为天，土地是所有人赖以生存的基础，是木之根，鸟之巢，云之天。即使是那些官吏或商贾，大多都是脚踩两只船，其中的一只脚，无疑要深插泥土。半吏半农，

◎ 药王故里

◎ 药王故里

半商半农，半学半农，并非个例，而为常态。作为出生于乡村的孩子，孙思邈难免要从事一些割草放羊的活动。要割草，要放羊，就得去地畔野坡。五台山名义上是山，实际上是坡，草木繁茂，人烟稀少，恰是砍柴放牧的理想场所。孙思邈或手持镰刀，或手牵牛缰，在五台山爬上爬下，进去出来，形若家常便饭。大概在这个时期，他逐渐辨识出哪些花朵无比妖艳却含有剧毒，哪些草芥虽不起眼却是治病的良药，哪些藤蔓含有剧毒但之于人体却能以毒攻毒。五台山，是他踏上从医之路的启蒙原点。

在现在看来，孙塬村有点儿名不副实，连一户姓孙的人家都没有。但在孙思邈生活的年代，居于该村的人，估计是以孙姓人家为主体的。村名的有名无实，验证了历史的跌宕与人口的迁徙，是何等剧烈与频仍。

十多年前，我与一位在中国留学的美国小伙子相识。这位皮肤白皙面容亲善的年轻人，往我面前一站，宛若一座白晃晃的高塔。近乎两米的个头，迫使

◎ 药王山摩崖造像

我唯有抬头仰望，才能看清他的五官。他穿着四六码的运动鞋，脚上依然被挤磨出了一个桃核般的青紫肉瘤。与小伙子闲聊，我问他祖籍是哪里？他摇头说不知。刨根究底，小伙子说自己的父亲是意大利人，母亲是墨西哥人，祖父是德国人，祖母是加拿大人，外祖父是南非人，外祖母是英国人，再往上追溯，还有犹太人血统和印第安血统……他就是一个联合国，根本就搞不清自己血脉的源头在哪里。接着他又说：严格意义上讲，美国没有美国人，但现在生活在美国的所有人，又全都是美国人。

他的话，乍一听，像是绕口令，有点儿拗口。但仔细回味，却不无道理。小伙子启悟了我对华夏子民迁徙与融合的兴趣。查阅史料，我们不难知道，中华民族与其他民族一样，仅以血统而论，并不纯粹。历史上数次大规模的民族融合，早已使一个民族相对单纯的血液之河，堪比澎湃的长江与黄河，由无数支脉汇聚而成，再也难以缕清那掬水来自渭河，那瓢水发乎于赣江。除朝廷的遣使、朝贡、互市、联姻等异族间化干戈为玉帛的外交策略外，为官者异地做官，戍边者调动频仍，经商者南北游走，社会精英阶层随庙堂迁徙而迁徙，凡此种种，皆有可能黄鹤一去不复返，化异乡为故乡。对于布衣百姓而言，饥馑或战火，是难以抵御的大敌。每逢饥荒，逃难的路上，褴褛的身影总是络绎不绝。逃难是没有目的地的，哪里能有一口饭吃，就在哪里歇脚，并在哪里开垦耕种。一根插入土壤的枝条，时间久了，就长出了根须，扯出了绿藤，俨然以树木示人。战乱的舞台，主要集中于都市，因为都市是权力与财富的山巅。诸多的战乱，皆因争权夺利而起，于是都市很容易沦为格斗的狩猎场。失火的城楼，常常使本该安享静谧的鱼池得以殃及。城内只专注于油盐酱醋的草民，一望见烈焰从某个城楼腾空而起，就预感到自己及家人将处境不妙。在刺刀明晃晃的舞动中，在喊杀声狂热的咆哮里，他们宛若惊弓之鸟，纷纷携家带口夺路而逃，逃得越远越安心。弃别家园，弃别故土，仿佛一片受到冲刷的烂菜叶，在时势的潮汐中随波逐流，水将他们卷向何处，他们就在何处停泊靠岸。一场战乱，形同对一个时代的血腥歼灭。一座宫殿林立的繁华都城，瞬间就变为瓦砾遍地的废墟。城中的居民，鸟兽散的鸟兽散，肝脑涂地的肝脑涂地，十室九空。以唐末为例，就能窥一斑而知全豹。身居中原的诸侯王朱温以讨伐犯上作乱的诸侯王李茂贞之名，行先下手为强之策，以觊觎与夺取大唐王朝的三千里江山。当他率兵攻进长安城时，年迈体衰的大唐王朝，犹如奄奄一息的病夫，早已不复当年的骁勇与锋芒，脆弱得不堪一击。朱温不但很快达到了目的，而且以极其变态的方式，对长安城宣判了死刑。诸多的金银财宝遭遇掘地三尺式地掠夺，这些尚属其次，最主要的是，他号令部下对长安城予以毁灭。那些来自草根阶层的士兵，早就对宫廷的奢华耳有所闻，如今亲眼所见——果然名不虚传，心中难免醋浪翻滚，嫉恨沸腾。你拥有，我没有，要想使你和我一样短长，一样多少，所采用的办法，不是致力于让自己拥有，而是致力于让他人没有——这种带点小人意味的文化心理，已成为一个民族逐渐发育并越发顽固的精神痼疾，生生不息，难以根除。

朱温的意图，是要在洛阳重建帝都，另扯旌旗，于是他指挥部下的将士，将长安城的宝物，悉数搬往洛阳。一辆辆的马车载满了财宝，碾碎关中平原的黄尘，咯咯吱吱地向东驶去。那些从巍峨的宫殿中拆卸下来的名贵木料，马车无法载运，就将其挪搬至渭河岸边，扔向河里，让其顺河漂流。渭河里，横七竖八地漂浮着各式粗壮的木头，蔚为壮观。木头伴随河水一路而下，汇入黄河，至洛阳地带又被打捞上岸。木头漂流了半年之久，以至于渭河流入黄河的入口，频频被木头淤塞，造成河水的决堤倒流，致使关中东部的十多个县域遭灾，十数万人被河水夺去了性命。

隔三差五的战乱，间接性的灾害，政治经济中心的转移，以及其他各种因素，都造成了人口的移位与奔走。人拥有双脚，且具有见异思迁的原始秉性，很容易得陇望蜀，这山看着那山高，这就决定了人与生俱来，潜意识里就潜伏着某种好动的精神基因。故乡永远是暂时的，数十辈人坚守某个地方岿然不动的状况，其实极其罕有。人依赖于土地而存活，但土地至多是绳子，只能将人

◎ 药王山摩崖造像

心暂且缠住拴住，远非钉子，能将人身嵌住钉住。人就像田鼠一样，哪里能觅到食，哪里相对安全，就会逃窜向哪里。于是，南来北往，东来西去，就成为常态。一个最为显著的事实就是，在秦汉乃至于后来的隋唐时期，岭南都被视为偏远荒蛮之地而人口稀少，人口密度最大的区域，主要集中在晋陕鲁豫。陕西关中，中原大地，晋鲁腹地，人密密匝匝得宛若蜂箱里的蜜蜂一样。宋以后，随着政治经济中心的东移南下，尤其是少数民族的铁蹄，数度踏破长城的阻隔，奔腾于中原大地，皆带来人口潮水般的汹涌漫溢。南方人眼里的北方佬，大量地朝南迁移。中原地区，关中地区，都经历了一次次地大换血，昔日的居民遥遥远去，草原部落的牧民猎猎而来。已迁走的在异乡定居，新迁来的在当地安家。原住户与新住户比邻而居，免不了要相互嫁娶。别小看了一例例的通婚，它可是从根本上动摇了民族血液的单一性，使民族的原始归属得到了颠覆。留守草原的蒙古族，依旧恪守着古老的传统，以蒙古族自居，但入住中原的蒙古族，在与汉族的通婚中，以及在汉文化的浸泡下，就有可能被逐渐地被汉化，最终忘却自己的来源。汉族在稀释着其他民族的血液，其他民族也在瓦解着汉民族的禀赋，彼此间的相互作用，呈现出你中有我我中有你的交融态势，一代又一代之后，新生的人们谁都无法厘清自己的血脉构成。不同民族间的通婚，其后代无疑就是人们常说的混血儿。混血儿在陕西农村，被称为"二一子"，意为合二为一。这样的称谓，含有明显的歧视和贬义，所指向的，是不三不四，不伦不类。但嘲笑他人是"二一子"的人，并不能保证自己就不是"二一子"。因为千年万年因袭与固执于某种古老血统的人，几乎不存在。就像每条河流在流淌中，难免有支流、小溪以及雨水的汇入一样，没有哪个家族或民族，可以做到高筑围墙，紧闭大门，与世隔绝。

古埃及人和现在的埃及人，是两码事；古代的巴比伦人和现今的伊拉克人，更是风马牛不相及；古印度人和今天的印度人，也难以画等号。埃及人以金字塔为荣耀，可追究起来，建造金字塔的并非阿拉伯人的祖先。阿拉伯有阿拉伯的古老文明，也有阿拉伯引以为傲的资本，但与古埃及，与古巴比伦，几乎不

◎ 药王山摩崖造像

搭界。印度人也一样，发明了阿拉伯数字的古印度人，早已像浮尘一样飘拂而去，并非而今印度社会的主流群体。相比之下，在四大古国中，唯有华夏的血脉未曾断流，像地表之下的坎儿井，不一定能清晰目睹，但始终在隐隐地流淌。原因倒不在于中华民族多么地故步自封，恰恰在于它具有巨蟒般吞咽驳杂的胃口。中华民族的吸食能力与消化功能相当惊人，它能将所有外来混入的族裔，吞噬掉、消化掉、同化掉，使其转化为汉族的一部分。华夏子群的凝聚力和向心力，在很大程度上，并非来自血缘，而是来自文化。文化是一棵大树，而人不过是攀爬在大树上的猢狲。大树恒在，大树不倒，猢狲就不会四散溃逃。

中华民族的迁徙史，不比任何一个民族短暂。不过，当哥伦布驾驶着航船，颠簸于苍茫海域，惊喜于发现新大陆的时候，华夏子民中，除了少数人为生计所迫，漂泊至南洋一带外，多数人都是打死不离疙瘩庙，总是在四海之内来回穿梭，不敢越过国界线。鄙视蛮夷，却又惧怕蛮夷，这样的心理，仿佛当今普通人对江湖地痞的态度：看不起你，也惹不起你，只有躲得起你。中国人对海外异族的歧视与恐惧，其根源，无疑与社会的极度封闭有关。封闭造就了无知，无知引发了猜疑。对异族一无所知，却想当然地视其为洪水猛兽，似乎这些长得怪模怪样的野蛮人，还处于茹毛饮血的旧石器时代，见人肉就贪食，逢人骨就啃咬。至于异族的社会形态与文化架构，因受铜墙铁壁的遮挡，自然无法了然于胸。

树不动，并不意味着树枝树叶也不动。恰恰相反，树枝和树叶时时刻刻都在摇曳着。应验了"树欲静而风不止"的箴言，只要风在动，树枝树叶就会跟着动。社会的动荡与变迁，必然带来人的流徙与迁移。晋陕鲁豫密集的人口，一波一波，像大潮一样，向东向南漫溢，使南方昔日天荒地老的沟谷山岭，飘荡起了袅袅炊烟。北方河流冲击波形成的黄土积层，由于土质松软，在以镢头和犁铧为主要生产工具的古代，更易于开垦，人拥挤而来自然而然。然而，越是富足，就越是不安全。这等情景，恰似在一个村庄里，既住有富人，也住有

◎ 药王山摩崖造像

穷人。锦衣玉食的富裕户和粗茶淡饭的贫困户相比，前者遭受外力侵害的可能性要远大于后者。那些出没于山林中的土匪，其目光大都在富裕户的房梁屋脊上流连，却不大愿意斜瞥贫穷户一眼。土地也一样，越是平整肥沃，越是容易引起纷争。狼在窥视它，虎在谋算它，豹子跃跃欲试，狮子蓄势待发，它能不成为风起云涌的漩涡吗？

　　生产力的提升，粮食种类的多样化，加上航运与捕捞的兴起，边缘的不再边缘，荒僻的不再荒僻，人渐渐地由恋土而栖变为逐水而居。迁徙与流动，就

◎ 药王山（任渭鹏　摄）

变为一种常态。

严格地讲，中国没有真正意义的南方人，因为绝大部分南方人，都是从北方迁移过去的，比如广东福建乃至台湾的客家人，他们的根在中原；湖南与江西的一些山村，还在坚守着一些陕西关中的生活习俗和地方方言，说话带着秦腔味，吃面要吃手擀面等，这些人的故乡无疑就在关中。曾几何时，扬州城里，秦商坐拥大半个天下，这些人在扬州生儿育女，多数人就此定居了下来，由外来户沉淀为土著户。

那么，孙思邈的后裔因何而迁走，又迁往了哪里，因史书未曾详述，便成了一个待解之谜。

当然，药王山远非仅有孙思邈，还有更为丰富的内容，比如北魏时期的石刻，以魏碑为主体的书法碑林等。相较于北魏的石刻，孙思邈只是一个后来者。在精神的归属上，孙思邈属于道，而石刻则归属于佛，于是药王山，佛与道兼容，神明与文化俱在。当人们在药王大殿里烧香跪拜之后，凡夫俗子都会去后山摸"摸摸爷"，而文人墨客则会流连于碑林的墨香。那尊被无数双手争相摸得油光黑亮的佛像，端坐于一道石崖的半壁，慈眉善目，据说无比神奇：人哪个部位有恙，就伸手在佛像的哪个部位抚摸，摸后接着缩回手，又在自己身上的恙处抚摸，来来回回，反反复复，痛痒便得以去除。

靠抚摸就能镇痛祛病，那还要医学干吗？！这尊"摸摸爷"，仿佛是在故意挑衅孙思邈的医学价值，他的存在，使药王孙思邈无端地显得有点儿多余。

柳家塬亦耕亦读的背影

比孙思邈稍晚一些年份，在耀州的大地上，还出现过一个书法领域的翘楚，那就是柳公权。

柳公权在中国的艺术界，自唐以来，赫赫有名，但对于身居耀州乡野的百姓，他却显得无比遥远和陌生。他是谁？他是干啥的？是率兵打仗的，还是官府做官的……诸如此类的疑问，在相当长的春秋轮回中，于耀州的穷乡僻壤，异常普遍。

读书的普及，才是近数十年的事。在此之前，一个村庄，成百上千号人，却找不出几个识字的。农民的命运，一直在轮回：耕种，繁衍后代；后代再耕种，再繁衍后代……不是农民的智力低下，而是他们一出生就已认命，并服服帖帖地尾随于前辈弯弓的背影亦步亦趋。他们认定自己天生就是"打牛后半截子"的，并将家舍通往田野的那条窄窄的土径，视为自己毕生往返的长路。他们能预测天象之变化，看得懂籽粒之优劣，辨得了骡马之品相，却斗大的字识不了一个，更别提知道书法为何物了。

农民是孔子眼里的"劳力者"。从孔子的只言片语中，我们不难看出，他是从骨子里有着看不起庄稼人的倾向。在他看来，庄稼人只知在田里刨食，不懂"三纲五常"，不谙"仁义礼智信"，是一群未经教化的莽夫。"劳心者治人，劳力者治于人"，孔圣人仅仅用两句话，就在同样背着人皮的人中间，划出了一道无法逾越的鸿沟，并清楚地阐述了两者之间的主仆关系："劳力者"被"劳心者"统治，"劳心者"被"劳力者"供养。"劳心者"高贵，"劳力者"卑贱。高贵者领取的俸禄，源自卑贱者一点一滴的汗水。尽管如此，高贵者也未必就领情。

柳公权家乡的"劳力者"并不觉得柳公权有多么重要,这从他们对孙思邈和柳公权的态度上,就能看得出端倪。不能责怪他们,他们始终在生存线上挣扎,远没有抵达欣赏艺术的层面。站立多高的山巅,就有多宽的眼界;

◎ 耀州柳公墓园

有多远的目光,就能看到多长的风景。多数"劳力者"连字都不识,又何以辨识得出字的高下呢? 于是,与孙思邈去世后所享有的近乎奢华的荣光相比,柳公权显得冷清寂寞了许多。艺术在中国古代,属于庙堂之内有闲有钱有权阶层的把玩品,属于那些富贵人家的卖弄品,属于读书人的消遣品,几乎与老百姓不搭界。柳公权的书法再好,都没有一袋子粮食或一吊子猪肉好。也许,柳公权在艺术的庙堂里,被供在了牌位上,但在民间,却是无所谓的,不比两个鸡蛋三个红薯更重要。

每年农历二月二耀州的药王山庙会,都是人山人海。众多的人不畏路途之遥,蜂拥至药王大殿,高举香火,你推我搡地争相跪拜药王。热闹的背后,隐匿的,却是人性中实用主义的大行其道。给药王磕头,给药王烧香,表达的不仅仅是对药王的敬仰之情,更多的,则是对自己及家人身体康健的关注与担忧。传闻中,拜药王可以得到药王在冥冥之中的保佑,而得到保佑,才是跪拜的驱动力。

药王孙思邈升腾为神,而柳公权依然遗落于凡俗的人间。柳公权出生地柳家塬,与我的故乡麻子村相距不足二十公里,同属一个乡镇,却不属于同一道土塬。麻子村的地理位置,尽管算不上有多么优越,但比起柳家塬来,却也天上地下。依现在的目光看，柳家塬实在是过于蛮荒了，过于偏僻了，传闻堂堂的大学士柳公权在那里出生并度过童年时代，很是让人有点儿匪夷所思。那道秃秃的土塬，仿佛是用一把砍刀砍出来的，瘦骨嶙峋，酷似一头兀自站立而又纹丝不动的毛驴，被三条开裂的沟壑围困。村里人沿着沟岸，依照地势，错错落落地在土壁上挖窑而居。那些人家，七零八落，恍若原始部落，前倾的前倾，后缩的后缩。窑背上，一畦畦的田地，虽然平整，但很裤带一般地狭窄。从东沟的岸边，到西沟的岸边，如果用脚丈量，不过区区数百步之遥。

柳公权原籍山西，祖上前来耀州做官，便在当地娶妻生子，落地生根。我至今都不大明白的是，耀州有那么多的锦绣丰饶之地，身为官宦世家的柳家，为何要选择在这里安身立命？是遭遇了挫折，还是想躲避纷纷扰扰的是非？是曾遭遇过官场的挫败，还是因为购置了柳家塬的田畴？如果是其中之一种，他们弃耀州城而不居，选择在柳家塬安身立命，尚且能够理解，不然，就无法解释一个家底殷实的世家何以沦落至此。当然，躲于柳家塬，完全也有可能出于精神方面的原因，比如厌倦了红尘而索隐等等。

能够印证柳公权是柳家塬人最为有力的证据，就是他的墓地。柳公权的墓地，位于一个名叫让义村的村郊。让义村在西塬，柳家塬在东塬，两个村子遥遥相望，直线距离很近，但其间却隔着一条深沟。过去的殡葬，是讲究规制的，严格地依照规定来葬埋逝者。规制主要针对的是有身份的人，而衡量身份的指标，就是行政级别。也就是说，有多高的级别，就有多大的墓堆和墓园。柳公权尽管在宫廷里混过些许的日子，给皇子皇孙们手把手地教过书法的一撇一捺，但就其级别而论，却并不太高。换算成今天的称谓，不过是个县处级罢了。然而，柳公权的墓冢却不算小，历经千余年，依然很显眼，比一般平头百姓的墓冢膀大腰圆了许多。生前荣华富贵，逝后厚葬深埋，主因恐怕还不在于他，而在于他的兄长柳公绰。柳公绰曾任大唐王朝的兵部尚书，可谓数人之下，万人之上，权倾四野，名震一时。兵部尚书，相当于现今的国防部长，算得上高官而厚禄了。从柳公绰担任的职务看，他似乎就是一个带兵的武夫，热衷于舞枪弄棒，策马扬鞭。但其实，也许是柳公绰受到弟弟柳公权的影响，或者，也许是柳公权受到哥哥柳公绰的影响，总之，兄弟俩皆擅于书而长于艺。柳公绰那双握惯了剑戟的手，握起笔杆来也毫不逊色。柳公绰遗留于世的书法作品，不是很多，而成都的武侯祠，就存有一幅。从武侯祠的大门一跨进门槛，迎面的那道宽大的影壁上，赫然镶刻着柳公绰的书法。柳公绰的书体，与柳公权迥然不同。柳公权的字，亭亭骨立，消瘦但有骨节，散发着秋风中菊花的气息。但柳公绰就不同了，他的字一派华美，一袭锦绣，胖而无骨，有一种大富大贵的俗艳，很容易让人联想到牡丹的形态。两种书体，显现的是两种做人的格调：柳公权骨子里是一个文人，追求的是素朴与骨节；柳公绰是个官人，向往的是奢华与排场。然而，平心而论，柳公绰的墨迹，虽不能与柳公权相提并论，但总体尚且不错。一个行伍出身的兵部总头，能将字写成那样，实属难能可贵。从字读人，从笔看人，一个人的书法，不是简单的笔画组合，而是蕴藏着更为丰富的信息，包括学养、胸怀、阅历、价值尺度以及人格操守等。柳公绰和柳公权，虽为一母所生，但对生活的理解与取舍，却各有侧重。柳公权更注重万世功名，而柳公绰更倾向于现世荣华，所有这些，通过端详他们的遗墨，就能得出肯定的结论。可以想象，柳公权在世时，或多或少，都要受到哥哥的提携与护佑。朝廷"有腿"好走路，背靠大树好歇凉，这位有着朝廷"背景"的书者，自然要比纯粹落荒于草野的民间书法家，拥有更多崭露头角的机会。然而，三十年河东，三十年河西，当兄弟俩的生命之灯油尽芯灭之后，情况却发生了逆转，再也不是哥哥帮弟弟，而是弟弟在帮哥哥。月亮在借太阳的光，太阳也依赖月亮照耀黑夜。柳公权活着时拥权自重，但因未在沙场上建立功勋，也未制造出让历史惊骇的事件，于是即使贵为兵部尚书，也难以挣脱流星的宿命。无所作为，哪怕生前享有何等的现世之尊，去世后都能化为屑小的一粒微尘。

柳公绰现在被人知道，那是他沾了弟弟的光。依他那少量留存而又略带俗气的笔墨，显然不足以支撑他在历史的长河中持久地昂首站立，他必须把一只胳膊，搭在弟弟的肩膀上，才能勉强不让自己跟跄跌倒。兄弟俩健在时，哥哥的威仪，哥哥的权势，哥哥的光芒，足以遮蔽弟弟。但世事轮回，等到他们辞别人间，弟弟形若不落的太阳，而哥哥却早已化为了烈焰燃烧之后余留的渺渺青灰。没有柳公权，后世不会有太多的人能搞清柳公绰究竟为何人。

然而，柳公绰在他生活的那个年代，却是个如雷贯耳的名字，被多少趋炎附势者簇拥，被多少望子成龙者仰望，被多少各怀心思的人真真假假地爱戴。令人好奇的是，一个位居天荒地老般狭窄土塬上的小家庭，有着怎样的神奇，竟能孵化出两位辉耀历史星空的非凡人物？生物学告诉我们，树上的果实硕大密集，不是果实的功劳，而是树的功劳。孕育了柳家兄弟的这棵树，就不免让人心生好奇。柳公权的父亲生前的一切，因无确切文字记录，后人难知端详。这位父亲是干什么的？为官、为学，还是经商、农耕？皆已成谜。依柳公权的生存环境地来推论，他的生父，十有八九就是一介布衣，一个农夫。但这位没落的官宦后裔，即使沦落至手握锄把镢把的地步，也和世代耕作的农夫，从眼界到意识，显得很不一样。他知道通往未来的路在哪里，也清楚一个生命如何磨砺才会拥有属于自己的价值坐标。也许，他的家族因为这样或那样的缘故，到他这一辈，恍若日薄西山，但他并不甘于让自己的后代，就此永远扑趴不起，与泥土相依为命。我猜测，他一定是自小就给他们诵读诸子百家的灿烂华章，一定是在油灯之下手把手地教他们习字作文，一定是在不断地给他们灌输功成名就者的故事……以此来推送他们踏上求索功名的漫漫旅程。可以肯定的是，柳公权的父亲是识字的，是懂得文墨的，属于遗落乡间的锱铢，而非田野里随处可见的土坷垃。同为一袭布衣，同为挥着牛鞭耕地，却因识见的差异，人的思维空间迥然悬殊。柳公权的父亲无疑属于有识见的那类人，宁愿自己独揽地里的累活，吃尽人间苦辣，流尽身体汗液，甚至于卖牛卖羊，赊地籴粮，也要供孩子读书。"万般皆下品，唯有读书高"，作为农家子弟，读书是从此岸走向彼岸的不二桥梁。

柳公权和其兄长柳公绰自小在哪里就读的？是在耀州城里，还是在更远的都城长安？无从知晓。那个时候，科举制是整个社会选拔人才的唯一通道，也是人从"劳力者"转向"劳心者"的唯一门厅。跨进去了，绫罗加身，尽享荣华富贵；进不去，就只有落荒草莽，素面朝天，与鸡零狗碎为伍。一年一度的科举如火如荼，引诱得各色人等纷纷赴京赶考，并由此而滋生出许多令人唏嘘哀叹的悲剧：有人在赶考的路途被狼吃掉，有人屡屡碰壁而精神失常，有人因"头悬梁锥刺股"的劳顿年纪轻轻就一命呜呼……生命的花开花落，完全均取决于判官手中的那支笔。奇怪的是，考场门外人声鼎沸，民间的学堂却极其稀有。十里八乡，才有那么一座简陋的茅舍学堂，读书的孩子不比秃子头上的毛发更多。即使有家长在老师苦口婆心地劝导下，今日将孩子送来，也难以保证明日不将孩子从教室里拽走。读书无用的论调，一直在底层的民间流行。在多数人看来，送孩子去读书，远不如送孩子去学木匠和铁匠更为实惠和有益。读书是学艺，学木匠学铁匠学泥水匠是学技。艺太虚空，太缥缈，就像天上飘忽的云，就像地上盛开的花，只能观赏，却没有实际的用途，很难当饭吃。但技就不一样了，它是碗中之食，是身上之衣，是雨中之伞，是雪中之炭。能送孩子去学技的家长，还算不错的，更多的家长却视孩子为地里的野生植物，不修不剪，任其自由疯长，长成乔木是乔木，长成灌木是灌木。家长们挂在嘴边的一句话，就是"成材的树不用剪"，言外之意是，不成材的树再剪都没用。

当然，孩子身体有一个部位，凡为家长，不管目之高远，还是目之寸光，皆格外留意，那就是膝盖。膝盖，既包括身体的膝盖，也包括精神的膝盖。膝盖是人的骨骼中，唯一可以折叠的地方。膝盖不仅是人生理系统的一个器官，更是人心理形状的一个晴雨表，它的坚硬端直或酥软弯曲，之于人，意味深长。

中国的孩子，不论出身于温馨华屋，还是落地于冷寂寒舍，有一样东西，父母自小就要对其进行慢性灌输和强行驯化，而且谆谆晓之以利弊，咄咄动之以拳脚。父母知道，它很重要，很必须，对孩子的终生安全，有着不可估量的意义。那么，这个东西是什么呢？无须讳言，答案自然与膝盖有关，就两个字：下跪。下跪体现的是一种规矩，而规矩在儒学的文明体系中，是一条主动脉，不可或缺。儒学强调秩序，强调等级，强调崇礼，都以跪拜来体现。跪天，跪地，跪圣贤，跪神灵，跪父母……以此延伸，扩展至跪家族的长辈，跪横行乡里的村霸，跪远道而来的官吏，跪那些与自己发生纠纷更为强势的乡邻。下跪，对内是一种孝道，对外是一种告饶。膝盖折叠于地，双手作揖，头与地面频频磕碰，所蕴含的内容，并不单一：有时表达一种尊敬，有时表达一种认输，有时表达一种肉体的妥协，有时表达一种精神的后退。除了敬意，其余的，皆指向了自我惩罚：我是渺小的，我是有错有罪的，我乞求你的宽恕，我乞求你的帮扶，我要弃恶从善，我要改邪归正。轻贱自己，踩躏自己，以蜷缩的姿态求得安宁，以苟且的方式换取苟活，这是下跪的核心目的。

站在父母的角度，驯化孩子，显然是出于对孩子设身处地地着想，并无过错。每一个父母，都希望自己的孩子能在人生的风中雨中，步态稳健一些，以免于摔倒，及至于像一棵碍手碍脚的小树那样，被一把蛮横的锯子拦腰锯断。父母之所以这样，那是因为他们也曾受过他们父母的驯化，并在日常生活中，其父母的训导屡屡被验证。尝遍了酸甜与苦辣，集合了各种经验与教训，在父母看来，人生并非坦途，而为险境，充满了各种不可预知的风险，潜伏着各类难以一目了然的漩涡与地雷，稍有不慎，就车毁人亡。父母劝谕孩子遇到刀刃，就要迂回；遇到铁墙，不要硬撞；遇到战胜不了的对手，要学会跪地屈服。服软投降，缩手后撤，抱头鼠窜，不失为做人的一种妙策。长此以往，人就由硬骨头变为软骨头，由有骨节变为无骨节，由舒展变为蜷曲，由主动出击变为被动收敛。这样的形态，对于保护个人的安危，无疑有用，但对于整个族群的精神气质与价值指向，却危害巨大。讨巧卖乖，俯首帖耳，逆来顺受，成了集体无意识的共同禀赋。谁稍有越轨，就会受到指斥与孤立。那些所谓大义凛然的，刚正不阿的，宁死不屈的，其实皆为离经叛道者，都是一些"不走寻常路"的另类。

与众相同，还是与众不同，这是一个很大的难题。

家长把孩子送进学堂，送进木匠坊铁匠坊，提醒和鞭策孩子要牢记"业精于勤荒于嬉"，其用意在于，要让孩子变成技高一等者，变成高人一等者，从而从多数人中跳出来，变成少数人中的一员。然而，家长又铭记"木秀于林风必摧之"的古训，唯恐自己的孩子因过于出众，引燃他人的熊熊妒火。嫉妒与讥讽，诋毁与诽谤，无云而打雷，无事而生非，都能将一个人前行的道路彻底阻断。于是人总是处于自我对立的矛盾中：所有形容枯槁的劳顿，所有废寝忘食的磨砺，其目标，都指向与人不一样，而不是一样；但一旦真的和人不一样了，却预示着将自己丢进了一个看不见的陷阱，四周潜伏着各种叵测的敌意，要随时准备承受来自各个方向石块的猛砸和铁棍的击打。人人都想与人不一样，像鸟一样飞得更高，像鹿一样跑得更快，但人人却又惧怕别人与自己不一样，致力于让自己这头长颈鹿与一群短尾蛇比肩而立，让自己这只兔子与其他乌龟并肩同行。一个人胆敢离队，必然遭遇嫉恨，遭遇排斥，遭遇孤立，甚至遭遇毒舌的诅咒和暗脚的羁绊。人总想把别人拉回与自己并排的位置，别人走得快了，不是想着去追赶，而是想着在他经过的半路使绊子；别人爬得高了，不是想着去攀爬，而是总想举起一根竹竿，像戳树上成熟的柿子一样的，将其从高处戳得跌落下来。踌躇满志的天才和浑浑噩噩的庸人，很不幸地生活在了同一个世界；更为不幸的是，这个世界本身就是一个庸人的世界，于是天才的处境便可想而知。当然，人有一种办法能够让自己置身于飞溅的唾沫星之外，那就是从一个肉体之身，化为天上发光的星宿。人会嫉妒人，但不会嫉妒星星。不但不嫉妒，而且还会对星星昂头仰望，并有可能对其进行歌赞和吟咏。但人要升腾于天，有着何其之难，唯有天才中的幸存者，才有可能在炉火中，百炼成钢，并最终化为一颗闪耀的星辰。即使是这样，想要接受来自公众的膜拜与欢呼，也常常在他百岁之后。后人更愿意给前人敬奉鲜花，而对同时代的天才，却连一束蒿草都不肯相赠。

能把孩子送向学堂，不满足于让孩子做火柴棍，而立志于将其培植成栋梁的家长，除了具备相当的卓识，还需要相当的勇气。送孩子踏上寻求功名之路，形若一场赌博，胜了不一定就能衣锦还乡，但输了肯定一败涂地。别说科考时名落孙山，即使金榜题名，也难以保证永享富贵与荣华。

很多很多的功成名就者马失前蹄，倒毙在了人生的半途。人心，是一座叵测的蜂箱，滋生甜蜜，亦滋生毒刺。毒刺藏于舌尖，一旦作恶，就释放出一串串的谗言。谗言，因嫉妒而生，它包裹得很漂亮，但内瓤却含有剧毒。谗言出自毫无根据的信口雌黄，但它一进入闻者的耳孔，却显得如此信誓旦旦，比真话似乎还要逼真，还要有鼻子有眼。

谗言，大概算得上人类的通病之一，但论起受到的祸害程度，华夏大地无疑是最深最惨。谗言在华夏的土壤里，显得格外地摇曳多姿，自有其深刻的政治原因和文化基础。喜欢观赏别人倒霉的文化心理，拉拽和羁绊式的竞争方式，以及缺少良性沟通的社会氛围等等，都为谗言的畅通无阻，开辟了宽阔的道路。

柳公权的父亲只要读过几本书，那么，就不会不"知晓天下事"，他当然明白仕途就是刀山和火海，但同时也清楚，纵然孩子在寻求功名的道路上面临各种困难与风险，也比把孩子拴在土地上要好。出去，可能是失蹄的马，可能是断翅的雁，但困在土里，只能是刨食的鸡。

◎ 耀州文庙

求知长路上的汗与泪

柳公权兄弟是在哪里上学的？那个时候，乡村唯有私塾，并无学堂，他们究竟上的是哪个私塾，先生又是谁？私塾，更像是一种文化圈养，身处茅庐矮檐之下，与外界几近隔绝封闭，无统一教材，全凭教师的个人安排。好在有一个基本的线索可以遵循，这样老师才不至于陷入瞎子摸象的盲目之中。这条线，就是代表道统的"四书五经"。"四书五经"是从儒学经典里挑选与延伸而来的，它铁定就是科举考试所要考核的内容。教师不见得早于学生读透了"四书五经"，但这并不影响他的教鞭在半空里挥舞。那时的老师比之当世老师的喋喋不休来，显得极为少言寡语。老师并不注重于讲解，不致力于学生对内容的理解，而是把教学的侧重点，放在了学生的读写上。当学生认识了一定数量的字，老师就变成了严厉的督察，督促与监视起学生的背诵来。每一课，每一段，每一行，背过即为过关，背不过就要挨教鞭或竹板的抽打。一篇"之乎者也"的文章，只要背过，哪怕一知半解，老师就将这一页翻了过去。

一个教师，三五个学生，就是一个私塾学堂了。好几个村落，仅有一所私塾。何时放学，何时上学，何时休假，全由老师决定。没有钟表，太阳就是一轮钟表，对时间的把握，全来自老师仰头望天后的估摸。老师的授课当然也很随意，生性热急的老师，恨不能一口吞咽一个烧饼，于是熬至伸手不见五指的深夜，还要逼迫学生摸黑背诵，背诵不过就不让睡觉；生性凉慢的老师，则走向了另一个极端，采取的是放羊式的，捡酸枣式的，放任自流，能捡几颗算几颗。老师几点起床，就几点上课。饿了，则吃饭；困了，则休息；情绪好了，就多读几段；情绪不好，就让学生自己温习。常常是，老师脚踩两只船，半农半教，扛起农具下地干活就是农民，放下农具套上长衫夹起书本则为老师。地里农活忙了，就放假；地里不忙了，则授课；下雨了，刮风了，或者谁家婚娶要请老师当总管，或者谁家丧葬要让老师坐账房，都会致使私塾关门。

老师教课的动力，来自家长。家长既是老师衣食无忧的保证者，也是老师能否尽职尽责的监督者。家长将孩子送来，那是基于对老师的信任，如果老师吊儿郎当，三天打鱼两天晒网，家长受之于规矩的限制，不会追到学校去吵闹，既不砸老师做饭的锅，也不把指尖戳着老师的眼窟窿叫骂，只是默默地将自己的孩子从这家私塾，转往那家私塾。孩子转学，其实已抽了老师的耳光，老师那张比纸还薄的脸，如何能承受得住？那个年月，被尊称为先生的老师，是不用考取教师资格证书的，尽管如此，不得不承认，虽有个别老师属于南郭先生，但整体职业素养和道德水准，普遍要比当今的老师高出许多。那时候，人还是非常在乎于自己名节的，尤其是读书人，一种很深重的廉耻感，始终萦绕于怀。读书人宁愿舍弃钱财，舍弃性命，也不愿舍弃声誉。声誉破产了，人也就破产了。很多老师宛若鸟儿爱惜羽毛那般，自律于心，苛求于己，精心呵护着自己的名誉不受玷污，于是乎，他们大多显现出一种特别的自觉，几乎用不着外在的督促。吊儿郎当的老师当然也有，被家长追上门挨骂挨打的老师也不乏其人，但总体上只是个例，不足以撼动老师的整体水准。多数家长都对老师充满信赖，他们把孩子交给老师，犹如把一件贵重物品委托于寄存处，不用担心物品会遭遇意外损坏。

送孩子读书，自然是要交纳学费的。一般情况下，老师是羞于单刀直入谈论钱的，钱在"士"人的眼里，是可耻之物。然而，钱终究是要谈的，因为教与学的本来面目，就是一项交易。钱的数目，老师拐弯抹角地予以暗示，家长从老师含蓄的言辞里，心领神会，于是结合社会上的普遍行情，酌情缴纳费用。很少有家长揣着银两直接去交费的，替而代之的是自家地里的出产和圈里的饲养。银两极为稀缺，乡村的贸易，尚且停留于以物易物上。家长背着小麦、玉米、大豆、稻谷等，或者赶着一头猪，一只羊，一头牛，去面见老师。一个月一斗麦子，或一斗稻谷，一斗半大豆，两斗玉米；半年一头猪或一只羊，两年一头牛等。也有人家，将自家积存的银镯子银簪子，以及铜镜铜脸盆等，给老师送去。

老师在乡村里，很受尊敬。自从儒家将"天地君师亲"以规制的形式，设定为不可冒犯的对象，老师便被供奉在了牌位上。老师是先知先觉者，接近于"圣人"，只能孝敬，不可怠慢，更不可侮辱。打骂老师的人，不是傻子，就是疯子。羞辱老师，那是悖逆天意，违反人伦，必遭天谴。凡为人，哪怕他再横行霸道，有一样东西他还是有所忌惮的，那就是头顶三尺之近的神明。面对天谴，即使无恶不作的土匪，亦会心有忌惮。传闻里，土匪进城或进村打劫，只要知道某户是老师的家，就一定要绕门而过，绝不破门而入。土匪偶或兴风作浪，捕捉几个人质钻入山林，打算以其脑袋换取赎金，但当搞清其中的某位是老师时，都会毫不犹豫地当场将其释放。老师清心寡欲，生活清汤寡水，仅是被释放的托词。掩映于托词之后的，则是在土匪的眼里，老师很像巫婆，精通巫术，能念咒成真，咒牛牛死，咒人人亡。最最重要的是，老师与天地有所呼应，他仰天一笑，或低头一哭，天的眼睛就能看到，地的耳朵就能听到。天地是老师强大的后盾和援兵，这等援兵一旦前来支援，土匪们苦心经营的盗抢大业，瞬间会分崩离析。

除了土匪，那些占山为王的军阀，也不轻易招惹老师。军阀们混战，有一样约定俗成的东西，大家都在心照不宣地遵守着，那就是有两个地方，他们从来都不主动造次：一是寺庙，一是学堂。寺庙里供奉着神，神一旦大怒，人纵有十八般武艺，也插翅难飞。学堂是传授知识的场所，类似于圣地。书本里的文字，形若蝌蚪，小小的，柔柔的，软软的，但其散发出的威力，远超剑戟。知识是可以杀人的，且杀人于无形，杀人而不见血。军阀们知道，别看自己凡尘间何等威风凛凛，但一经与那些看不见摸不着的软实力相遇，内心也会颤抖。他们也许不畏虎豹，却也要在一座庙宇或学堂低矮的屋檐下，低头弯腰，一步三叩首。军阀们敬畏老师，也蕴含着他们对知识的尊崇。他们尽管无知，但对有知者，怀有一种来自骨血的仰慕。

无知者尊敬有知者，所显示的，是无知者并未彻底无知。真正不可救药的，是那些极其无知却不以无知为耻的无知者。无知并不十分可怕，可怕的是对自己的无知不以为然，并对有知者极尽轻蔑与大肆诋毁。当然，有知和无知，皆为一个相对的概念。有知者并不能无所不知，无知者也并不是一无所知。读了一本书的人，常常觉得自己非常地有知识，到处向人炫耀和卖弄；读了一千本书的人，反倒觉得自己愈发无知，遇事遇人因怕露馅而胆怯沉默。知识是浩瀚的海洋，纵然读了千万本书，也不过是在海洋里舀了一瓢水。一瓢水比起大海，实在显得微不足道。

乡村的老师，对于知识，大多止步于浅尝辄止，大脑里未必就装填了很多。不否认其中有沦落于草莽的饱学之士，但大多数人，都是科举考试的名落孙山者。进士不可能屈就于冷僻的茅屋从教，就连省考中榜的举人，也鲜有在乡村当老师的。秀才或准秀才，才是私塾教育的主力军。这些人学问的根底，本就不深不牢，何况他们腹中的知识，还像菜缸里腌制的酸菜，早就陈腐不堪。"秀才不出门，遍知天下事"之类，更像是恭维之词，并不能反映客观现实。实际情况是，秀才以及准秀才们之所知，仅局限于圣贤遗留的词句，对其并不触类旁通。读圣贤书，那是读书的全部内容；做圣贤人，那是读书人的最高理想。

清代思想家颜元的一段话，已将为何要"做圣贤人"，阐释得异常明晰："父母生成我此身，愿与圣人之体同。若以小人自甘，使辜负天地之心，父母之心矣。"小人，是大人的对应物，也就是那些凡人，那些庸人，那些低贱的"劳力者"，那些只知谋食而不知谋道的贩夫走卒之类。

圣贤书单从内容上，仅有两样：对上"劝谕"，对下"劝导"。也就说，圣贤们一只眼朝上望，一只眼朝下瞅。朝上望的那只眼，满含深情，也满含乞怜，其语之殷殷，言之切切，调之柔柔，目之媚媚，似乎通过字缝，能够现场目睹。对下的那只眼，充斥着怜悯，也充斥着轻蔑，口吻是训诫式的，指教式的，且常常发出"朽木不可雕""孺子不可教"的慨叹。两种语调，透射出的是两种截然相反的姿态：对上谦恭匍匐，翘首期盼于垂爱；对下居高临下，双手插在腰间等待着被跪拜。

圣贤们的文字，有很大的一部分都是"劝谕"。"劝谕"的对象，当然不是平头百姓，而是君王。他们坚信隔墙有耳，相信自己恳恳切切的一己之见，会被贤明的君主聆听并采纳。"书谏"或"面谏"，他们既不敢，也没有那样的便利条件。他们身处荒野，心却在庙堂，于是就以笔代舌，以纸为舞台，制造出叮叮咣咣的响声，以引起君王的注意。他们的出发点与落脚点，皆是国家的长治久安。有时或许免不了情绪化，言辞出格，具影射之嫌，但本质上并无恶意。对于这一点，多数君王都心中有数，并以宽厚之心待之。

"劝谕"的主题，五花八门，不一而足，但概括起来，不外乎这么两点：一是要英明的君主虚怀若谷，吸纳天下更多的贤德之人，来参与社会治理的伟业，以使社稷稳固，国家富强。二是要君主以恻隐之心，体恤天下苍生，善待世间民众。君主之善引导民众之善，君主之恶激发民众之恶。君是末，民是本，本无存，末也就无以依附，借用魏征的话，就是"水能载舟，亦能覆舟"。

"劝导"的要旨，是要民众遵守规矩，恪守纲常，敬畏道德，顺从于管理，服从于秩序。秩序就是伦理，就是自己该处的位置。长者为上，幼者为下，夫者为右，妇者为左，贵者为尊，贱者为卑等等，即为伦理的核心要素。伦理告诉世人，天生一个乌龟的命，就不要妄想着飞翔；天生一块土坷垃，就不要做玉石的美梦。狼虫虎豹，那是"宁有种乎"；蛇鼠蚂蚱，那是苍天授意。不要越位，不要有非分之念，是牛就耕地，是驴就拉磨，是骆驼就驮运，是猪就等待着挨宰。

知识的单一性，决定了教与学的主要精力，都放在了识字与写字上。在书写工具的进化中，与西方人用鸡翎蘸着墨水写字相映成趣的，则是中国人发现了各种各样的"毫"。"毫"是一种文雅的叫法，说得直接一点，其实就是毛。狗毫就是狗毛，狼毫就是狼毛。鸡翎写字，不知多少鸡因此而挨宰。狗毫与狼毫的普及，可以想见，会有无数头狗和狼，被打死，被剥皮。狼是人憎恶的动物，但狼对生态系统的平衡，并非毫无裨益。据说，在诸多的"毫"里，狼的毛最为柔顺，制成的笔使用起来也最为得心应手。

挥毫泼墨，是对书法习惯性地描述。毛笔在纸上任意游走，墨汁在纸上随便泼洒，那也得等到修炼到炉火纯青时，才能如此。对于初学的学生，更多的时候，则是在老师的引领下，一笔一画地"写仿"。"仿"是仿照，是临摹，是照葫芦画瓢。那些用于学生效仿的范本，皆为前世的书家所写，为公认的上乘之作。学生们上学时，背着母亲一针一线缝制的布包，里面鼓鼓囊囊地塞满了范本、毛笔、砚台、墨锭、纸张和零食等。

教与学，聚焦于背诵和写字上。背诵圣贤书，书写圣贤语。圣贤犹如磨盘，教学只能绕着磨盘转圈。比起背诵来，书写要复杂得多，也困难得多。在一个桌案上，铺开一张麻纸，翻开范本搁置在麻纸的上方，接着就是浸笔和磨墨了。盛一碗水，将笔头伸进去。取出砚台，放于水碗旁边，然后掏出墨钉并握住墨钉，一边蘸水，一边在砚台上使劲地磨来磨去。

一撇一捺，一点一钩，今天练完明天接着练，一遍又一遍，一日复一日，直至所写的字"吃了丸"方罢休。所谓"吃丸"，就是老师用判笔在那个字上勾勒一个椭圆形的圈。那个圈，状若油炸的肉丸，民间就称其为丸。画丸是肯定，是褒奖，表示老师已满意，学生已过关。

好字皆是苦练出来的。吃不了苦，心不在焉，浮浮躁躁，毛毛糙糙，都难以在书写上有所长进。练书写，不但要有铁棒磨成针的执着，还要有马拉松长跑的耐力。颜真卿、柳公权、王羲之、怀素等人，无一不是苦练加悟性，才百炼成钢的。苦练是双脚，悟性是翅膀。没有行走万里的基本功，即使拥有两翼，也难以飞翔。

在不知三角函数和牛顿定律为何物的中国古代，学生们展示才华的唯一舞台，就是那张尺寸之纸。谁字写得好，谁就很有面子。老师夸，家长赞，邻里跷拇指，并在一方天地里声名鹊起。于是乎，他很有可能东家叫，西家请，不是给这家撰联写联，就是给那家写分家协议离婚状子。书写不收分文，但主家管饭属于情理之中，如村民所言，"管它挣钱不挣钱，先要落个肚肚圆"。

科举考试，一方面是在考文，一方面是在考字。字写得七扭八歪，即使文采斐然，也难以被录取；反过来，字写得若行云流水，即使文采略逊一等，也很有可能被相中。字是文的脸面，文是字的组装。一张清秀或英俊的脸庞，总能给人以最初的好感。

字写着写着，到了一定的层次，就成了书法。字是书法的根，书法是字的花。字是正步走，书法则是手舞足蹈。很多写字写得好的人，获得了提拔重用，进入了官衙。但也有很多比进入官衙者还要写得好的人，却无缘被赏识，于是就在街头支起桌案，靠卖字或代书为生。桌案若能招揽众人的围观，书写才会更有气氛。围观者若稀稀落落，就不妨让自己的入室弟子充当书托。于是，挥毫者的每一次书写，都宛若一场演出。整冠肃衣，摇头甩袖，莲藕似的臂膊在麻纸上一番拂来飘去，纸面上便浮现出盘旋的蛇影，引来一片叫好声与鼓掌声。官府不垂青，就寄望于民间的拥戴；遇不到伯乐，就王婆卖瓜；没有三顾茅庐的雇主，就主动跨出家门自行吆喝。很多书家，是攀附和借用官府乃至皇宫的高枝，这儿一题写，那儿一留墨，以求得留名青史；但也有不少的书家，依靠异常深厚的功力和不凡的手笔，在民间聚集起很高的人气和名望，引起后世文人的留意，从而在书法典藏中拥有了自己的牌位。柳公权属于半官半民，他曾被招入官府以御用，也曾退回民间而隐居。或者说，他的身与心，一半在官府，一半在民间。

书法，说透了就是一种书写的技术。技术再精湛，毕竟属于雕虫小技，与木匠打造精美的家具，与铁匠铸造结实耐用的器物，与老妪刺绣华艳的枕头，没有本质上的区别。书法如果不"文以载道"，就只能满足于人眼睛的愉悦，却无法消解人心灵的饥渴。二十世纪的捷克大师级的作家米兰·昆德拉，在谈起文学时，强调文学的精神不能忽略，他说小说有了灵魂才有了它存活的意义。我以为，不单单是小说，不单单是文学，所有的艺术门类，包括书法，若无相应的灵魂支撑，都不足以屹立于世。文字的技法，只是载体与容器，而非货物。

载体空洞，容器无物，就失去了它自身存在的意义。柳公权留下的，除了技法，还有诸如"心正则笔正"那样的警世之言，基于此，他的形象才得以高耸。

书法行进到了现在，因为书写工具的演变，已失却了交流与沟通的功能，纯粹变成了一种线条表演。而线条，即使再优美，若无灵魂的浸透，都不是艺术。

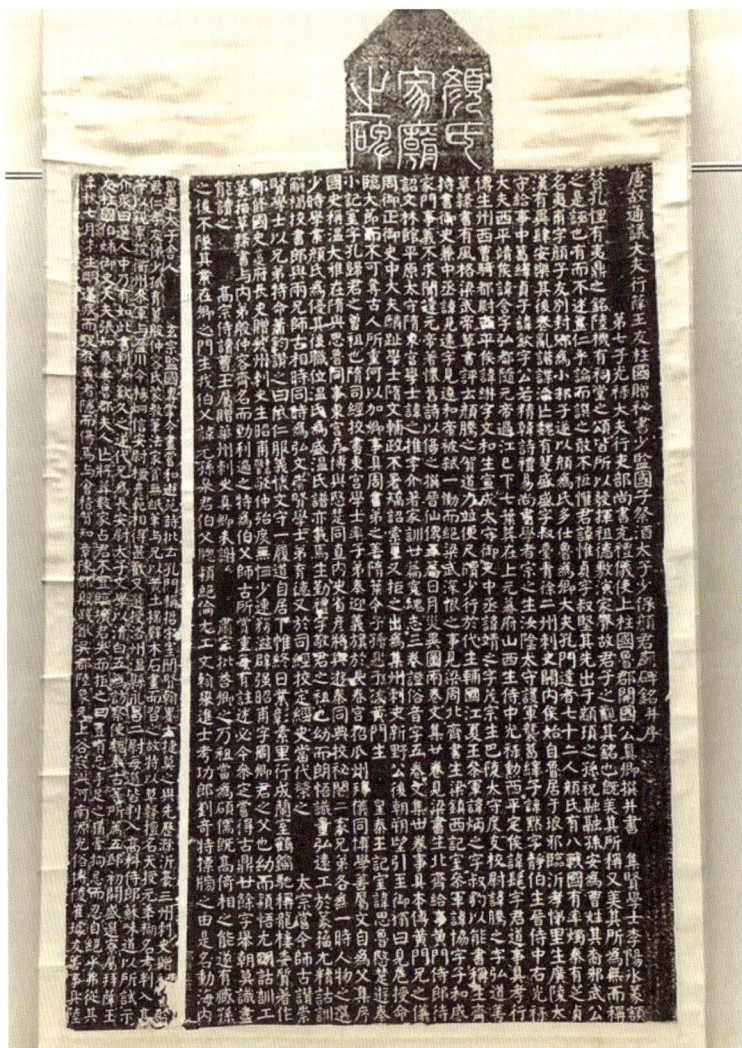

◎ 柳公权玄秘塔碑

笔墨中的"骨头"有多硬

关于柳公权的书法，论者很多。论来论去，其实就"颜筋柳骨"这一个词组中的一个字：骨。

骨头，是柳公权的书艺留给人们最为突出的印象。柳公权的字体，犹如一个瘦得皮包骨头的人，但却肢体端正，棱角分明，不弯不曲，不媚不俗，有铮铮硬朗之势，凛凛坚挺之气。那些字，仿佛是由杠木条搭建的，仿佛是钢筋棍拼接的。关庄塬上的杠木，搭建起了中国书法的丰碑；耀州铁砧上锻造的钢筋棍，拼接出了柳公权书法的骨骼，也拼接出了柳公权灵魂的示意图。

有一句话，叫"字如其人"。这句话流传许久，从未见有人跳出来责其荒谬，足以说明它是确凿无疑的事实。字的确是人内在精神的外化物，从中完全可以破译书写者潜藏于身潜伏于心的诸多内容：性情、人格、境界等等。

不管柳公权外在表现如何，比如是不是见了达官就点头，见了贵人就弯腰，但有一点可以肯定，那就是他的性子很直。在权贵面前，即使点头哈腰，那也是佯装出来的，并非心性使然。他的一生，不论走到哪里，都带有书生的倔强，也带有耀州人的憨直。他不是圆滑无角的玻璃球，也不是随风飘摆的墙头草，更不是见风使舵的变色龙。他是杠木，是土疙瘩，是生铁，是比他晚六七百年出生的关汉卿笔下"砸不烂煮不熟的铜豌豆"。苏轼被贬，有其诗词为证；柳宗元遭流放，有其散文为据，但柳公权是否也曾遭遇过与他们同等的厄运，因缺乏文字记述，后人无法详知。可以预见的是，柳公权身居官场，不会太开心。官场拍马溜须的恶俗之风，与他的书生意气，与他的固执性格，从根本上是对立与冲突的。也许，有柳公绰罩着他，企图给他设置圈套嫁祸于他的人有所收敛和顾忌，他才躲过一劫又一劫。他后半世辞官不做，回到故乡，并产生了严重的厌世心理。这种负面情绪，无疑是官场给他投射的心理暗影。

柳公权人生的后半程，收缩自己的翅膀，像蝙蝠一样将自己隐匿了起来。他隐居的地方，名叫柳沟，位于耀州城南两公里处。柳沟因柳公权而得名，文献里说他在此研磨书艺云云。但此等言论，不过是一层涂抹的脂粉而已，与实际情形并不吻合。无人记录与柳公权促膝长谈的内容，后人也就无法触摸他真实的内心。他的前胸与后背，其实皆为一团迷雾。除了偶尔发之于笔端的简短言辞，他遗留给这个世界有关自己的东西，实在少之又少。从纸面到生活，柳公权很缄默，很自闭，不会轻易脱下衣服，将身体的伤痕展示给人看。

我相信他的身体与心理，并不缺乏伤疤，不缺少幽暗，不缺少阴冷——我的断言，并非信口雌黄，而是基于常识的一种判断和推理。以柳公权骨骼之挺，关节之硬，脾性之犟，格调之孤，他能合群吗？能随波逐流吗？答案当然是否定的。在一个唯有圆通和中庸才能安身立命的文化环境里，四棱饱满意味着什么，不言而喻。棱角预示着冲突，而冲突带来的裂痕，终其一生未必能够弥合。

中外古今所有具有大家气象的艺术家，无一不和现实处于一种对峙状态。现实是庸人的现实，自然就会以庸人的眼光打量他，以庸人的尺度丈量他，以庸人的标准要求他，悲剧的是，他们偏偏不甘于平庸。于是，他们那大象般庞大的身躯，根本卧不进一个婴儿的洗澡盆里。他们有自己的内心准则，有自己的善恶取舍，绝不愿意尾随庸人整齐划一的行进步伐，亦步亦趋。然而，他们的我行我素，在很多人看来不但是过错，简直就是罪孽，甚至是急于疗救的精神疾患。现实是石头，他们是鸡蛋，两相碰撞，结局早已注定。现实呈现出一副虎视眈眈的模样，总想将他们同化，将他们吞噬，但他们抗拒着，挣扎着，不屈服，不投降。如此这般，他们境遇之险恶，可以想象。为了自保，有些艺术家甘堕尘泥，最终消失于无形；有的玩起了游击战，你退我进，你进我退；有的打起了太极拳，以柔克刚，曲中藏直；有的壮烈牺牲，成为求索之路上的殉道者。

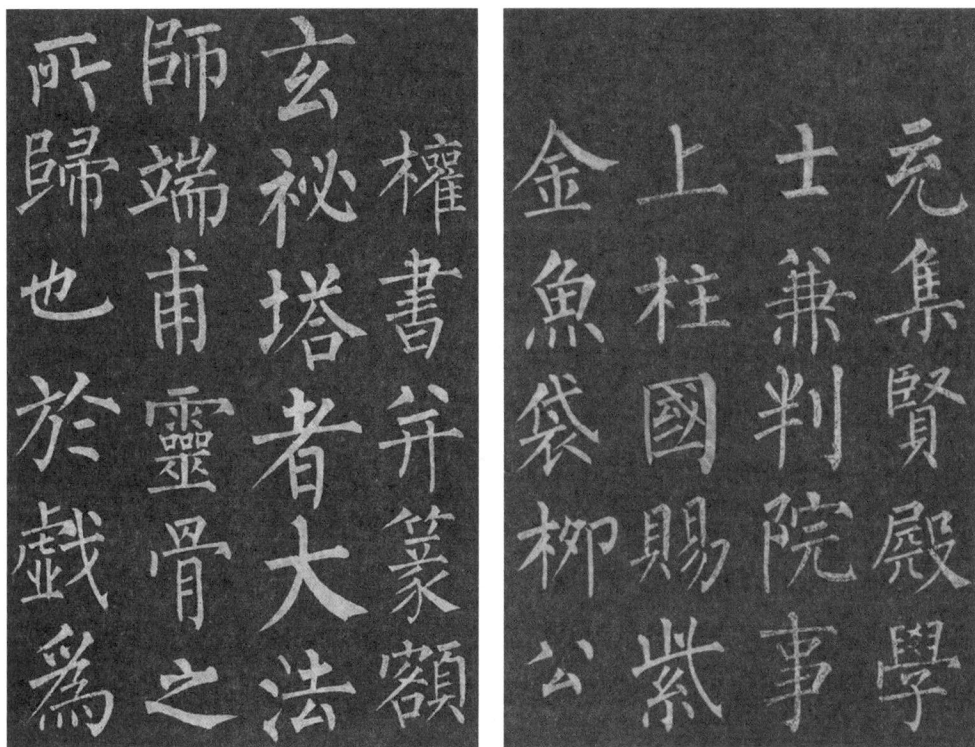

◎ 柳公权玄秘塔碑（局部）

所有赢得历史尊敬的艺术家，其实都不是与现实搏击的胜利者，而是现实尚未来得及吞咽的瓮中之鳖。现实是战胜不了，但现实与现实也在博弈，也在你推我搡，比如朝廷的更替，君主的承继，都有可能预留出某些缝隙和空档。正因为现实的自顾不暇，他才有可能在历史的陈列馆里，谋得自己的一席之地。

生存还是艺术，用莎士比亚剧中人物的话说，"这是一个问题"，自然也是一个两难抉择。选择前者，追求现世的荣华与享受，向现实妥协，向现实谄媚，往现实那张粗糙的脸上涂脂抹粉，给现实那段丑陋的腰身披红戴花，如此，倒是成全了自己的"身"，却也毁灭了自己的"义"。不仁不义的人生必然猥琐，猥琐的灵魂，即使再努力，再刻苦，其艺术都会矮化为灌木丛；选择后者，就要以牺牲前者作为代价，脚下的路会泥泞，饭钵里的饭食会稀少，身上的衣着会单薄，鞭子不定什么时候就会抽来，污秽不定什么时候就会泼来。这样的生命旅程，布满了羁绊，充满了悲剧色彩。但只要坚守，只要挺住，只要不在风暴中折腰，不在雷电中迷失，至最后，必能生成为一棵参天的大树，或聚集成一座巍峨的高山。艺术之树，不仅是用汗水浇灌的，还得用血液来滋养；思想之花，不但要经得起风霜雪雨的频繁肆虐，还要经得起明箭暗矢的屡屡中伤。

柳公权归隐的柳沟，是一条位于塬畔的土壑，长不足千米，宽不足百尺，深深的，窄窄的，很是局促。两边的土塬，本该浑然一体，但在相互靠拢中，仿佛打了个盹，漫不经心地留下了一条开裆裤一般的谷缝。沟内并不平坦，两侧的土坎，像土色的刀斧，摇摇欲坠，却又稳若泰山。柳沟尽管位居州城的不远处，却也无比荒芜。那时的州城，人口远没有现在这等密集，又黑灯瞎火，一出城，蓬蓬的荒草几乎要与城墙比试高低。每到黄昏，老鸦就像乌云一样地飞来，在城墙的上空盘旋，其凄厉的哀鸣，营造出无比阴森的氛围。城内的店铺与住户，早早地关门，没有特别紧要的事情，夜幕降临后，城内的人一般是足不出城的。即使偶尔有人要去城外，也是呼朋唤友，且每个人的肩膀上，都扛着一根粗粗硬硬的打狼棍。狼特别地多，三五成群在城外游荡，每见有人出城，便狂风一样呼啸着朝其扑来。

柳公权不知如何在柳沟安身的？柳沟里没有溪水长流，他每饮一瓢水，恐怕都得挑着木桶去石川河里舀。他的饭食，是来自于官家的供给，还是自筹？谁在供养他的吃喝？谁在伺候他的笔墨纸砚？尤其是在那样一个荒草蔽日荆棘遍地的深沟里，他是如何与狼共处的？柳沟里肯定有狼窝，狼视柳沟为自己当然的领地。况且，狼的嗅觉很是灵敏，一粒火星，一微灯光，一袅炊烟，它不会判断不出那是有人在活动的。人在狼的眼里，是敌手，也是美食。狼知道有人闯入自己的疆域，冒犯自己的威严，不会不追踪，对其熟视无睹的。但奇迹的是，狼似乎并未伤害到柳公权，这不能不说是一个待解之谜。

柳公权即使归隐，估计也难以真正做到与世隔绝。原因在于，他毕竟是名人，且誉满华夏。名气本身就是一种权力，它以极强的吸引力，能调动起很多人来围绕自己打转转。那些附庸风雅的市侩，那些爱慕虚荣的官吏，那些求取功名的学子，那些忠实的崇拜者和朝三暮四的凑热闹者，免不了要频频前来叩响柳公权的窑门。可以想象得出，柳公权隐居的窑洞前，时不时就有枣红大马拴于树桩，官轿重辎咯吱碾过。那些握有实权的官吏，不会无视柳公权衣食住行之艰困，定然会竭尽全力，以护佑他生命之危和解决他衣食之忧的。官是通过科举选拔出来的读书人，深谙柳公权的重量，但吏就不一定了。好的一点是，吏对官俯首帖耳，得无条件地听从并服从于官的调遣。依我猜测，柳公权绝非

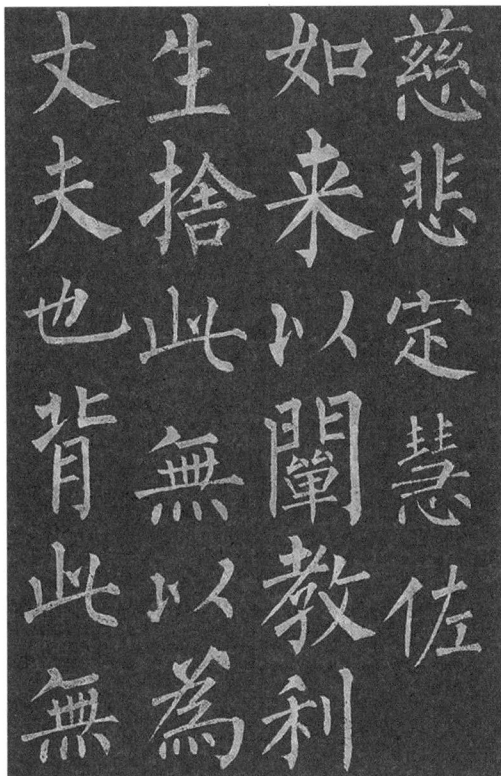

◎ 柳公权玄秘塔碑（局部）

一人在柳沟生活。在官们的授意和安排下，会有一帮吏专门伺候他。这些从衙门里抽掉出来的服务人员，伺候他的衣食，照顾他的起居，并负责为他打狼驱蛇。除了吏，还有那些围绕在他身旁的门徒，为他铺纸的铺纸，磨墨的磨墨，润笔的润笔，以便近身领略他一笔一画的神韵，从而获得书写的真谛。

除了在长安做官以及在其他地方游历，柳公权的一生中，有近乎一半的时间是在耀州消耗掉的。少年长之于耀州，晚年回归于耀州，耀州这方故土，始终像一条隐形的绳，拴着他那颗归心似箭的心。

柳公权的书法书艺，明明白白地摆在那儿，后人的说三道四，已无力改变它的基本样貌。我所关注的重点，是他作为一个"士"人的精神秉性，而不是他作为一个文字匠的运笔与落笔。止步于文字笔画，恐怕永远不能真正地读懂

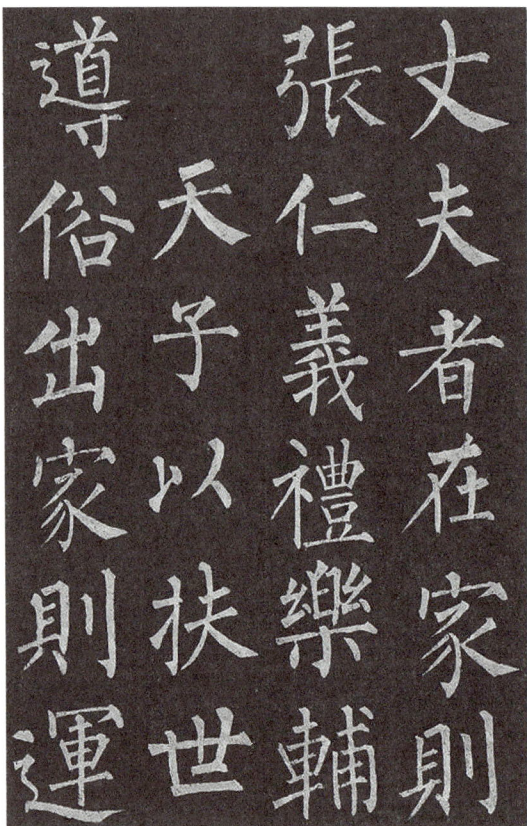

◎ 柳公权玄秘塔碑（局部）

柳公权。

当然，我对柳公权的身体状况也怀有好奇。如果柳公权真如传说中的那样，出生于柳家塬，并在柳家塬度过生命的最初阶段，那么，有一个疑问就会浮现而出：他患有大骨节病吗？他走起路来是步履稳健还是一瘸一拐？

关庄塬的北部地区，包括柳家塬，皆为大骨节病的猖獗区。有诸多的村落，村里的男女老少皆染此病，无一遗漏。那些患病者，走起路来像是遭遇锥心之痛似的，咬牙切齿，东倒西歪。由于病症，很多人形若侏儒，个头矮小，腿短臂短。

大骨节病是由水土中的某种矿物质元素所致，医学始终对其束手无措。要杜绝这种病症，唯一的办法，就是更换土壤和饮水，但这些，却又超出了医学的能力范畴，甚至超出了人类的科技极限。人为土地上的植物，荣枯更替，旧去新来，但自始至终，土壤与流水，却亘古不变。唐代时期的柳家塬，和而今的柳家塬，从地形地貌上，从土壤水分上，并无多大的区别。也就是说，导致大骨节病的矿物质元素，并非在柳公权生命的陨落之后，才渗入柳家塬的水土里，而是古已有之。柳公权生长于大骨节病极其泛滥的地区，别人皆染此病，唯独他能独善其身？

从柳家兄弟后来的作为来看，他们又不大像是大骨节病患者。尤其是柳公绰，史书尽管未有关于他相貌的描述，但依据他担任兵部尚书一职，也能推测出，他无疑身手矫健。兵部尚书，虽为文人官职，但对身体肯定有一些特殊要求的。一个被抬在担架上的将军，也许具有卓越的军事才华，但不足鼓舞士气；一个患有大骨节病的兵部大拿，也不能总是让人搀扶着行走的。军界的总头，为震慑下属，常常会间隔性地于众目睽睽之下露一手的，最常见的，莫过来一场策马扬鞭的表演。作秀之外，若真遇到战事，他也不能一味地缩在宫里，纸上谈兵，而是要亲赴疆场，坐镇指挥。所有这些，对其身体条件都有着极高的要求。

柳公绰的身体是端正的，健康的，以此推论，柳公权的身体也应该无恙。但无恙的身体与大骨节病肆虐的柳家塬，又无法并拢，无法对接，这不得不使人对柳公权的出生地产生疑问：他真的是柳家塬人吗？不能因为柳家塬的村名里，有一个"柳"字，就当然地认定柳家塬就是柳公权的家乡。

当然，推测柳公权是柳家塬人，也并非空穴来风，毫无根据。其中，最为突出的明证，则是柳氏兄弟的墓茔。按运势，按风水，让义村村北的田野，根本算不上最佳。以耀州之辽阔，地势之错落，找到一处风水的绝佳之地，并非难事。然而，他们弃别处而不往，何以偏偏要将自己土葬于让义村呢？唯一合理的解释，就是离家近一些。柳家塬过于狭窄，又因地势高挺而易于招风，且不靠山，不邻水，依照阴阳原理，显然不大适合埋葬。自己的村子地理环境不佳，眼睛便朝更远处瞭望，于是让义村就进入了他们的视界。让义村与柳家塬，隔沟相望，"鸡犬之声相闻"，男女嫁娶频繁，柳家塬的不少人家和让义村不少人家互为亲戚，而亲戚，越走越亲热，不走则疏离。

让义村应该有柳氏兄弟的亲戚的。至于是他们的舅家，还是姑家，抑或是姨家，后人无从得知。可以肯定的是，他们从小就翻越过那道深沟，在让义村的陋巷里走来走去。他们在让义村走亲戚，在让义村的坡地里放羊割草，在让义村的杏树上摘杏吃，甚至有可能在让义村的田野里偷西瓜吃。比起柳家塬来，让义村简直就是一个大世界，塬面相对开阔，地势相对坦荡，这等从小形成的记忆，会伴随他们整整一生。

我相信，依他们的身份，墓地早在生前就已规划好，且请风水先生进行过仔细地勘察和把脉。也就是说，对让义村的土地投之以媚眼，愿意以身相许，体现的无疑是他们的真实意思表示，而非外人的强迫所致。他们没有回归祖墓，与自己的先辈，与自己的父母躺在一起，这样做，大概基于这样的原因：一则，不管有无实权，但他们都有官职在身。按照朝廷颁布的旨令，官员埋葬，坟有多高，园有多大，须遵循规制。他们一旦将自己与父母葬在一起，作为晚辈，坟墓却要比先辈大出许多，这从孝道的角度，无疑站不住脚，颇有几分大逆不道。二则，他们早就对自身的身后事宜有所预判：肉身虽亡，名声依存。一个人的名气，犹如云雾，总能带给这个人制造出某些神秘的色彩，从而撩拨起公众的好奇心。名气在相当程度上，犹如磁铁，具有很强的吸引力和召唤力。可以想见，即使柳公权溘然长逝，也难以一了百了。流水无情，落花有意，那些

寻找他踪迹的人，那些对他怀有敬意的人，还有那些喜欢跟风的人，免不了会追到他的墓地来。这拨人前脚离开，那拨人后脚又到。很少有来访者轻步轻声，以免惊动墓中的酣眠者。只要拜谒者在两人以上，就制造出各种声音，喧嚷不已。假如他们与先辈们葬在一起，这样的噪音，无疑对先辈会造成惊扰。

他们给自己独自开辟了沉眠之地，于是让义村村北的田畴里，就多出两座可供后人瞻仰，也可供后人盗掘的古墓。两座隆起的土堆，一座埋着唐代的兵部尚书柳公绰，另一座埋着唐代的大书法家柳公权。

柳公权兄弟的坟墓，最初应该坐落于一座修葺的墓园里。墓园有无围墙不可考，但至少有界碑。墓园里栽有诸多的树木，以表达庇荫之意。碑石立于墓前，石雕卧于墓侧，以显示墓主身份之显赫。但一千年后，所有这些都已荡然无痕，唯有两座土堆，昂首于耕田中。

盗墓活动之于中国社会，可谓源远流长。有史料记载的盗墓活动，从春秋

◎ 让义村

199

时期就已开始，至今天，依然没有终结。盗墓显然受之于逐利的驱动，问题的核心在于，墓中是否有利可逐。普通人家，活着时粗食褛衣，葬埋时稍微殷实的人家，勉强可以用一具薄棺给逝者敛尸，过于贫苦的人家，只能给逝者裹一张席子，哪里还有财物作为陪葬品？但有身份有地位的人则不同，他们活着时荣华富贵，过世后也要大动干戈，不但将坟墓建得很大，给厚重的棺木雕龙刻凤，甚至于为预防盗窃，给木棺套上一具石棺作为护身的外套，而且要还将许多值钱之物，陪葬入墓。级别高的石人石马列队肃立，级别低的钱币列罐摆放，还有那些家财万贯却无级别的，也是银饰头上戴，金牙口中嵌，绫罗身上披。

盗墓者看中的不是墓中的僵尸，而是陪葬品。盗墓也是一门专业，只是这门专业带有邪恶的性质。持久地盗挖墓洞，早就练就出一双火眼金睛。他们朝某座坟头轻瞥一眼，就能断定这座坟里埋着的是"人"还是"人物"。"人物"比"人"多一个字，但两者之间已悬殊有别。一个人，要从"人"爬升到"人物"，并非那么容易。正因为不容易，"人物"才格外受到公众的青睐和仰慕。盗墓者心里明白，人的贫富贵贱，从一丛蒿草萋萋的黄土堆里就能轻易区分。土堆肥大而浑圆，且气势逼人，一定埋有大人物。有大人物睡在墓里，还能缺少陪葬物？而那些小坟丘，扁扁平平的，无疑属于穷人的墓茔。挖掘穷人的墓，那是枉费心机，从中至多能掏腾出一盏脏兮兮的油灯，不会再有其他收获。

盗墓者紧盯的，无疑是大人物和富裕户的墓地。一些富裕人家，富而不贵，连葬埋逝者，也显得极为俗气。比如，有很多人家，在逝者尸骨未寒时，请来牙医，将逝者原有的牙齿予以拔除，为其更换上一颗颗的金牙。金牙的数量不等，从四颗八颗，到十六颗二十八颗，多寡完全依据主人的意愿而定，但必须是偶数。镶嵌金牙，一是为了摆阔，以使自己在熟人面前更有面子；二是为了行孝，以显示自己对长者无比的孝顺。然而，行孝也是一种表演，隐含其中的，还是在为自己的面子涂彩增光。

金牙很快就成了盗墓者的最爱。盗墓者从老虎嘴里拔虎牙，有相当的风险，但从死人嘴里拔金牙，却毫无难度可言。盗墓者常常是白天勘察，夜里行动。

风高月黑，天地寂然，正是他们蠢蠢欲动的大好时机。他们像田鼠一样，猫着腰，腰里别着短把铁铲，甚至腰里缠着雷管的导火线，向着既定的目标出发。东方泛白时，他们又缩回身来，躺在炕上呼呼大睡。盗一座墓，很少有一次性盗掘成功的，有时三回五回，有时八回十回。估计墓中的东西不多，就在墓旁斜开一个小口，小口延伸进墓道，勉强能够容纳一个瘦子扑趴出入。猜测墓中有猛料，于是干脆就对坟墓开膛破肚，从坟顶开始挖掘。一夜过去，墓被刨出了一个深坑，但远未触底，于是就在天亮前，抱来一些玉米秸将其掩盖，等到第二天夜里再继续挖掘，直至将墓中的金银财宝悉数劫走。

有盗墓者仅盗得的金牙，就有一老碗之多，且不论其他。当然，盗墓者也并非只有收获，而没有付出代价。他们有的被塌陷的土壁掩埋，气绝身亡；有的被墓中散发出来的有毒气体熏晕过去，撒手人寰；有的被墓主发现，逃离不及，活活被乱棍打死。不管从哪个角度审视，盗墓皆为造孽之事，既然为孽，纵然人不报应，天都会对其进行责罚——很少有盗墓者逃过惩罚的，他们不是绝后无嗣，就是身患怪病，抑或家里灾祸连连。

命中本不属于自己的财富，却硬要攫取，有违天意和人伦，必致祸端——这是亘古不变的天律。

盗墓者很少有单独行动的，大多为三五人纠集在一起，团伙作案。但比起那些军阀来，他们不过是些零敲碎打的毛毛虫。历史上不乏集团化盗墓的实例，尤其是兵荒马乱之际，盗墓俨然成为补充军需和犒劳将士的重要手段。于是君主的墓被盗，王侯将相的墓被盗，太子公主的墓被盗，商户的墓被盗，名人的墓被盗……柳公权兄弟的墓，在漫长的时间里，不知有多少代盗墓者，像一群群的苍蝇盯上鲜血一样，围绕着它游来荡去。帝王的陵园，有专人看守，尚且一次次地遭遇毒手，何况柳公权的墓无人管护呢！

柳公权兄弟的墓，在前些年才进行了修葺，并加以整容：圈起了围墙，构筑了围栏，并在大门的入口处，建起了两排相互对称的仿古建筑。但在之前，它一直裸露在一块田地里，兔子可以出没，野狼可以踩踏，盗墓贼可以光顾，牧羊者可以牵着羊让羊在这里啃草。

千余年了，风雨剥蚀，犁铧蚕食，盗墓贼盗挖，使柳氏兄弟的墓冢越变越小。墓里除了两人的尸骨，估计早已空空如也。曾经的那些石碑，那些雕刻，甚至于那一棵棵的古树，都统统没有了踪影。

也不能说官方对此熟视无睹。至少在近数十年里，官方还是采取了一定的保护措施的，只是保护显得力度不够而已。不知从何年何月开始，负责管理文物的官家，雇佣了让义村的一位村民，充当墓地的保护神。柳氏兄弟躺卧的田地，恰归这位村民耕种。官家助其在自家的地里，建起了一座低矮的土坯瓦房，他与妻子就吃住在了这里。白天他在地里干活，一听到狗叫声，就扔下锄头或镢头，跑来一探究竟。他的腿患有轻微的大骨节病，走起路来并不利索，纵然有人搞破坏，他即使想追赶，恐怕也难以追得上。

看护者不是专职看护墓地的，他还有很多个人化的私事要处理，比如走亲戚，上庙会，去街市赶集，去医院看病，且不说一旦夏秋两季收割时，他要在碾场里忙得昏天黑地。墓地，毕竟属于僵化之物。比起墓中的死人，活人的生计要显得更为急切与重要。于是很多时候，看护者似乎魂不守舍，一心二用。

不止一次，我领着从外地来的朋友去瞻仰柳公权之墓，都只闻犬吠，不见人影。半人高的麦穗摇曳，或者一人高的玉米林蓬勃，将看护者低矮的土坯房舍几近遮蔽。那条黑白相间的狗，拴在一棵树上，跳着纵着地叫唤，但房舍简易的木门上，那把生锈的铁锁，却紧扣着，纹丝不动。

当然，有时候，正在田间弯腰锄地的看护者，会放下锄头，朝我们走来。他面相亲和朴实，目光像探测仪一样，在我们的身上扫来扫去。当确定我们是真正的游客，不是那种不三不四的人时，他嗫嚅着，询问我们来自何方？我与他攀谈，知他看护墓地领取的补贴，实在微乎其微，不足以养家糊口，这大概是他心猿意马的原因之一。但总体而言，他还是尽心尽力的。他只是一介耕夫，非读书人出身，对柳公权的了解，仅限于道听途说。看护墓地，是出于一己生计之需，而非精神领域的心驰神往。他负责看护，也免不了要对来访者进行讲解。但讲解的内容，带有很大的猜测成分，并不具备专业水准。他强调柳公权是个大人物，但大在哪里，却说不出个所以然来。

不能不承认，他是一位可敬的守护者。从青丝飘飘起，他就与这两座坟墓厮守，一转眼，三四十年过去，而今已步入生命的黄昏。两鬓泛白的他，即使在墓茔被修整之后，依然独自肩负着看护的职责。曾经敞阔的墓地，随便出入靠近，但现在，四周筑砌起了墙壁和门楼，将拜谒者，常常拒人于大门之外。从大老远的地方风尘仆仆地赶来，能不能顺利进入，那就要碰运气了。全村的人，唯有他掌控着大门的钥匙。而那唯一的一把钥匙，就拴在他的裤带上，与他须臾不离。有一回，我带异地的朋友前往，却吃了闭门羹。联系到村干部，村干部急得跺脚，却毫无办法。村干部给他打电话，他说他在十五公里开外的村里"吃汤水"（耀州话，指亲戚家举办婚丧嫁娶等，他去行礼），回不来。村干部无奈，便给这个打电话，给那个打电话，询问他们能不能绕道去他"吃汤水"的村里，将钥匙捎回，但都无果。至最后，我故乡村庄的支书，驱车三十公里，才将他接了回来。见了我，他笑眯眯地说我看你有点儿面熟，好像都来过几次了，咋又来了？

是的，他的记忆无误。柳氏兄弟的墓茔，我总共去过五次。

毕阮的虚荣与贡献

柳氏兄弟的墓地，位于一块相对平整的田地里。这块田地，呈缓缓的起伏状，与整个土塬的地势相契合，北高南低。柳氏兄弟一东一西，头落高处，脚蹬低处，并肩而躺。朝北眺望，远处群山错落；朝南望去，近旁土塬斜倾。

柳公绰躺在东侧，柳公权躺在西侧。右为上，左为下，符合礼仪规制。墓茔比起帝王的陵墓，要小许多；但比起寻常百姓来，却大出几许。墓上的土，曾经很是颓唐，杂草丛生，但经过一番折腾，却犹如新坟，土壤虚泛得尚未凝

◎ 柳氏兄弟墓（程和平　摄）

结。柳公权的墓堆之上，长着一棵柏树，看样子非人工栽植，而是由遗落的柏籽生成的。那颗柏籽，或许是老鸦飞过时从嘴里遗落的，或许是某人不小心抛扔的。然而，不论遗落和抛扔，都有功无过，因为由那颗柏籽生成的柏树，俨然矗立为墓园里唯一的原始古木。民间建墓，都要柏树笼罩，何况贵为一国大臣和一国名流的墓茔呢？可以想象，原来的墓园里，柏树苍郁，草绿花艳，辅之以碑刻石雕，该是何等雍容华贵。但一切都成了明日黄花，唯有那棵柏树，像是遭到遗弃似的，歪身站立于柳公权的墓上，仿佛一顶草帽，在为墓中的主人挡风遮阳。

柏树很有些年份了，不敢说它发芽于唐代，但完全可以断定，它生成于明代之前，距今至少六七百年。这棵柏树没有中途夭折，估计是沾了它所处位置的光。砍伐树的人，恐怕是忌惮于墓中主人的报复，才不敢在他头上舞动刀斧。

柳氏兄弟的墓前，各立有一块碑石。碑石上的墨迹，为清代陕西巡抚毕沅题写。柳公绰墓前的碑上，刻有"兵部尚书柳公公绰墓"；柳公权墓前的碑上，则书有"唐太子师河东郡王柳公公权墓"，碑石立于"大清乾隆岁次丙申孟秋"，立碑者，为耀州当时的知事张凤鸣。

清代的陕西巡抚毕沅是个很可爱的人，他任职期间，遍游陕西的文物古迹，所到之处，无不挥毫泼墨，题字留言。但说实话，单就他的字体，难以让人对其刮目相看。在那样一个每写一字，都要挥毫泼墨的年代，凡能吟咏几句古训书写几行圣贤之言的人，按现在的标准，几乎人人都无愧于书法家的名号。毕沅能被委任为巡抚，毫无疑问是进士出身。作为一个从千人万人中脱颖而出的拔尖人物，毕沅在书写上，实在算不上有多么高深的造诣。他的墨迹，笔划颇显虚脱，架构颇为松懈，宛若陕西民间的美食裤带面，流荡着一股浮夸之气。

几乎在陕西的每一个文物景点，都能看到毕沅"到此一游"的身影。毕沅担任巡抚期间，究竟有哪些政绩，因未查阅史料，不甚了了。单就他到处提笔留字这一点，给外人造成的印象，似乎他总是行走在路上，正从这个景点，赶往那个景点。在交通条件极其落后的状况下，普通人的远行，大多依赖于骑毛驴，而官员的远行，则依靠于坐马车。然而，马车只能在坦途行驶，一经遇到溪流或山路，就得换作坐轿。轿子无车轮，不能自行滚动，唯有人的肩膀扛着它，才能缓缓而移。然而，人的双脚，即使交替频仍，一天也走不了多少路程。从这里到那里，每一趟出行，都是多么地慢，又是多么地难。毕沅在陕西执掌大权期间，并未坐拥瓮城，埋首于文牍之劳而不可自拔，而是极其频繁地出城兜风，并将相当大的时间和精力，耗费在了路上——他是否用这种带有自我特点的方式在"走群众路线"，体察民情民意？不得而知。

依照中国的国情，可以想象，毕沅每到一处，都仿佛一股龙卷风，必然激起那里的山呼海啸。鸣锣以开道，击鼓以壮威，旌旗猎猎飘展，官员诺诺恭迎，鸡犬窝圈噤声，民众路旁围观。在前呼后拥之下，当地的官员，在恭维与谄媚之余，免不了要投其所好，敬请毕沅题字。毕沅的嗜好，他们烂熟于心，于是早就铺展开宣纸，磨好墨汁，等着毕沅临场发挥。读书人出身的毕沅，对具体的事务，可能有所厌烦，但对题字之类，却无比快意欣然。因为在他灵魂的深处，总有一股"求名当求千古名"的隐欲无法消散。他泼墨题字，可能出于两个层面的考虑：当下满足虚荣，身后留下声名。不管他的字迹如何不堪，以他地位之尊，都不缺乏廉价的鼓掌声与虚伪的欢呼声。他一落笔，八字才有一撇，掌声与叫好声，就会如雷贯耳地响彻屋宇。掌声听多了，赞美听顺耳了，毕沅的心态必会悄然发生变化：原来多少还有点儿心虚，对自己的书写半信半疑，现在则坚定了信心，误以为自己确实是王羲之再世，苏东坡复活。于是毕沅越写越多，有求必应，大有不把自己的书体与大名刻上所有石碑誓不罢休的架势。

虚荣，也许只是毕沅的表象，他的真实意图，恐怕是要借窝孵蛋，攀枝开花。毕沅懂得"人生一世，草木一秋"，深知"人生苦短，去日不多"，明白人不过是一粒飘拂的尘埃，一旦离开，就踪影全无。别说普通人难以在坚硬的大地上踩出足迹，即使是贵为王侯将相，如果无有作为，都会遭后世遗忘。历史记住的，永远是处于两个极端的人：要么凿山开道，要么兴风作浪。前者留下英名，后者留下恶名。前者如云，暂且不表，后者如安禄山王莽等，按旧时的观念，皆为犯上作乱者。但由于他们的越轨之举，导致一个朝代原有的政治版图得以改写，自然也就会被历史铭记。作为政绩不那么突出的巡抚毕沅，想要永垂千古，唯一的办法，就是将自己的名字刻在名人的牌楼或墓碑上，以谋同在，以求永生。

显然，毕沅达到了自己的目的。清朝长达三百余年，做过陕西巡抚的有数十人之多，但能让人真正记住名字的，恐怕没有几人，但毕沅却被人记住了。只要游览陕西的文物景点，目光扫描于碑石，就不难发现"毕沅"二字。

毕沅的虚荣和私欲，在客观上，对陕西的文物起到了保护的作用，这也许是他执掌陕西，反打正着，存留于世的最为显著的功绩。有他的题字在此，地方官吏就不敢对文物过度地怠慢，并将其随意迁移；有他的留言笼罩，相信盗墓者都会胆怯三分——因为他们相信，巡抚一旦大怒，地方衙役必然要对他们进行严厉查办，到那时，他们大难临头却插翅难飞。

然而，尽管有毕沅题写的墓碑栽立于此，柳氏兄弟的墓还是没少被盗墓者光顾——这不奇怪，关中大地，从东到西，耸立着七十多座帝王的陵墓，且不说每座帝王的陵墓四周，星星捧月一般地分布着诸多将相以及太子公主的墓茔，这些陵墓，有几座没被盗掘过？传闻秦始皇陵完整无损，但那也只是传说而已，并未被验证。史料记载，秦始皇陵里，注有水银，而水银的毒性，众所周知。水银存在的真伪，无法甄别，也许它真的如史料所记，也许它仅为虚晃一枪的欺骗。秦始皇的奸诈，世之公认，给墓中注入水银，很有可能只是他释放的烟雾弹，以吓阻那些蠢蠢欲动的掘墓者。秦始皇提防与惧怕的，还远不是那些以窃取墓中财物为目的的小蟊贼，他还有着更为烈火焚心的深切忧虑。秦始皇横扫六国，在天下无敌的时候，却已天下树敌，因为人心并未因为剑戟的锋锐而天然地归顺。人心与人身，在面对强敌之时，并非步调那么一致。后者可能已跪地投降，但前者却宛若心之内火，越烧越旺。燃烧的人心，远比燃烧的山林可怕，秦始皇深谙这一点，因此，他一想到百岁之后的种种不堪，就会抑制不住地全身颤抖。他既担心千辛万苦搭建起来的万世基业付之一炬，又忧患基业坍塌后自己被人掘墓鞭尸。秦始皇高砌长城，大筑墓茔，看起来是为炫耀国盛军悍，但其内在的出发点，不外乎于防守。这些浩大工程所显示出的，不是他的霸道，而是他的恐惧。恐惧是双方的——当一方在用铁血的手段，迫使另一方屈服并恐惧时，其实就已给自己的未来，埋伏下了地雷，从而徒增使自己寝食难安的叵测隐患。秦始皇再强势，都无法抗拒死亡。比死亡更令他恐惧的，是六国的揭竿复仇。于是，他用许多殉葬品，来给自己壮胆和壮威，以达恫吓挑战者之目的。其中，最能说明问题的，就是已见天日的兵马俑。兵马俑列队而立，兵马俱全，武装到了牙齿，似乎随时都要出征讨伐。

兵马俑位居秦始皇陵的东侧，是秦始皇给自己组建的带有象征性的地下武装力量。那些俑士和车马，皆面东而立，严阵以待，寓意着将要以强大的火力，时刻准备着迎击来自东方的挑衅与谋反。六国都在秦国以东，因此秦始皇防范的重点，在东而不在西。

帝王的陵墓至少在当朝，称得上戒备森严，尚且无法逃脱盗墓者的黑手，何况位于荒僻一隅的柳氏兄弟的坟墓呢？柳氏兄弟的坟墓，像深耕的土地，被盗墓者的犁耙，翻腾了一遍又一遍，直至二十世纪九十年代，还有鬼魅的身影在出没。

当然，柳公权的价值，不在于墓，而在于字。他的柳体书法，是任何盗贼都盗不去的，也是任何骗子皆骗不去的。柳公权是一块玉石，早已锁进了中国书法的保险箱。

祖母回不去的故乡

在耀州，锦阳川是绕不过去的一个区域，原因在于，自古它就是耀州的天心地丹。

锦阳川与我也有着血脉上的联系，因为它既是我母亲的故乡，也是我祖母的故乡。

除了我的故乡麻子村，我最熟悉的地方，大概就属锦阳川了。甚至，我对锦阳川各个村庄的熟稔，远远超过了关庄塬上的其他村庄。

在关庄塬上，我家的亲戚只有寥寥的数户，但在锦阳川里，从北到南，几乎每一个村庄都有亲戚，总数有三四十户之多。村庄里没有亲戚，似乎就缺乏出入它的理由，即使偶尔从村旁经过，至多也就瞥上一眼两眼，望得见房舍与柴垛，却看不见街巷，更别提与那个村庄的人交谊了。亲戚是婚姻的衍生物，当亲则有亲戚，不当亲则无亲戚。

我的故乡麻子村位于关庄塬的东南角，属于关庄镇的末梢与边界地带，与锦阳川的人连畔种地。这样的地理位置，决定了嫁娶的相互交叉相当频繁。跨界的婚姻，造成人心理归属的摇摆不定。实话实说，麻子村人对关庄镇很是三心二意，甚至怀有隐隐地抵触与拒绝，他们心灵的箭头，更愿意瞄准与射向锦阳川。他们对锦阳川的一人一事，一物一景，津津乐道，却不太提及关庄塬。偶有谈论，都是冷嘲热讽，一副不屑的口吻。

这等心理特征的形成，一点儿都不足为怪。因为很多家庭的女主妇，其娘家就在锦阳川，男主人的岳父岳母家自然也在锦阳川，孩子的舅家姨家更是在锦阳川。更为重要的是，村里的女孩子，十之八九都嫁给了锦阳川。

锦阳川，顾名思义，就是一条川道。一个"锦"字，便已突显出了这条川道的特征——它是一片锦绣膏腴之地。

川是河的产物，无河不成川。锦阳川是由石川河冲击形成的。

锦阳川在低低的川道，麻子村在高高的塬畔。如果石川河的泛滥再猛烈一些，冲刷更凶狠一些，也许麻子村都不复存在了——它完全有可能融化为锦阳川的一部分。

锦阳川不宽不长。长二十六七华里，最宽处不过三四华里。但这条略显狭窄的川道，却拥挤着八个村庄、一个研究所和一个县城，人口密度足以创造陕西乃至全国之最。

从最北端的苏家店（即村民口里的死娃店）起始，至县城南郊的宝鉴山结束，中间分布着苏家店、阿姑社、寺沟、阴河、杨河、方口、新城、刘家河等

◎ 火红的日子（边疆 摄）

村庄。研究所与苏家店毗邻，坐落于一块盆状的洼地里，和我的家乡麻子村坡上坡下；县城当然是耀州城，地处锦阳川的最南端，与方口、刘家河隔河相望。

比起那些村庄的胡须飘飘来，研究所则稚嫩得像一个新近诞生的婴儿。研究所始建于二十世纪的六十年代，属于航空研究机构，它之所以驻扎于此，无疑含有隐匿与保密的意图。研究所里的工作人员，来自五湖四海，操持着南腔北调。

和研究所相比，土著的村庄才是这片土地真正的主角。研究所是浮萍，而村庄是古树。古树一落地生根，动辄就是千年。古树的面目也许有几分颓唐，但根系却已深入大地的腹部，风雨摇不动它，雷电撼不动它。每个村庄，都拖着长长的尾巴，幽深得望不见尽头。

阿姑社和寺沟，为耀州人口最多的两个村庄，一个居北，一个居南，相距二里路。锦阳川里的村庄，与麻子村联系最为紧密的，第一要数阿姑社，第二就要数寺沟了。阿姑社的村庄过于庞大，地盘又过于狭窄，这等情形，宛若一件婴儿的紧身衣里，硬是塞进去一个无比壮硕的相扑运动员，紧身衣难免被撑得四处开裂。巴掌大的一隅，盖满了密密匝匝的房舍，仅剩余少量的河川地，还可以用来耕种，但那些像手绢一样的片片田畦，要满足三四千人的口粮，显然难以为继。于是，大量的阿姑社人，就把活下去的希望，寄托在了向周边的突围和扩张上。东塬相距较远，期间还有河水阻隔，于是西塬就成了扩充地盘的理想场地。阿姑社委身于西塬之下，这也为它向西塬挺近，创造了便利条件。阿姑社与西塬的距离，或者说与麻子村的距离，其实就是一面坡的距离。

拓展的路径有两条：一是迁徙，一是购地。阿姑社仿佛一个急于瘦身的胖子，单从它身上甩出的赘肉，就聚合成了两个村庄，一曰元古庄，一曰北塬。

北塬堆坐于阿姑社的头顶，与麻子村紧邻。北塬村属于阿姑社的一部分，村里的住户，无一例外皆为阿姑社的移民。阿姑社四大姓氏，即支、安、赵和杨，在北塬村都有所显现。家族中的某户人家过红白喜事，塬上或塬下的人，都要相互往来和帮衬。

比起塬下的母村，塬上的子村北塬人，在生活的各个方面皆逊色不少，唯有在粮食的拥有上，比塬下的人略胜一筹。塬上和塬下的人，相互羡慕，又相互歧视。北塬原有一所非全日制小学，但却找不到合格的教师，于是总是像抓壮丁那样，遇到谁就拽住谁，也就逼迫谁去站立讲台——今天这个进去教三天，明日那个进去教五天——临时抱佛脚那般逼上梁山的老师，有些连简单的字都不会写，却也装模作样地给学生授课并批改作业。即便如此，他们大多还心不在焉。工资低微，身份依旧是农民，于是他们的主要精力，无疑更多倾注于自家地里庄稼的长势，以及猪圈鸡窝里猪鸡的肥瘦。教师在潜意识里，把自己当成了监狱长兼保姆，即只要把这群乱跑乱动的野孩子看住，不让他们像满坡满沟的羊那般散漫得无法收拾，就已达到了目的。队长时不时地跑来学校，蹭抽老师一锅烟，蹭喝老师一壶茶，闲谈之中，免不了叮咛老师要好好地教，下势地教，争取教出个能考上初中的学生。队长的叮咛，在老师看来，那是白费唾沫。老师心里明白，队长的话之于自己，那是把棉袄当锣鼓敲，即使再用力，都敲不出响声来。队长是个大老粗，他怎能判断出何为好何为不好呢？队长不识几个字，他拿起老师批改过的作业翻看，用村里人的话说，那是"狗看星星一片子"，决然看不出个究竟来。最为重要的是，队长还把学校当成自家的私有领地，予取予夺。今日其父三年祭日，搬走学校的全部桌椅；明天其儿完婚，干脆在学校砌灶架锅……有他在前面开路，其他村民也纷纷效仿，于是学校随时都会关门停课，学生们的读书，便演化成了三天打鱼两天晒网的吊儿郎当。学校烂得不能再烂了，教育主管部门并对其予以了取缔，但简单化地一笔勾销，却给孩子们的入学，制造出了极大的难题。五六岁的孩子，仅有一棒槌高，就要背着沉沉的书包，摸黑起床，摸黑上路，其短短细细的两条小腿，日复一日地沿着荒凉而偏僻的坡路，下到塬下读书，爬回塬上食宿。好在农村的孩子皮实，他们累得大口喘气，却并不呻吟。

北塬人羡慕塬下人的还有一点，那就是饮水。塬下的人喝的是水泵抽出来的井水，而塬上人喝的却是从水窖里打捞上来的稀泥水。井水清清亮亮，像镜子一样，能照出人影来；而稀泥水则混混沌沌，倒进水瓮，沉淀大半天，才能勉强饮用。烧开的稀泥水，吞到嘴里，一股土腥味。有稀泥水喝已算很不错了，问题在于，一遇春旱，窖里就干涸，连青蛙都已聋哑。于是老妪们迈动着土豆般的小脚，遥赴深山烧香求雨，男人们则挑着担子，担子的两端挂着两个空荡荡的水桶，晃晃悠悠地去塬下挑水。中午从家里出发，于机井接满两桶水，在弯弯绕绕的陡峭坡路上摇来摆去地缓缓而行，等将水挣挣扎扎地挑回家，已是日头西斜。汗水浸透了几重衣服，腿困腰疼，鞋底似乎都被磨薄了几许。

年少时，看到北塬的老妪——包括我大姑——总是路过麻子村，结伴去深山求雨，自小就深受唯物主义熏陶的我，心里对此很是不屑，总觉得她们都是些迷信头子，过于愚昧。现在想来，我当然是饱汉不知饿汉饥——没有身处她们那样的生存环境，就无法体验她们的焦虑与渴望。她们看到庄稼在地里干得拧绳，看到自己的儿子为两桶水而汗流浃背，自是心如刀绞。她们的祈祷语，带有哭腔，如泣如诉，听了让人心颤：天大大，地妈妈，下些雨救娃娃……

北塬和麻子村属于同一座土塬，塬的形状，颇像一个躺卧的人：麻子村像是人的腰身，而北塬则像人的头颅。北塬三面环沟，孤零零的，唯有一条细脖子，与麻子村连缀。谈论起北塬人的种种，麻子村人最爱说的一句话，就是"北塬人的苦好得很"。北塬人能吃苦，在相对懒散的麻子村人看来，简直就是一则笑料。北塬人去川道挑水，去坡地砍柴，去山坳挖地，似乎总是在忙碌，有着干不完的活计，从来都不曾袖手清闲过。与他们相遇，会发现他们几近于"武装到牙齿"：肩上扛着犁铧或镢锨，腰里缠着捆柴绳，裤带别着砍柴刀。也就是说，每一次出发，他们都身兼数职，在耕种之余砍柴，在砍柴间隙耕种，舍不得浪费一丁点的时间，仿佛休息原本就属于一种罪过似的。就连走亲戚，他们大多也是一手拎着礼品袋，一手握着镰刀绳索。从亲戚家吃饱喝足，在返回的路上，都要将路边地畔上的野草，悉数割除，捆扎成一束，背回去喂羊。

北塬人耕种的地，来自一镢头一镢头地开垦。多为台阶地，一窄绺，又一窄绺。台阶地已算不错了，还有更多的地，则是斜斜的坡地。这些所谓的地，在麻子村人的眼里，形同荒山野岭。地里的撂跤石很多，一镢头下去，镢刃很有可能缺牙掉齿。加之，脚踩出来的细肠般扭捏的小径时断时续，架子车难以在其上运行，于是所有收割的小麦与玉米，都要靠人的肩膀，一捆一捆地往坡顶上背。老人背，孩子背，男人背，女人背，经年累月，个个都弯腰驼背。古诗中"粒粒皆辛苦"的咏叹，在北塬人这里，有着最为贴切的现实样本。

有付出，就有回报。辛勤的劳作，换来的是一家老少饭碗的饱满。地少，地薄，纵然如此，在饥荒的年代，北塬也没多少人饿肚子。相反，比北塬人土地肥沃许多的麻子村人，在粮食短缺方面，远超北塬人。一到春天，麻子村一户户的人家，都面临断炊之忧——当然，需要说明的是，饥荒的形成，有着复杂的社会原因，远非村民懒惰一项，就能涵盖得了。

仓廪殷实，这大概是塬上人荣耀于塬下人的唯一资本。每遇春荒，塬下的许多人都会迎着暮色，夹着空空的口袋，到塬上来借粮。他们白天不来晚上来，主要是怕碰见熟人，从而丢失脸面。人活脸，树活皮，关住家门哪怕吃糠咽菜，但出了门，却一定要像刚吃了一顿大餐似的，呈现出一副酒足饭饱的神态。面子，在中国人的心目中，比肚子更重要。

敲开某户本家或某户亲戚的家门，塬下人的头，再也高昂不起来了。他们嗫嚅着说明来意，言词软软的，乏乏的，好话溢流，甚至在主家流露出婉拒的意思时，个别人不惜下跪乞求。毕竟，家里老少数口嗷嗷待食，眼看着就要饿死，下跪就不算什么了。多数情况下，宽厚的北塬人，都会从自己的牙缝里，挤出一些余粮，来接济上门讨食的亲人。没有多，还有少嘛！让人家夹着空口袋来，又夹着空口袋回，不但自己觉得不好意思，而且以后相见，情面上也会疙里疙瘩的。于是，凡借粮者，很少有空手而归的。

亲戚割不断，本家锯不断，连接塬下人和塬上人的，是一条隐隐的血亲之线。他们在血脉上难解难分，在亲情上错落交织，只是为了吃饭，塬下的一部分人才背井不离乡，爬上一面高坡，把自己变成了塬上人。

比北塬人走得更远的还有一群人，他们为了生计，干脆移居到另一道山梁，与母体彻底切断脐带的关联。这些人组成的村庄，名曰元古庄，很早就归属关庄镇管辖。但如果刨根究底的话，就不难知道，他们的根在阿姑社，他们全都是阿姑社人的后裔。

那道山梁，也许曾经住有一户两户人家，也许本就荒无人烟。大片撂荒的土地，吸引来一些无地可耕的阿姑社穷人。他们搀老扶幼，举家迁移至此，挖窑而居，垦土而耕。也许他们也曾想过，等日子好过了，再回故土，但春秋交替，日月流转，待他们的后代出生并逐渐长大，竟发现自己已回不去了。根须深扎土里的树，再想迁移，已实属不易。这部分阿姑社人在这道土梁上世代繁衍生息，竟至于最终遗忘了回家的路。

元古庄与麻子村相隔一条大沟，站在麻子村的沟岸，极目北望，那丛无序排列的土窑洞，就是元古庄。元古庄人和麻子村人鲜有通婚，因此也鲜有亲戚往来。隔绝产生猜测，在麻子村人看来，元古庄不但蛮荒，而且丑陋。不说别人，单就我而言，对元古庄也充满了偏见。读书时，老师一讲到山顶洞人，一讲到原始部落，我的脑子里总能浮现出元古庄的图影。关庄塬上，窑洞并不稀缺，但大多数村庄，都是亦房亦窑。也就是说，既有一排排的房舍，也有一孔孔的窑洞，唯独元古庄，似乎一间房舍都没有，村民全都住在窑洞里。窑洞一脉土色，远看像骷髅一般。重要的是，元古庄是大骨节病的重灾区，村里的多数人都长成了侏儒模样，脖子粗，腿短胳膊短，每走一寸路，都要咬牙切齿，东扭西歪，其生活的艰难艰辛，可以想见。更为致命的是，他们还要面临因身体残疾引发的各种歧视。尊严感过于强烈的人，不愿出村，不愿逛街，甚至不愿走亲戚，原因在于，他们畏惧于面对那些轻蔑的目光和嘲讽的言辞。从街上过，很多人围着他们看，把他们视作怪物。有一些顽劣的孩子，还很有可能追逐着朝他们吐口水和扔石子。

元古庄距离阿姑社十余华里，两者疏远与隔膜得宛若两个世界。阿姑社的后生们，鲜有人知道元古庄这一血亲支脉的存在。翻看阿姑社人新写的村志，竟无一字有关元古庄的记述。

麻子村有娃，就给阿姑社捎话

　　阿姑社就像一个碗，却要盛一盆的水，水往外溢流自是难免。除了迁移人口，还有一种扩张的办法，就是在塬上购置土地。

　　川道里的田地有限，且早已名花有主，于是大量的人就把目光瞄向背倚的西塬。西塬的麻子村，人口区区数百，土地面积却拥有数千亩之多。在土地可以买卖的年代，阿姑社人在搞清楚某片土地的归属后，便跑去敲开那户人家的家门，一番拉锯式的磨牙之后，双方达成买卖协议。大量的阿姑社人长

途跋涉，参与羊皮、瓷器和和食盐等日用品的贩运，将其所得积攒下来，用以购买土地。土地是根本，其他都是浮叶。中国历朝历代的起义与革命，说穿了，都是为争夺土地，即所谓的土地战争。因为在信奉"民以食为天"的农耕经济条件下，一个人即使拥有满箱的金银珠宝，却无尺寸土地，那么，就谈不上真正意义的富有，也难以唤起人们对他的羡慕。金银财宝再多，一到饥荒年月，都抵不住一个馒头。

麻子村的土地，像一块摊开的大煎饼，今天被切去一角，明天被撕去一绺，不断地萎缩着。至民国末年，阿姑社人的耕种，已扩展到麻子村的村边场畔。两个村庄的土地，或交错，或并列，你中有我，我中有你，似乎纠缠得已无法缕析清楚。

麻子村人和阿姑社人在情感上，也如那粘连在一起的土地一样，纵横交错。原因在于，大部分阿姑社人在麻子村都有亲戚，所有的麻子村人在阿姑社也有

◎ 田野（石新荣　摄）

亲戚。在阿姑社人的中间，很早就流传着这样一个顺口溜：麻子村有娃，给阿姑社捎话；麻子村人吃汤水不顾眉眼，走得只留下了门馆。意思是，麻子村一旦"有女初长成"，就把信息传递给阿姑社人；阿姑社有儿子尚未定亲的人家，便会打发媒人前来麻子村提亲。到了结婚那天，麻子村人"送女"出嫁，全村倾巢而出，每户人家走得仅只剩下一个看门的。

这则顺口溜，含有对麻子村人的贬损与嘲讽，言下之意是麻子村人特别爱占便宜，赴婚宴不论亲疏，都要跑去大吃一顿的。大概唯有婚宴，才不清点人数，来者皆为客，主人碍于面子，不好拒绝任何人坐席舞筷子。麻子村人是否如顺口溜所描述的那样，喜欢蹭吃蹭喝，我看并不尽然。但这则顺口溜所折射出的信息，却并非虚妄。事实是，麻子村的女孩子，十之六七都嫁往了阿姑社，这等景况，使两个村庄的联系，变得如胶似漆，谁也无法将其硬生生地切割拆分。每到大年初二，阿姑社通往麻子村的那条坡路上，总是人潮汹涌，骑摩托车的，推自行车的，步行的，都朝着同一个方向进发。年幼的要去给舅舅家拜年，新婚的要去给岳父家拜年，中年人要去给老舅家拜年。

麻子村人和阿姑社人因为亲戚和连畔种地而相熟，他们能彼此喊出对方的名字，并能知道那个留着羊角头的少妇是谁的妻子，也清楚那个走起路来有点脚跟不稳的小伙子是谁家的老几，甚至明白那个看起来人模狗样的媳妇曾经的不堪入目——她竟然背过丈夫和婆婆，与公公在柴垛后面偷欢。

阿姑社人气喘吁吁地爬上塬种地，若一晌干不完，就要像出远门那样，背上馍和水。饿了，坐在树荫下啃几口干馍；渴了，仰着脖子往口里灌一通凉水。但一旦遇到麻子村的亲戚，亲戚就会拽着他们去自家吃饭。他们推辞一番，就跟着去了。毕竟，热饭吃起来，热汤喝起来，要比冷馍冷水舒心许多。有时，麻子村人在这块地里耕种，阿姑社人在那块地里耕种，打过招呼后，相互间就像老朋友似的，奚落与揶揄起来，你骂我是"老不死的"，我骂你是"挨木梭的"。当然，一旦心有间隙或言语不合，也有撕破脸相互骂架的。

阿姑社就像个大蜂箱，数千人附着其内，显得过于拥挤和密匝。我家在阿姑社有近二十家亲戚，因此，通往阿姑社的那条坡路，从我记事起，就不断地爬上爬下。我祖母的娘家，我的姨婆家，我的姑姑家，我的两个姐姐家，以及由姨婆这棵大树延伸出来的枝条，诸如表叔表姑表侄表妹等，分散摇曳于各个巷道。从半坡俯瞰，阿姑社的房舍挤成了一团，屋脊勾连叠加，密不透风。

阿姑社旧巷很窄，一家挨着一家，这家的门楼，几乎要与对面那户人家的门楼接吻。一辆架子车从巷道里经过，都要格外地小心，稍有不慎，就会蹭掉两侧墙壁的泥皮。大多数人住的都是土墙厦房，收拾得极其整洁。房舍的样式，印证着陕西八大怪之一种，那就是"一边盖"。"房子一边盖"这一特征，在关中很多地方无痕无迹，但在耀州却异常突显。何以要"一边盖"？原因不外乎有二：一是土地狭窄，如阿姑社这样，必须一家紧挨一家，否则斗小米多，容纳不下。二是抱团取暖，彼此有个照应，一旦一家有事，另一家很快就能知晓，并施之以援手。狼很多，土匪亦很多，唯有挤在一起，人才拥有安全感。日久渐成习俗，纵然已没有了狼和匪，但还是要挨在一起建房筑舍。房子贴身而建，想要住得安生，就得遵守约定俗成的规矩，即自家的屋檐不能伸进人家的院落，自家屋檐上的雨水不能滴湿人家的台阶。要做到互不相扰，就得把屋檐向自家一方偏斜，于是"一边盖"也就在所难免。

乡绅是村庄的拴马桩

　　几乎每个村庄，都有大户人家，阿姑社也不例外。大户人家不论房舍，还是田畴，与普通人家相比，都要高出几等，大出几圈。大户人家不是指兄弟多人口众，而是指地位高钱财厚。大户人家的形成，有多重因素：有的在朝廷或衙门有背景，有的依靠"一心只读圣贤书"而从布衣转为士族，有的依靠数代人的持续勤勉节俭而积攒了相当厚实的家业。需要说明的是，劫匪永远都成不了大户人家，因为大户人家最为看重的"德"字，恰是劫匪最为稀缺的。劫匪打劫，有可能成为富裕人家，但纵然再做漂白美容的努力，都难以跻身大户人家的行列。再说了，依照天命原理，劫匪劫财，属于不当得利，难免要遭遇天谴和报应。本不属于自己的财富，却硬要据为己有，无疑有违天理，天必以降祸殃为手段，没收其"非道"所得。厚德载物，有多厚的德，才配拥有多大的物。麻秆一样羸弱的身躯，是扛不起一块巨石的。硬要扛，必被巨石压断脊梁。

　　大户人家的房舍，常常不是"一边盖"，而是"两边盖"。那些房舍，不是潦草而单薄的一排厦房就能了结，而是由多栋建筑组合而成的综合体。有前楼，有后楼，有厢房，有偏房，有前院，有中院，有后院，有绣楼，有藏书阁，有马厩，有牛圈，有粮仓，有用人宿舍，有供三四十号人吃饭的大灶房，甚至还有一座中等规模的戏台。

　　除了粮仓灶房和马厩牛圈，其他的建筑皆颇为讲究。一般匠工的手艺，大户人家是看不上的，其所雇佣，皆为名噪一方的能工巧匠。这些人被重金请来，不负众望，总能把盖房当作刺绣或雕刻，其一丝一缕，一砖一瓦，都精益求精。

让每一个屋檐都飞翘起来，并亭亭玉立起一只只栩栩如生的砖鸽；给每一块外露的砖块，都雕刻上植物的图案；把每一块映入人眼帘的石头，都通过凿刻赋予其动物的造型。窗棂上花朵娇艳，木门上仙鹤翔飞，门墩石九龙戏珠，拴马桩人蛇共舞……经过描摹与粉饰，整个建筑群，宛若一座艺术的宫殿，格外雄浑华美。

匠工们很在乎自己的名誉，他们把给大户人家盖房，看作是展露自己艺术才华的绝佳机会，因此，不会敷衍了事。他们穷尽自己全部的看家本领，从而把每一个细微末梢，都做到极致。而今，很多人一提起日本人的精细，就赞不绝口，岂不知，我们先辈们的精细程度，毫不输于现在的日本人。只是到了后来，由于战乱，由于饥荒，由于异族的文化侵蚀，当然，还由于很多不便明说的其他原因，中国人很多时候都奔波在逃荒或逃亡的路上，丢失了儒雅和教养，更丢弃了对美的信仰，从而使一个很早就接受文明沐浴的民族，内心一片粗粝，言行一派粗俗。相反，善于借鉴的日本人，不但对我们祖先的优点进行了移植和效仿，而且予以了继承，予以了发扬光大。有一种说法，言之中国的国学在日本，中国的传统在日本，闻听这样的言论，不管真假，总能让人痛彻心扉。

大户人家是一个村庄的高山，不但吸引人的耳目，而且吸引人的心魄。一则，大户人家是一个村庄荣誉的象征和符号。有无大户人家，在侧面证实着这个村庄的开化与蛮荒。唯有穷人而没有大户人家的村庄，是被人瞧不起的。因为大户人家，在公众的潜意识里，是知识、文化、伦常的综合体，而不仅仅是单一的财富聚集地，因此，大户人家在村民中间享有很高的威望，具有良好的口碑。在相当意义上，大户人家担负着调解委员会的角色，谁家婆媳不和，谁家兄弟反目，谁家与邻居因地界和墙根而拔刀相向，都会跑来让大户人家评理。大户人家的一番"动之以情，晓之以理"，便能化干戈为玉帛。大户人家的断案即使有所偏差，但当事人也得咽下这口气，吃了这个亏，依他的旨意遵照执行。因为众人心里都绷着一根弦，那就是大户人家一言九鼎，违逆不得。

二则，大户人家的凝聚力，也来自实际的利益输送。很多人家的青壮劳力都被大户人家雇佣，男性流汗于田间，女性忙碌于锅灶。干了活，就能领到工钱。工钱对于贫穷人家而言，犹如雪中之炭，格外重要。然而，不是所有人都有被大户人家雇佣的幸运，那些未被大户人家捡到篮里当菜的人，比剩饭还要凄凉，于是他们也纷纷向大户人家献媚，以取悦人家，从而讨得挣钱的机会。按照"剩余价值"的观点，被大户人家雇佣，毫无疑问是遭受了"剥削"，但这样的"剥削"，在穷人的眼里，更像是恩赐——他们个个削尖脑袋，都极想跻身于"受剥削者"行列中去——村里近乎三分之一的村民，或扛长工，或打短工，都把自己的生活与大户人家关联在了一起。如此这般，对大户人家言听计从，自在情理之中。

三则，大户人家的乐善好施，也为自己威望的提升锦上添花。谁家无地种，就租种大户人家的地，到了收获季节，给大户人家缴纳一定数量的租金后，所余的部分，就拿来养活自己的家人。谁家无钱给儿子娶妻，无钱给父母治病，或者想买一头牛，或者想逮一头猪崽，也会跑来向大户人家借贷，大户人家在满足他们的同时，却也捏住了他们的脖子。另外，每逢大灾之年，大户人家都会敞开粮仓，赈济灾民，这一善举，像神话一样，口口相传，犹如滔滔之河，在数代人话题中奔流不息，这也为大户人家涂上了一层"厚德仁爱"的油彩。

大户人家是一个村庄的基石。村庄的秩序，有赖于他的维持；村庄的事务，有赖于他的出面解决；村庄的办学修路之类，有赖于他的推动并慷慨解囊；村庄的民风，有赖于他的管护；村庄的文化根脉，有赖于他的继承并传递……大户人家属于士绅阶层，是联系官衙和民间的纽带。他们并未头戴乌沙，甚至连村官都不是，但其号召力，远远超过单纯替官衙跑腿的保长甲长之类。保长甲长容易从彪形大汉中产生，只对上负责，依靠的是自身身体的强壮与性格的彪悍，这等架势，给村民以威慑力。他们催粮收款，吆五喝六，对不驯服的"刁民"，不惜以鞭子棍棒伺候，甚至于将村民捆绑起来扭送官衙。仅有他们，村子里肯定鸡飞狗跳墙，今日这个喝药自杀，那个跳涧身亡。但士绅的存在，是村庄的缓冲剂与镇静药。士绅既要讨好官家，还要体恤村民，所信奉的是两方都不得罪的信条。有士绅们坐镇，保长甲长的鞭子和棍棒，就不敢任意挥舞，其主因在于士绅腿长嘴长，出入官衙而不受阻挡，可以将他们的种种劣迹，调盐加醋地直接输入县令的耳孔。县令对官逼民反至为惧怕，他们宁愿碌碌无为，都不愿自己分管的辖区出现骚乱。一旦出了乱子，便要逐级上报至最高层。顶层一旦震怒，下达"斩立决"的口令，县令就小命难保——在顶层的眼里，县令的生命也渺小得堪比草芥。

当然，士绅也不单纯地站在民众一边，如果有村民抗粮抗税，士绅也会在村官的央求下，亲赴那户村民家里劝说。村民们见了甲长保长横眉冷对，但见了士绅却和颜悦色。士绅开口劝说两句，多数村民都会将其话头打断，说：别说了，别说了！您老能亲自来一趟，我们咋样都要给你个面子的！哪怕砸锅卖铁，我们都认了。

士绅无权，但有面子。面子，是他的本钱，也是他无往而不胜的权力。

士绅的能量，村官们看在眼里，于是若想推动村里的事务，自然就要和士绅套近乎，攀亲戚，以搞好关系。逢年过节，村官们常常提着一个沉甸甸的货篮，给士绅送礼。礼多人不怪，货篮里盛着一斤点心、两瓶烧酒、半斤红糖以及四个花馍等。村民与村官的货篮半路相逢，就嚷嚷着要瞧个究竟。他们揭开搭在礼品上面的盖头一看，个个咋舌不已。这些礼品，在村民看来，皆为稀罕之物，于是议论声飞扬而起。这个说，人比人，气死人，人家的一根脚趾头，都比咱的腿粗！看看人家吃香的喝辣的，咱到底活啥哩嘛！那个说，都怪咱祖上没积德，祖坟没风水，不然，咱也能靠着躺椅看戏，倚着被褥抽烟，跷着二郎腿挣钱，脚跺一下，村子都摇晃。

除了士绅，还有族长。每个村子的住户，姓氏都不会单一，只是有多有少罢了。总有一个或几个姓氏，占据主体地位。以关庄塬上的村庄为例，麻子村的安姓，稠桑东堡的杨姓，稠桑西堡的焦姓，关庄村的柴姓，安王村的边姓等，从人口数量上，皆处于绝对的多数。但村庄犹如一片树园，纵然园子里以某种树木为主，但时间久了，也免不了长出其他杂木。有的大村庄，比如阿姑社，在村庄的雏形初现之初，也许就那么三两个姓氏。但千年过去，在不断地迁移和演化中，村庄里的姓氏已演化得很是纷纭。如今，俨然一个小小的联合国村，竟有五六十个姓氏的人，杂居期间。

中国社会从原始部落脱胎而来，于是在不断地演进中，不论走到哪一步，都无法摆脱部落的印痕。部落的一个显著特征，就是以氏族为轴心，并以氏族来划界。人仿佛丛林中的猢狲，每一个猢狲都有自己所依附的那棵树。这样的生存模式，尽管伴随岁月的推进有些许的松动，但并未真正地动摇。人都在寻找自己的精神归属，而以血亲扭结在一起的氏族，就被人视作可以用来遮风挡雨的屋檐。单个的人，是飘忽的，是屑小的，是不安全的，只有抱成一团，才不孤单，才有力量，才不易受到侵犯。偎依氏族，与氏族共荣辱，与氏族共存亡。氏族烙印的挥之不去，是社会动荡与法理缺失造成的。在氏族里，人不讲理，只讲情。一个氏族成员与另一个氏族成员发生纠纷，人不关心彼此的对错，而是各就各位，站立于自己氏族成员的身后，为自己人鼓劲撑腰。

现代社会的标识之一，就是氏族的瓦解。人与人的组合，不再以地域、国籍和氏族为核心，而是以物质层面的利益和精神层面的志趣乃至价值观为纽带。亲情依旧绵延，但已缩减成了一条隐伏于地表之下的潜流。朋友重于族人，合作伙伴优先于亲戚，理性占领思维高地，感情退而次之。朋友和合作伙伴，源于选择的自觉自愿，而非来自血亲的绑架。

每个村的每一个氏族，几乎都有一个头面人物。这个头面人物，宛若一根竖立的旗杆，本族的人纷纷聚拢而来，聚集于旗杆的身旁。家族中谁家过事，他一声令下，族人便集体出动；族内出现纷争，诸如兄弟分家切割财产之类，他被邀去充当裁判；本族人与外族人产生纠葛，他既要关住门对本族人出谋划策，又要跨出门代表本族与对方交涉……头面人物，一定是本族中最"能行"的人，见多识广，思维缜密，能言善辩，且还得具有一颗相对公正的心。无公正，就失去信任，族人必然会渐渐地远离他。

中国底层社会根基的稳固，氏族中的头面人物和村庄里的士绅，均功不可没。一个看起来很平坦的村庄，其实则高低不平，等级分明。人并不以个头为高低，而是以财富与道德多寡为层级。族人听从本族头面人物的，本族头面人物又听从士绅的，而村官，则像个敲边鼓的角色，鼓能不能敲响，还得看士绅与氏族头面人物的脸色。

阿姑社是个大村寨，姓氏众多，大户人家也不止一家一户。在诸多的姓氏中，支、安、赵、左等姓氏，人口数量排位前列。这四个姓氏，构成了阿姑社这棵大树的主根，除此之外，还有杨、陈、姚等姓氏，则像枝条摇曳，使树木更为充盈而丰富。我的祖母姓田，属于村里的少数派，其户族人丁不旺，现仅余一户人家。祖母家原先算不上大户人家，但也家境殷实，在村里很是显山露水。这一点，从祖母嫁给我祖父，以及我的两位姨婆的婚嫁中，就能看出些许的端倪。我的祖父是典型的"官二代"和"富二代"，且熟通文墨，算得上一介秀才，肯定在婚娶上进行过一番斟酌和挑选。旧式的中国，婚姻一定得讲究门当户对，如此才不辱门第。穷人不能嫁给富人，低房檐的不能嫁给高门楼的，一经违反，则遭人贻笑大方。我祖母在其家中排名老大，没有兄弟，只有两个妹妹。我祖母的婚事暂且不论，单就她两个妹妹——也就是我的姨婆而言，嫁入的皆为乡村富裕户。据我父亲讲，我的大姨婆嫁给了本村，夫婿家是村中的大户，有自己的豆腐坊和染坊，银圆填满了好几个老瓮；我的小姨婆嫁给了西塬一户人家，那家人在方圆数十公里内外，也是响当当的富裕人家，房舍高大，土地宽广，骡马成群。我祖父母去世后，给予我父亲和我姑姑关照和接济最多的，就是他们的两个姨妈。两个姨妈施之以援手，除了念及姐妹亲情，还有一个前提条件，那就是她们都具备资助的能力。

草绿三季，花艳一时，大户人家难以恒存恒在，而是随年月的更替而更替，随社会的沉浮而沉浮。社会是一艘船，大户人家也好，小户人家也罢，都不过是船上的乘客而已。船一旦倾覆，乘客都得遭殃，而损失最为惨重的，常常是那些携带的行李超多超重的大户人家。一次次地洗牌，一次次地推倒重来，从而使大户人家的面孔像幻灯片一样地不断地翻新，也使中华民族的贵族精神难以根深叶茂。中华民族大部分成员，始终徘徊于吃饱穿暖的生存线上，很难拥有优雅而精致的生活情态，及至于吃不饱耷拉着脑袋很卑贱，吃饱了又张牙舞爪得很张狂——诸如此类，自然与贵族精神的稀缺，有着密不可分的关联性。

　　唐朝时的大户人家，到了宋代，也许会沦落至一穷二白；宋代时的大户人家，到了明代，也许会衰败得只剩下了一道颓墙；明代时的大户人家，到了民国时期，也许已经踪迹难觅，正所谓"王谢堂前燕，飞入寻常百姓家"……阿姑社的历史上，究竟涌现出多少大户人家，已难以考证，仅民国时期的大户人家，似乎还能隐隐地望见其项背。但那个背影是模糊的，是杂色的，让人很难对其善恶做出评判。民间的传闻和官方的说辞相互矛盾，给后世的人埋设了一座需要重新开棺验尸，才能辨识其真正面目的墓冢。

　　据阿姑社尚未印刷成册的村志草稿记述，阿姑社原筑有一座城墙。城墙绕村而砌，方方正正，厚实高大。三座城门，一座面南，一座面东，一座面西。城墙修建于明代的"高筑墙"时期，为支姓和安姓两个户族的人筹划构筑，并出钱出力。那个时候，阿姑社的事务，由人口占据绝对多数的两个姓氏的头面人物轮流坐庄，涉及比较大的事项，须双方协商一致。建造城墙，无疑是一项浩大的工程，历时七八个春秋，耗资万贯。两个姓氏的头面人物经过反复磋商，从责权方面对其进行了预先约定：这方出多少劳力，那方出多少银两，这方出多少骡马，那方出多少粮食，指挥是谁，监工是谁，领队又是谁等等，皆一目了然。城墙的筑砌完成后，按照区域划分，安姓人家连片居住于城内的东南一隅，支姓人家集中居住于城内的西北一隅，其他姓氏的人分散而居，哪里能买到地皮就在哪里安家。

母亲遥望的故土

在锦阳川里，最具代表性的村庄并非阿姑社，而是寺沟。

寺沟是锦阳川的白菜心，居于川道最为中间，也最为宽阔的地带。

寺沟是我母亲的故乡，我自然对其既无比地熟悉，又怀有一份别样的亲近感。

比起塬上的干燥，寺沟是湿润的；比起塬上的荒芜，寺沟是丰饶的。寺沟的女孩子，穿戴比塬上的女孩子时髦，皮肤比塬上的女孩子白嫩，走路的姿态比塬上的女孩子轻盈。麻子村的女孩子，觉得耀州城是上等人的居住地，和自

◎ 锦阳湖（万新虎　摄）

己作为下等人的身份，相差过于悬殊，于是攀高不成就攀低，把居于州城和乡野之间的寺沟的女孩子，当成效仿的样板。寺沟女孩子把辫子盘在头顶，麻子村的女孩子也把辫子盘在头顶；寺沟的女孩子刚刚流行起穿花格裙子，麻子村的女孩子也纷纷买来花格裙子穿。然而，犹如现今曾经席卷华夏大地的韩流一样，韩国的时尚，是从日本借鉴来的，并非是韩国青年的首创；寺沟女孩子的穿戴，也是模仿耀州城女孩子的，并非她们心血来潮的创意。若继续追溯而上，耀州城是效仿西安城的，西安城是效仿上海滩的，上海滩是效仿华尔街的……人的眼睛都是朝"上"瞅的。这种"上"，不是地理意义的"上"，而是人心目中的"上"。心目中的"上"与"下"，铺垫出了地域歧视的基础——寺沟的女孩子不会轻易将余目瞥向塬上，但却以极其艳羡的神态，深情地凝望着耀州城。

女孩子常常是一个地方的晴雨表。当成年的男女将心机深藏不露时，女孩子却能将自己的好恶，暴露无遗地写在脸上。事实是，锦阳川里的人自我感觉普遍良好，而寺沟人比起川道里其他村庄的人，自我感觉更胜一筹。无几人见识过北京长安路的宽敞笔直和上海南京路的灯红酒绿，更无几人目睹过华北平原的辽阔和长江中下游平原的富庶，于是在大多数耀州的乡民看来，世间最繁华的场所，莫过于耀州城的南北大街；世间最遥远的路，就是从自己的家门口通往城里的那条要用脚丈量的路。宝鉴山挡住了他们的视线，隆起的高塬像壁立的高墙，将他们拘押于一条窄梁或峡谷里，他们能滋生出这样的潜意识，也不足为奇。

人的优越感，皆因比较而来，而人，又无时无刻不处在比较之中。比较带来陶醉，带来自我肯定，也带来沮丧，带来自我否定。寺沟人优越感的产生，自有其客观基础。在耀州大地，当旱塬上的人还在为饮用水而愁眉不展时，寺沟却已是井水浇田；当很多村庄的人为去一趟城里要披星戴月时，寺沟人却一天能从城里打两个来回。逐水而栖，城郊而居，这样的便利条件，不是所有村庄都具有。石川河在村旁流淌，逃学的孩子们去河里戏水打闹，妙龄少女在河边洗衣洗头，劳作困乏的老人，在夕阳将河水染红之际，坐在鹅卵石上一边抽烟，一边将双脚泡进水里。野生的芦苇布满了河的两岸，一缕微风吹过，芦苇荡发出嗦嗦嗡嗡的声响。随便割上一捆芦苇，回去经过浸泡和制作，就能做成门帘和草垫。

最为重要的是，寺沟一直是整个川道的行政中心。明清是，民国是，现在也是。民国时乡公所就驻扎于此，新政之后，它也一直是乡镇政府的所在地。与乡镇政府配套的学校、医院、商店、拖拉机站、兽医站以及信用社等，像麻雀那般地五脏俱全。寺沟南侧的四个村庄，尽管离耀州城更近，但都没有寺沟人的心理优势，还都要仰仗寺沟人的鼻息，原因就在于，他们的孩子要来寺沟就读，他们的老人要来寺沟治病，在经济计划的年代，他们哪怕是领一张布证，领一斤粮票，或开一张结婚证，开一个路条，都要撒腿往寺沟跑。那个年代，万人规模的群众大会，三天一开，五天一开，而开会的地方，无一例外都在寺沟。寺沟是行政的龙脉之地，仿佛平原上隆起的高山。站在山顶的寺沟人，极目四望，目光自然是俯瞰式的。

寺沟是整个耀州人口最多的村庄，这也是寺沟人骄傲的资本之一。在中国人的文化观念里，多和大，总是被看重，被推崇，被礼赞，不论什么东西，似乎越多越大就越好。人口多，竟能成为傲视他人的理由。当然，不能单纯地苛责寺沟，寺沟只是一种流行病的感染者之一。在更为广袤的四海之内，城市与城市之间，大学与大学之间，乡镇与乡镇之间，都在明里暗里地进行着人口比赛——谁拥有更多的人，谁就更为口大气粗。

二十世纪九十年代之前，寺沟一直充当着耀州乡村人口的冠军，总人数四千有余。阿姑社紧随其后，堪称亚军。稠密的人口，像葱秧一样密密匝匝地拥挤在相对狭窄的空间里，不可避免地就要向外漫溢。与阿姑社相类似，寺沟也在向外围拓展着，泛溢着，并造就出了另一个名叫寺沟塬的村庄。寺沟塬位于寺沟西侧的塬上，与麻子村相邻。寺沟塬人大多为寺沟的移民，尽管他们在血缘上与寺沟藕断丝连，但在行政划分上，寺沟塬却归属关庄镇管辖。能移居寺沟塬的，基本上皆为寺沟的贫民，他们在川道里，上无片瓦，下无立锥之地，于是便把生存的希望，寄托于塬上的旱地。他们一家一户地爬上那道坡，在西侧的塬畔停住脚步，沿着一条沟壑挖窑而居。背后是土塬，门前是沟壑。一家一户的窑洞，或前倾，或后缩，错错乱乱的，像一条摇摆的锯齿扭捏着。周边村庄的人，对寺沟塬村容村貌的消瘦单薄，颇有微词，并编出顺口溜予以相讥：寺沟塬村五里吊，中间夹不住一泡尿。

寺沟塬人在塬上垦土而耕，人均耕地面积极其稀少的寺沟人，也不得不在塬上置买土地。寺沟人的土地，不但蚕食到寺沟塬的村边，而且还朝南蚕食着，扩充至另一道塬上的董家坡。从耕种的角度看，天南地北的农民，所面临的境遇并无二致：日出而作，日落而息，汗流浃背，与土地博弈，与自己的命运抗争。

比起塬上的人来，寺沟人的耕种或许还要更累更苦。分田到户之后，塬上的人家都在饲养耕牛，个别家庭还牛驴兼具，以便收割时拉车，磨面时拉磨，

碾打时拉碌碡。然而，寺沟人由于居住挤成了一蜂窝，又加之靠近河岸，湿气很重，既无空地用来喂养牲口，又即使喂养也难却烦恼——牲口的粪便很容易招惹蚊蝇，且散发出无法扩散的难闻气味——于是持久以来，除却一些大户人家和少许家庭，大部分村民都不敢或不便与牲口混居。没有牲口，人就成了牲口的替身，事无巨细的劳作，皆有赖于人的肩扛担挑。收麦子，人要猫着腰，一镰一镰地割；疏松土壤，人要拄着铁锨，一锨一锨地铲；秋播，几个人同时躬身拉耧；碾打，人要举着一捆捆的麦草朝碌碡上摔……凡农活，无一不是靠人力来完成。当然，也有想图谋轻松之人，他们如果在寺沟塬或麻子村有亲戚，就会跑去叩开亲戚家的大门，向其借农具或牲口。亲戚如果很亲密，且慷慨豁达，二话不说，转身就去檐墙卸耱，去屋后取犁，去牲口圈里给牲口解套，并在拉拽牲口前，犒赏般地为其添加一把草料，逼其嚼咽下肚——临出门时，一定要让牲口吃饱，这样干起活来才不至于伤及牲口的身体。然而关系疏远的人

◎田野（万新安　摄）

家，却只肯出借农具，不情愿借出牲口，用他们的话说，就是牲口是"出气的东西"，一旦遭到损害，并非像锨把镰把那样通过修理，轻易使其恢复原状。最重要的是，使唤别家牲口的人，总是很贪心，恨不得一晌当作两晌用，不懂得怜惜，极容易使牲口因劳累过度而生病。更为悭吝的人家，农具牲口一概都不外借，硬生生地给以一个"揽不起"，一口就回绝了借者的央求，让借者尴尬得竟至于无脸从门里退出。唯有这个时候，寺沟人的短缺和卑怯，才显露无遗。

寺沟由三个村寨组成，分别是寺沟北堡、寺沟中堡、寺沟南堡。三个堡子，靠得很近，几乎要头顶头，肩并肩，但却各自独立，皆有高耸的城墙环绕和雄霸的城门屹立。南堡最大，北堡次之，中堡再次之。南堡以任姓为主，北堡中堡则以宋姓为主。三个堡子，相互嫁娶，亲戚像蛛网一般地密织，血肉牵连，却又彼此戒备。厚厚实实的城墙，像铁箍一般，既拒绝外地人入内，又将自己活活地囚禁。

六七百年后，经历一场又一场风雨地吹刮，也经历一轮又一轮人为地毁损，寺沟村的城墙依然历历在目。尤其是中堡的城墙，在二十世纪的七八十年代，尚且还算得上浑然完整。纯粹用土垒起来的城墙，方方正正，敦敦厚厚，像铁盒子一般，竟然比当今的钢筋水泥建筑，还要坚固结实。寺沟是一条交通要塞，耀州北部诸多村庄的人，若要去城里，往返皆从寺沟经过。背着行囊，或空着两手，从弯弯的长坡里走下去，一进入寺沟村，中堡的城墙便会映入眼帘。那道城墙像一圈高高的土壁，将一丛丛的房舍围困。城墙有三四层楼那么高，尽管满目疮痍，像遭到炮击那样伤痕累累，却又硬撑着不倒不塌。墙土面目颓唐，松松垮垮，但上前用手一摸，却发现每一块土坷垃，都硬若铁石。老鼠在墙体凿出一个一个鸡蛋或乌鸡蛋般的大洞小眼，用以繁衍后代；野生的椿树在墙头繁殖，这儿一株，那儿一株；乱蓬蓬的枣刺点缀着星星点点的红酸枣，盘曲的粗根刺入墙壁的腹腔。

中堡的城墙固若金汤——当然，没过多少时日，它也在挖掘机的嚎叫声中，消失于无形——但北堡和南堡的城墙，却仅留下一抹抹影影绰绰的残痕。北堡和南堡人口多，按理说城墙的规模也要比中堡大，但由于没有得到有效保护，也由于受到"破四旧"的蛮横蹂躏，于是它们就渐次退出了人们的视线和历史的舞台。

我母亲的家，位于寺沟南堡北段城墙的墙根下。南堡的城墙，其长度，是中堡的四倍，是北堡的两倍。在城墙下出生并长大的母亲，每每讲起自己的童年，都会提及那道城墙，以及城墙外的那棵老槐树。城墙有六百岁，槐树也有六百岁。那棵槐树，似乎是一枚嵌入大地深处的铁钉，将城墙牢牢地予以固定。母亲和她的玩伴，时不时地就要进行攀墙比赛，并把墙头当马骑。墙顶很宽阔，只是有点儿凹凸不平。母亲说，外婆去世后，小小年纪的她难抑悲伤和孤独，想放声大哭却怕刺激外公和舅舅，于是便独自爬上城墙，躲在某个无人发现的角落，吞声而泣。

一到天黑，城墙外人踪全无，野兽趁机前来觅食。狼用爪子叩击着城墙，其阴阳怪气的嚎叫声，隐约可闻。家家户户门闩紧插，以防野兽的突袭。有的人家还在大门外的墙壁，挂起一根或两根搓成绳的艾草，将其点燃，以阻吓狼的靠近。据说狼很怕火，一粒火星就能导致它间歇性地失明。

年少时，我年年都去舅家拜年，对母亲所说的城墙，便格外留意。城墙的巍然雄姿早已不见，唯有一道土坎，像困乏的毛驴，横卧在舅家的门前。土坎极其羸弱，似乎人抬起一脚，就能将其踢飞。

那些堆积在城墙根的玉米秸、豆秆秧以及辣椒苗等，几乎要将矮矮的土坎覆盖。老鼠钻洞，蚂蚁拱土，墙里侧的居民，几乎家家户户，都沿着土坎，搭建起了简易的旱厕，一眼望去，仿佛厕所的集中营。尿液浸泡着土坎，一片片的壁土随之脱落。更致命的是，旱厕是要用黄土来压制便溺的不堪和气味的，于是住户为图省事，就就地取材，在土坎上取土。如此这般，这道由城墙萎缩而成的土坎，一日日地消瘦，至上个世纪的八十年代中期，已基本消失殆尽。

有关寺沟南堡的城墙，我年过八旬舅父任孝儒在所写的家史里，有着如下的描述：

　　我家所在的南堡，城郭曾经保存得较为完整，城郭上有城垛，城宽可并行二人。城四角有房，有排水道，可住防护人员及存放他们的用品工具，防护人员不下城墙，便可巡察东西南北四方。南北有城门，东西城外是沟壑。城门阔而深，似一个大窑洞，铁皮包的大木门，铁圆铆钉排列门上。城门早上开，晚上关。看门有专人，也有门房，里面置放防卫器械。北城门上供有千手千眼观音菩萨，与香山庙会一样，每年农历三月十五和十一月十五为庙会朝拜日，善男信女（以女性为多）赴庙烧香叩首，唢呐吹奏迎送香客。求神保佑的，还愿的，看热闹的，上上下下的人，很是拥挤。我幼时同我的小伙伴一样，也被菩萨护佑着（村里人称其为被菩萨的锁子锁住），农村自纺的棉线，用古槐花染成黄色，挽结，拴古币，套在我的脖子上。然后我被大人领着烧香、化裱、叩头，跪在神像前，祈求神保佑一生平安。除此，还要许愿（似给神承诺的报酬），到十三岁时解锁还愿。北门外有古槐两株，东西各一株，现西边的一株还活着，被列入国家的保护名录。南门外有一大照壁，琉璃瓦，龙凤呈祥；还有一戏台，可供文艺演出。南北两门外，各有石碾一台，用以村民碾米、碾辣面。

　　寺沟南堡城门口有砖质阳刻的对联，联很长。我只记得北门口的横额是"独占川心"四字。川即锦阳川，川东西两边是塬，人们称其东塬西塬；川内有一沮河，长年流水，水清可见河底。……我在一九四九年九月前读的是国民党执政时印的教科书，每周一要升"青天白日满地红"国旗，唱国歌，学孙中山总理遗嘱。我只记得总理像两边的对联为"革命尚未成功，同志仍须努力"，横额是"天下为公"。总理像下的遗嘱很长，具体内容已记不清了。每周六下午，同样要举行"上列"仪式，只是把升国旗变为了降国旗。

　　城墙不见了，但守护城墙的那棵槐树还在。槐树无比粗壮，纵横交织的枝丫伸向高空。一个硕大的乌鸦巢，架在枝丫间，宛若一顶乌黑的草帽。乌鸦巢什么时候筑在那里的？村里无人能说得清楚。老人们议论说，从他们记事起，乌鸦巢就已经存在。甚至，他们还从自己父辈的讲述中，听说过火烧乌鸦巢的故事——清朝同治年间，陕西境域发生内斗。内斗犹如燎原之火，波及于寺沟。一些闹事者为发泄心中的愤恨，便攀上老槐树，将乌鸦巢点燃。受到惊吓的乌鸦，远走高飞，踏上逃亡之路。乌鸦巢是由一根根的干柴棍搭建的，一遇火就烈燃。继而，焚烧的乌鸦巢又将老槐树引燃，于是，槐树形同一棵火树，燃烧了整整一天一夜。在村民们的奋力扑救下，火势才得以控制，并最终熄灭。遭此劫难的槐树，褪去了满树的浮叶，变得活似一头怪物，不但秃头秃脑，而且黑黢黢的。在民众的观念里，树活久了，就成了精，就带有了某种神性，是不能随意踢其一脚或打其一拳的，更不要说斧砍火烧了。如若对树有所失敬，那是要得到现世的报应的。村民们看到树在受难，很难过，也很警惕，唯恐树将一腔的愤怒，化为对众生的严厉惩罚。于是，他们络绎不绝地汇聚到树下，给树身披红，在树下烧纸，并跪在树前磕头作揖，念念有词地乞求树爷爷树婆婆的宽恕。

　　村民们误以为树就此而死，却不曾料想，第二年的春季，奇迹竟然发生。炭色的树身上，这儿抽出一粒嫩芽，那儿泛出一抹绿意，这让村民们惊喜万分，奔走相告——树身死了，但心却未死——只要心未死，一切还都可以重新开始。

比较中的高低与短长

在很长的时期里，寺沟都是耀州乡村的锦绣膏腴之地。它的优势，涵盖诸多方面，比如离城近，去城里不用上坡下坡；比如水浇田，可以大面积地种植蔬菜；再比如村大人多，信息灵通等。然而，个头越高，阴影就越长，寺沟每一项优势的背面，其实都隐匿着它的短板。

由于人口过度膨胀，寺沟村人均耕地实在少得可怜，不过区区的三四分地。在自给自足的农耕时代，地少人多，是一个村庄的致命缺陷。对于不谋求王位、不希冀飞黄腾达的芸芸众生来说，吃饱穿暖，就俨然幻化为人的最高理想。作为一个在表象上相对富庶的村庄，寺沟村当然不乏良田千亩的大户人家，但个别大户人家的兴隆，则预示着更多小户人家的破败。鱼池中容纳的鱼虾总数，仅有那么多，有人一网捞走了其中的大部分，则意味着其他人的钓竿，有可能空空荡荡。人食鱼，鱼亦食鱼，大鱼吃小鱼的游戏，在寺沟表现得尤为突出。经过若干年的土地轮转交易，寺沟无地可种的人家，比比皆是。富人绫罗绸缎，穷人衣不蔽体，两极化的生活情状，犹如一幅刺目的画面，裸露于厚重的城墙内外。

大量寺沟穷人家的女子，纷纷嫁到麻子村和寺沟塬来，皆因生活所迫。塬上地广，且彩礼丰厚，这是吸引女子父母眼球的重要亮点。地多，粮食就多，女儿嫁入夫婿家后，不但不饿肚子，而且还会有部分结余，以回馈和接济娘家人。我姨姨在向我讲述我母亲的婚事时，絮絮叨叨的言语中充满了抱怨，她直言不讳地指斥我外公正是看中我父亲的粮食，才把我母亲嫁到一个"狼跑过去都没人撵的地方"。我对姨姨的话不以为然，并反问她：如果我母亲不嫁给我父亲，世界上还会有我这样一个人吗？

论出身，我父亲才是真正的名门之后，但由于居住在塬上，更由于身体受伤致残，便被川道里的人看不起。但姨姨的话也非空穴来风，而是有着充足的现实依据。她没有说错，我外公正是中意于我父亲的粮食，才肯将女儿远嫁麻子村的。粮食，在一日三餐毫无着落的人家，比金银财宝还要重要。金银财宝涉及的只是人的脸面，而粮食却关乎于人的性命。外公是寺沟的穷人，一大家人，仅守着一亩薄田。这亩地，除了埋葬先祖，能用于耕种的，已所剩无几。外公用母亲换粮食，也实属迫不得已。

粮食就是我父亲给予我外公的彩礼。彩礼的本质，是一种对养育女儿的酬谢，但怎么都摆脱不掉买卖和交易的因素。在男权当道的不少乡村，对女孩子的称谓，常常带有极大的侮辱性，一曰"烂逼子"，一曰"卖货"，再曰"赔钱货"。前者贬损女性的生理系统，后二者则指向女孩的价值属性，直接将女性与利益挂起钩来。一个"卖"字，一语双关，仔细咂摸，不由得人头皮发麻，悚然骇然。

卖儿卖女，被人视作罪恶社会的最大罪恶之一。但实际上，卖女的事实，在世界各地都存在着，只是在程度上有轻有重罢了。中国人以彩礼之名，行卖女之实，其传统源远流长。由于赤贫日久，陋习成规，于是在婚姻当中，民间对彩礼之多寡异常在乎。那种搞价还价，那种斤斤计较，甚至于双方的媒人各自伸出手指，在草帽底下的捏来捏去，很容易让人联想到骡马市场里牲口的售卖。相差几十文或百余元彩礼而分崩离析的婚姻，数不胜数。在这样的交易里，人显得并不那么重要，甚至已悄无声息地沦为了配角，而彩礼，才是一幕婚姻大戏里的主打和主角。

类似母亲这样，为图一把果腹之食而嫁到塬上的女子，比比皆是。在我们村，在父辈这代人里，我称其为娘娘或姊姊的那些女性，近乎一半的娘家，都在锦阳川里。通婚繁衍出亲戚，亲戚间的往来又相互影响着彼此。麻子村人的风俗习惯，不见得能与关庄塬上的其他村庄融会贯通，却与锦阳川极其地步调一致。不得不承认的事实是，锦阳川的女子比起塬上的女子，心理要细腻一些，言语要柔和一些，茶饭要讲究一些。她们大多很在意家庭的卫生与衣着的洁净，抹桌子，扫院子，洗衣服，这些皆像温习功课那般，每天要重复若干次。不允许院子里有一片树叶，不放过墙角的一丝灰尘。被子虽然破旧，但一定要叠得四棱饱满；柜子虽然斑驳，却要想办法把褶皱中的污垢一丝一缕地清理出去。就连被柴火熏染的锅灶，都难以容忍其颜色发黑，为反复地涂抹稀泥，使其干燥后黄得发亮。锦阳川的女性普遍心灵手巧，不但炒菜煮饭精致可口——土豆丝切得细若发丝，面条亦切得细若发丝——而且在刺绣扎花方面，个个都技艺超群。她们聚在一起，比试缝补的针脚是否缜密，比试鞋底的花纹是否匀称，比试刺绣的图案是否推陈出新，比试剪纸是否花样翻新。谁的刺绣更出色，谁的花馍做得更栩栩如生，谁的脸上就有光彩，大家也都甘心情愿地拜其为师。

在哪里生活，就会被哪里同化。尽管这些女性，皆来自锦阳川，但日月久了，随着生儿育女，她们在这里扎下了根，并在身份认同上，理所当然地把自己视作塬上人。寺沟，那是别人的领地，对于娘家人来说，她们已是"生活在别处"的异乡客。塬上人对她们的塑造与同化，其最为突出的一点，就是她们不再小里小气，而是大手大脚。她们待客，不但拉住客人的衣襟挽留客人吃饭，而且盛饭也要用粗瓷大碗，饭盛得几乎要冒出碗沿。自己的孩子若去舅家或姨家走亲戚，回来后却还要在自家的馍篮里抓馍吃，并声称没吃饱，她们免不了心里疙里疙瘩，并发泄牢骚：咋那么啬皮的？过日子都能过到数米粒子的程度？

锦阳川里的人，在塬上人的眼里，个个都是"啬皮"。盛饭用小碗，且客人吃完第一碗饭以后，主人的手一个劲儿地在衣襟上搓来搓去，极尽磨蹭地不想为其再盛第二碗。不愿盛也就罢了，还总是直言不讳地向客人发问："你还吃不吃？"这样的询问常常令客人尴尬，凡脑子正常的人，百分之百的回答都是"不吃了"。这个时候，主人与客人皆处于装模作样的状态。主人心里明白，自己如此一问，客人即使腹内空空，也不好意思说自己还想吃；客人也心里明白，主人这么问，就是提醒他锅里没饭了，不希望他继续吃下去。在粮食短缺的年代，锦阳川里人的低声闲谈，诸如"塬上人吃得多"，"塬上的人吃饱饭不知道丢碗"之类，时常像飘拂的微风，屡屡钻入塬上人的耳孔，令包括娘家在锦阳川的塬上人，大为不悦。塬上人无论如何都不能理解，当客人吃完第一碗饭时，作为东道主，怎么好意思把"你还吃不吃"这等磕牙的问话，吐得出口？问这样的话，明显是在拒人于千里之外，是在门缝里斜眼瞧人。塬上的人怎么啦？难道就不是人？就活该遭川里人嘲笑？吃得多，那是身体好的表现，你有啥不服气的？一捉起碗筷，就嫌塬上人吃得多，但借牲口时，咋就嘴唇抹蜜，不嫌塬上的牲口吃得多呢？

不单是川里的人对塬上的人有成见，塬上人也不乏对川人怀有偏见。在他们的语境中，川里人在蚂蚁身上榨油，在蚊子腿上剐肉，惜财如命，嗜财成瘾。哪怕一根麦秸，一旦到了川里人的手里，再想将其索回，必难上加难……塬上人与川里人的不同，反映出的，是地理特征的迥异所造就的文化心理的差异。就待客而论，塬上人绝对不会直截了当地问客人"你吃饭不吃"？或者等客人吃完第一碗饭后，问其"还吃不吃"？客人只要跨进家门，一旦在炕沿上坐定，塬上的主妇就会自动系上围裙下厨房。客人"不吃不吃"的声明，决然无法阻止住主妇奔往灶房的脚步。不一会儿，风箱就咣当响了起来，烟囱里的炊烟便一股股地喷冒而出。客人若仅作短暂停留，无暇顾及吃饭，就会追至厨房，连拉带拽地阻断主妇"锅碗瓢盆交响曲"地继续演奏。这个时候，主妇也许心里本就不愿劳神费力地做饭，但却免不了要与客人来一番虚伪地争究，坚持要做。如果客人态度异常坚决，甚至于用手死死地扼住风箱，主妇便心里有底，知道客人强调不吃饭，并非假意推托，这才借梯子下楼而作罢。

给客人端菜盛饭，客人与男主人围桌而坐，主妇则像侍从那般，立于旁边观看。一旦发现客人快要碗底朝天，主妇立刻疾步趋前，从客人手里夺走空碗，二话不说，转身就去灶房里盛饭。客人呢，也总是要推辞两句，先是说"不吃了"，但看到主妇已将碗拿走，就会冲着主妇的背影来一句"少舀些"的叮咛。每个人心里都有数，主妇知道客人的"不吃"与"少舀"，不过是客气话而已；客人也知道自己的"不吃"和"少舀"，决然不会对主妇的执着产生丝毫影响，于是双方都在心照不宣地客套着——用客套来渲染热情，用客套来维护自尊。

一碗吃完，再舀一碗；再一碗吃完，双方必将上演一场抢夺饭碗的局部纷争。若客人还想再吃，就象征性地抢一下，然后就松手，任凭主妇将空饭碗端向厨房再次盛饭。当然，新的一碗饭端来，放到他面前，他很少埋头就吃，而是像遵从某项议程似的，一定要小声嘟囔两声，为自己的饭量大打掩护：我都吃饱了，你看你，咋又舀了满满的一碗？若客人真的已吃饱，就会死死地按住饭碗不松手，并筛糠般地摇晃着身子，不让主妇把碗抢走。主妇至此才彻底放弃夺碗的游戏，并狗尾续貂般地说上两句结束语：那我就不管你了，你要是没吃饱的话就只有自己饿着去！

在缺油少菜的年月，吃两碗干面条，那算是饭量小的。更多下苦力的男性，端起碗，一吃就是三碗四碗。他们的胃，仿佛是深不可测的矿井，永远都填充不满，这也让招待他们的主妇很是犯愁，唯恐出现"吃拉脱"——吃光吃净之意——的窘境。主妇们不与客人一同吃饭，既有要伺候客人的考量，也有惧怕"吃拉脱"的隐忧。一旦客人饭量大，将饭吃完，主妇的这顿饭，只好用啃干馍来凑合了。

人活脸，树活皮，老笼没沿死难提。这句俗语，常挂在村民的嘴边，足以看出他们对脸面的在乎。面子，对于主客，都很重要。主人不能让客人觉得自己无米下锅，还不能让客人背后议论自己不够热情；而客人呢，则要在食物面前，尽量表现出某种克制，不能狼吞虎咽，也不能贪得无厌。推来让去，在旁观者看来显得无比地虚情假意。然而，持久地虚情假意，虚情假意就固化为一种约定俗成的民间文化的固有模式。

这种文化模式，究其实质，是由弱者的自卑心理造就的。自卑的人最忌讳别人看不起自己，从而格外地敏感。锦阳川里的人，接待塬上来的客人，他们在心理上具有明显的优势：给客人吃不饱，客人即使见怪，也没有关系，原因在于他们所抱持的态度是"你爱来不来"。我相信，川道里的人接待从城里来的客人，决然不会因袭接待塬上客人的套路，他们一定会很热情，一定会抢着要给客人盛饭。城里的客人，不仅关乎于亲情，更关乎于脸上的荣光——与城里人当亲，总归能在人面前昂首挺胸，神采奕奕。

塬上的人以川道的亲戚为荣，川道里的人以城里的亲戚为荣，小城市的人以大城市的亲戚为荣，于是亲戚也就有了贵贱与轻重之别。

塬上的人能够向外人展示的资源实在少得可怜，要钱没钱，要权没权，要地位没地位，就连地理环境，也不具有优势，于是在有限的拥有中，有名头有实力的亲戚，就成了自我美化的一张广告牌。他们珍惜亲戚，哪怕仓里空荡，也要满村子跑着借来粮食让亲戚吃饱吃好。究其深层次的原因，还在于他们担忧失去亲戚。

弱者更为在意别人的脸色和眼色。别人不经意间的一个眼神，一句闲言，对于他们，也许就能幻化为刺向自己心脏的一把锋利的匕首。

小时候，我听到最多的，是村民对村里一些在外工作人员的非议，指斥那个人俨然已经变质云云。若问起言者何以得出这等结论？其列出的依据却是那么地无关紧要：在街道里与那个人相遇，那个人或装作没看见自己，或看见并打过招呼，却没叫自己去他的单位里喝水。

这样的议论听多了，我在心里谴责那些变质者的同时，也在暗暗地忠告着自己：假如有一天，我有幸脱去了农服，摇身一变而成吃官饭的，一定不能变质！我要以那些反面教材为戒，一旦遇见左邻右舍，不但要主动热情地与他们打招呼，而且要恳切地邀请他们去我的单位喝水吃饭。

但几十年过去，回首自己的过往，我不得不问心有愧地承认：我对自己曾经的内心诺言，有所辜负和背离，从而并没有做到如己所想，如村民所愿。我猜测村民大概也会在背后议论我"变质"，指责我"忘本"，但我唯有淡淡地一笑，不作任何辩解——辩解不但徒劳，而且会越抹越黑。

到什么山上唱什么歌，进什么寺庙念什么经。站立不同的位置，目光所触及的景致，则会完全有所不同。帝王无法理解草民为何要把自己的一生贡献给油盐酱醋，同样的，草民也无法理解帝王为何躺在无比舒服的宫殿里还要失眠。

塬上人、川道人、城里人以及吃农饭的和吃官饭的，彼此间之所以会产生隔阂与误判，皆因所处的环境各有不同。

以我为例，就能略知其中的端倪。最初参加工作时，我热情似火地对待着每一位来自乡村的村民和亲戚，哪怕他再褴褛不堪，哪怕他再腿瘸腰弯。然而，经年累月之后，我便有了精疲力竭之感。那个年月，我在县城的一所高中教书，办公室的外面，停满了架子车和自行车，甚至树上不时还拴有一头牛或两头驴。架子车堵塞了别人的去路尚且其次，重要的是，牛和驴表现得很不安分守己。它们时而便溺，时而啃树皮，任何一项动作，都会引来一位神经质老教师炸雷般的大呼小叫。老教师的指责声，在空中回旋，又会引发其他老师的附和齐鸣。老教师还曾跑到校长那里告状，说我不像话，把一个书香之地，搞得像个畜牧场……我不能将那些牵驴牵牛的乡亲硬生生地赶走，甚至连一句抱怨之言都不敢表露。我所能做的，就是一边面带微笑地连声致歉，一边找来铁锨将牛粪驴粪铲除干净。

办公室为宿办合一，既办公，又住宿。而办公室里，常常被塞得满满当当。沿墙栽立着几个麦桩，地面上摆放着两筐蒜苔或半筐洋葱，夹杂着秤杆秤砣之类。麦子和蔬菜，都是未卖掉的农产品，远路带回家太过繁琐，也太过辛苦，于是就将其暂时寄存在我的房间，等到七天后逢集时再来城里，重新搬往集市售卖。整个屋子，弥漫着大蒜与洋葱的气味。对我这样一个闻到蒜味腹内便难抑翻江倒海的人来说，熏染于这样的气息里，着实如坐针毡，但却无处可逃。尤其是到了夜里，那种气味越发地浓郁，使我辗转反侧地难以成眠。

一说到睡觉，更是苦恼。一张窄窄的单人床，我很少独自享用过。除了众多同学朋友络绎不绝地造访，还有乡亲与亲戚隔三差五地光顾。有的发小在街上摆摊卖桃，天突降大雨，回不了家，于是就迎着夜色，推着后座上绑有两个老笼的自行车来找我。他的鞋子和裤子上，沾满了稀泥。泥水通过鞋帮的裂口，注进了鞋壳。袜子成了泥疙瘩，脚上也沾满泥浆。他又困又乏，简易地洗漱之后，就脱掉外衣，钻进我的被窝呼呼大睡。等第二天送走他，我翻过被子一看，床沿上，被单上，密密麻麻的，到处都是干泥的印迹。有的村民在一家小作坊打工，而那家作坊，则是一个私人开设的小型炼焦炉，他负责往锅炉里输入煤炭，并将煤炭燃烧后的灰渣，用手推车运往别处。他的裤管里，外套的褶皱处，鞋壳里，甚至鼻腔与毛发里，都落满了煤灰。作坊加班加点地生产，煤炉熄火，要拖至夜里十二点以后。在长达半年的时间里，他都寄宿在我处。每天夜里，周围房间的灯火已全部熄灭，我却要呆坐在办公桌前，瞅着手表上铮铮作响的秒针，等候他的归来。他回来后，洗一洗脸，一脸盆的水就变成了酱油色。他钻进我的被窝，新洗的白被套，一夜间就被染成大花脸，及至后来，白被套变得比非洲人的皮肤还要黑。

类似的例子不胜枚举。这样的插曲，彻底搅乱了我日常生活的节奏，让我许多野心勃勃的规划，皆付诸东流。由于天天给人管饭，我的饭票一到月半，就已耗尽，只好另行购买。当然，还有一些生活细节的差异，令我在心理上很是不适，却从不对外表露。比如喝完水后，顺手就将茶水往水泥地上一泼，拦都拦不住；再比如，不定什么时候，某个喉咙里就会喷射出一股浓痰来——痰顺势吐在脚下，用鞋底蹭一蹭，就算完事。更为重要的是，习惯于自由支配自己时间的乡亲们，误以为我和他们一样，想几点睡觉就睡觉，想几点工作就工作，根本不清楚如我这样吃官饭的人，其实是被纳入某一个循环体系中的，需随系统的旋转而旋转。他们无视我的时间节点，坐在房间里无所事事，却没有离去的意思。我频繁地瞅着手腕上的手表以作暗示，他们却依旧无动于衷。他们无法理解我工作的性质，很多人一出口就是："你看你多轻松的，坐在房间里就能领到工资。"一旦我委婉地提及自己其实亦忙亦累时，不止一个人抢白道："你有啥忙的？不就是一天上几节课吗？上课就四十多分钟，你咳嗽咳嗽，这个这个几下，那个那个几下，就熬到了时间，就该下课了。"

"你有啥忙的"？这样的质问，让我苦恼，也使我极易想起《庄子》里的对话："子非鱼，焉知鱼之乐？"也就是说，你不是我，你就无法真正体察我内心的苦乐。人和人诸多的差异性——成长背景的差异，学识的差异，个性的差异，职业的差异，兴趣爱好的差异，价值理念的差异等等——注定了人对人的了解与理解，只能止步于以己推人。很多人以为熟识就是了解，实则非也。这种所谓的熟识，只是面相的熟识，而骨子里的东西，未必就能洞察。我不止一次地听到别人谈及我时的戏言：把你（他）烧成灰我都能认出来。这样的话语，言说者的初衷，在于显示与我关系的莫逆与亲近，但说实话，我对此并不以为然，心里反倒会反弹出这样的疑问：真的吗？你真的很了解我吗？单我所读过的那些书，你读过吗？我所关注的，也是你所关注的吗？你可能更关心自己物质层面的有无和多少，却未必知道，我对此兴味索然。同样是人，都有鼻子有眼睛，但肉贩的心灵底色，与哲学家的心灵底色能一样吗？以大众的思维度量小众的思维，以猫的步态推测鹿的速度，以芨芨草的匍匐推理杨树的挺拔，势必会造成误判和误解。世间本没有异己，也没有异端，尺子短了，容器小了，秤砣轻了，异己和异端就会源源不断地产生。异端源于不随波逐流，也源于不理解不包容。苍穹容纳千山万壑，而桃核仅能容纳一粒桃仁。

随着身心俱疲，我慢慢地从沸腾之水，降温成不冷不热的温开水，不再遇到谁都是"冬天里的一把火"。每个人都有自己独有的运行轨道，过多地拖泥带水，过度地分散精力，必然会造成身心的精疲力竭。

我的冷却，估计就是村民眼里的"变质"。村民们到城里来，貌似很在意是否被本村在城里工作的人，邀请着去喝水，那是真的口渴吗？是真的缺那一杯水喝吗？我看倒也未必。他们在乎的是：是否被自己地位高的人看得起？是否获得了一份尊重？到谁那里去喝水了，或谁见了他拽着他的衣袖硬逼他去喝水之类，极易演变为他回村后持久的谈资。他一而再再而三地谈论起这些，无非是想在村民中间抬升自己的地位，其潜台词是：你们别小瞧了我，连某某某都对我很重视的。

人即使身处底层，也有被肯定被尊重的精神需求。强者自顾自地走路，才不在乎别人对自己的评判，但弱者，却总是把自己的人生成败，寄放于他人的秤盘去称重。

当我踏遍大江南北，遍览人世百态，遍悦人间面孔之后，再回望寺沟，发现其已回归平常，不再鹤立鸡群。有句话，叫"伟大的人之所以伟大，那是因为人们在跪着看他"。是的，我们觉得这个很大，那个很好，羡慕这个，敬仰那个，皆因于自己的视野不够辽阔，身躯过于渺小。方寸之间，一块石头显得很大；天地之间，一座山峰也难以享受荣耀。在辽阔的地球上，任何一个地域，都不过是大地的褶皱里，一个小小的角落，于是它热情也好，冷漠也罢，抑或大气也好，小气也罢，其实都是用不着太过在意的。

中国自古就有"古道热肠"这一成语。同一个人，为何居于古道心肠就热，居于闹市心肠就不热了呢？

出现这等偏差，自然是由各自所处的地域差异和地位悬殊造成的，并非身居闹市的人，其内心的温度，就一定比身居古道的人冰冷。所谓古道，无非是指人烟稀少之地。在这样的地方，三年五载，都遇不到一个来访者。于郁郁寡欢之中，突然有一个陌生人在此路过或前来投宿，无疑会给身处天荒地老之境的人，以些许的精神宽慰，让他们觉得自己并未遭到全世界的遗弃。向他们问路，甚至在他们的家里免费食宿，他们都会滋生出一种近乎获得嘉奖的喜悦。造访者在满足自己欲求的同时，实际上也给当地的土著以精神的补偿：替他们排解寂寞，给他们带来外面的信息。

但身居闹市的人，却既没有这样的耐心，也没有这样的需求，甚至没有这样的闲工夫。他们很忙，或夹着皮包匆匆行走于谈生意的路上，或拎着篮子急呼呼地奔往菜市场采购，或在耳鬓厮磨的公交车上担心上班迟到，或在人声鼎沸的街道里声嘶力竭地吆喝着叫卖，或在杯盏交错中相互恭维着应酬，或在纸醉金迷的歌舞厅里狼嚎鬼叫……嘈杂，拥挤，在声浪里打滚，在人海里翻腾，就连走路，都怕踩人或被人踩。折腾大半天，身困乏而心倦怠。回到家，关住家门，唯一的念想就是赶快卸下面具，散漫地享受难得的清静和悠闲，从而把自己交还给自己。这时候，若听到敲门声，心里免不了要产生厌烦的情绪，于是接待跨进门的宾客，难免面凝冷霜，心不在焉地敷衍搪塞。

爱亦是恨，恨亦是爱

但无论如何，寺沟都是村庄里的庞然大物。

从南到北，密集的房舍，绵延了两公里。数百个窄窄的巷道，像密集的棋盘一般。

现在，一切都同质化、雷同化，当然也就平庸化。塬上和川道里的建筑，仿佛出自同一个匠工之手，皆为砖块堆砌的水泥方块，瓷砖贴面，玻璃镶窗，简洁而单调，呆板而僵硬，缺乏内涵，也缺乏韵味。但寺沟人在民国或民国之前构筑的房舍，却远不是这样。那些房舍，后来大部分都遭到拆除，只留下些许的残垣断壁。但我小时候去寺沟，它们依然担当着民宅的主体。

一回忆起那些民宅，我的心里就有隐隐作痛之感，无不为它们的寂灭而惋惜。从寺沟民居的演变中，我看到的，是一个民族审美功能的渐次衰退，也目睹到实用主义的趾高气扬，和唯美主义的一败涂地。把旧屋当旧屋地拆除，本身透映的，就是一种简单化的肤浅。

曾几何时，日子稍微殷实的人家，都有一个长方形的四合院，有前楼，有后楼，有侧房，有厢房，有牌坊，有祠堂，其中的每一个局部和细节，都蕴含着关中民居特有的文化意蕴，也浸润着传统观念的细枝末节。那些民宅，也许看起来颇为烦琐，穿衣戴帽的，但恰恰就在这烦琐之中，突显着个性，藏匿着情怀，从而在厚积住宅内涵的同时，也扩充着住宅的外延。住宅的功能，不再局限于居住，它肩负有对住户财富多寡的注解，对住户精神倾向的诠释。

寺沟的大户人家，比阿姑社还要多。这些人家，一部分在外地做官，一部分留守村里。在外地做官的，官帽即使再高，却都要把房舍建在故乡，以使自己万一遭贬或意欲告老还乡，能有个落脚的地方。当然，物质层面的需求只是一种表象，更为深层次的精神需求，常隐身于表象之内，只可意会，不可言传。官人们的真实意图，是想把房舍当作强有力的证据，用以显示自己人生的功成名就。衣锦还乡，始终是潜伏于中国人内心世界的一个情结。阔气了，发达了，发财了，荣升了，从癞蛤蟆变成了白天鹅，从被人见人嫌的矿石变成了人见人爱的金子银子，最为热衷的，还是想方设法地让家乡人有所目视和耳闻。骑着枣红大马，坐着黄冠轿子，从家乡的巷道里龙卷风一样地浩荡而过，那种荣耀与自豪，泛溢于坐轿者骑马者脸上的每一个毛孔。

官人在村子里构筑房舍，明显有着炫耀的意图。然而，他们即使炫耀，畏惧于古老的"警世格言"，也得适可而止。他们听从风水师的建议，既把房子盖得很奢华，很讲究，在争相抬高地基的同时，屋顶却不能过于高耸和拔尖。房子高出周围的房舍一头，易于招风。风从人的嘴里呼出，威力巨大，它一旦肆虐，足以致屋子的根基摇晃不稳。再则，房舍也忌讳像锥子状地尖削，因为生活中凡尖利之物，最易伤人。伤人就要树敌，树敌就是给自己制造对立面。一旦有了不共戴天的对立面，自己对生活安逸的期许，就会化为泡影。况且，尖是凶兆，非吉兆。椅子尖了，人在上面坐不住；靠背尖了，人想依靠靠不住。教堂之所以将顶端打造得又高又尖，那是因为信徒们坚信，唯有如此，才更能接近上帝。那个刺向高空的尖顶，是一根接收上帝信号的天线。人是无法和万能的上帝比肩而立的，在神秘莫测的未知中，人的脆弱性易碎性显而易见。哪怕人的头上顶珠晃荡，也经不起一场疾风暴雨的冲击。人对未来的惊惧，决定了人只能求稳求妥。

民间早就流传着这样的两则顺口溜，一则是：人狂没好事，猪狂挨刀子；另一则是：吃好些，穿烂些，走到人面前走慢些。这两则顺口溜，皆为人的经验所得，都在强调人的内敛和低调。富裕不能露富，露富了极易被官家和盗贼同时盯上；得意了不能忘形，忘形了极易造成冲突和冲撞，从而招致麻烦乃至祸端。官人尽管很想高调，很想张扬，却又惧怕遭到天谴，于是便有了走钢丝般的小心翼翼，在左右摇晃中力求于取得平衡：既要把房舍盖得极尽豪奢，又不能过度地晃人眼目。

相比于官人，土财主更是深谙处世之道：把一罐罐的银两深埋进土里，并在埋设处堆一些干柴；在绸缎衣的上面套一件粗布衣，却故意将粗布衣的袖子缝短，以使绸缎衣在不经意间外露；关住门吃香的喝辣的，但出门时手里却举着一个黑面馒头……富人装穷，穷人却在装富。一位生活拮据却不甘被人小瞧的母亲就曾对我说：关住门，哪怕我的孩子们在吃糠咽菜，但孩子们外出时，我一定要让他们穿上最好的衣服，走在人面前不畏畏缩缩，不低声下气；穷，要穷在自己的家里。

穷人挣断肋骨要冒充富裕，富人缩头弯腰要扮装贫穷，于是寺沟和阿姑社，尽管在地理距离上，仅相差二里路，但就人的外在表现而言，却有着天壤之别。阿姑社有几户人家，其庄园动辄占地百余亩，亭台楼阁样样齐备，很是耀武扬威，但在寺沟的巷道里穿行，却仅凭肉眼，很难辨认出哪栋房舍里住有返乡的达官，哪栋屋檐下生活着发财的富人。一眼望去，至少从外观上，穷富人家的屋宇，悬殊并不十分突出。

我外公家属于村里的穷人，但他家的房屋，单从外形上，并不比富裕户们差多少。据我母亲讲，外公家建房的地方，原本是一大户人家的马房。外公的父辈将该块地皮买到手后，在此盖起了属于自己的房屋。既为马房，就不大合乎尺寸，东西窄，南北长，于是厢房只能盖其一边，不能做到两厢皆筑屋，屋檐对屋檐。

提起娘家，母亲总是说，外公家是寺沟村里的穷困户。然而，以我之见，能盖起这样高高大大的房舍，至少证明外公家尚未穷到一无所有的地步。在真正的无产者居于茅棚寒窑之时，外公家不但居住于厦房，而且还拥有前楼后楼，这不能不令我产生好奇。楼的功能，主要是用以遮雨。将农具以及粮食等，放置于楼下，天即使再泪水涟涟，它们都不会被淋湿，从而避免了粮食的发霉和农具的生锈。那个年代，关中一带不像现在这样干旱，动辄就下起连阴雨，而且一下就是十天八天。有楼的庇护，人就不会拘泥于狭小的屋子，连转个身，都要与柜角炕沿磕碰，而是能够走出屋门，在较为宽敞干燥的空间里活动。在楼下可以喝茶抽烟，可以活动一下筋骨，还可以干一些力所能及的活计，比如在辣杆上摘辣椒，并将摘下的辣椒绑成长串；再比如剥玉米，并将剥下的玉米粒摊晾在一张油布或一片塑料纸上；再比如抱来一束束晒干的麻丝，抽出一绺一绺来，搭在膝盖上搓麻绳等。

当然，盖楼是寺沟村的风尚，你家在盖，他家在盖，我若不盖，就会矮人一头，于是木质楼房，就成了那个年月，一个家庭的形象工程。尽管母亲于贫寒中长大，但她发自肺腑崇尚的，根本不是那些"出有车，食有鱼"的土豪，却是一位读书人。母亲每每讲起她来，眉宇间总是洋溢着掩饰不住地羡慕。那个读书人是位年迈的老太太，为外公家的近邻。老太太的娘家在耀州城里，自幼就读于私塾。她嫁到寺沟后，在寺沟的学校里教书。无数次，母亲都向我讲述自己的亲眼所见，其言说的对象，都是这位老太太退休后的晚年光景——在所有女性都不得不裹脚之时，接受了新式教育的老太太，却坚决不肯就范，任凭自己的一双大脚板在村子里晃来荡去，引起许多卫道士的反感和指责。有人骂她是伤风败俗，有人朝着她的背影吐痰，有人还向她抛扔石头蛋。其实，辛亥革命早就成功了，然而，剪掉人头上的辫子容易，剪掉人头脑里的辫子却很难。一种老观念，宛若病毒一般，一旦浸入人的肌体，若想将其剔除，不采用刮骨疗法，决然无法奏效。辛亥革命的胜利，是武力的胜利，远不是思想的胜利；是政权的更新换代，远不是思维方式的更新换代。

老太太在村子里很孤立，却为我母亲所青睐。老太太的晚年，由于腿脚不便，基本上是在家里的一座土炕上度过的。盘腿坐在炕上的她，不像别的女人，面前放置着盛有针头线脑的蒲篮，手捉一枚细针，像打靶瞄准似的，斜睨着眼睛穿针引线，而是头发梳得整齐，面目洗得光亮，坐于窗前，手捧一本厚书在阅读。母亲每回去她家，都发现她是"两耳不闻窗外事，一心只读圣贤书"。不变的是阅读，变化的仅仅是阅读时的姿势：有时倚墙而坐，有时被褥相拥，有时窗前沉醉，有时灯下痴迷。直至她已全身瘫痪，生命垂危，枯槁而颤抖的手里，依然紧攥着一本书。

书里都有些什么，竟能让她如此持久地沉溺其中？这是母亲的好奇，也是母亲的疑惑。从没有跨进过学堂的母亲，也许是他人之所长，恰为自己之所短的缘故，她对读书人，尤其是对那些与自己性别相同的女性读书人，格外地倾慕。这种倾慕，最终化为她发自肺腑的敬重。她总是想亲近那些有知识的群体，并以她们的言谈举止为镜子，来检视自己的修为。受这样的心理驱动，母亲一有空就往邻居家跑。她撩起门帘偷窥过，爬上窗台偷看过，甚至于坐在老槐树底下，手捧一本外公正读的书模仿过。

母亲讲述这些的时候，从没有为自己的"幼稚"，表现出丝毫的悔意，反而唏嘘着，叹息自己没有读书的机会，并以此来劝说我要好好读书。母亲说人若不读书，就是睁眼的瞎子，就是有头无脑的傻子。

命运总是在暗地里进行着人与人的排列组合，从而给人营造出一种捉摸不透的幻象。母亲若晚两年去世，也许她就会知道，她屡屡提起的这位女性先生，因为我的婚姻，竟转化为了我的亲戚——女性先生是我妻子祖母的亲妹妹，我岳父的亲姨妈。

寺沟村后来经历过很多次跌宕起伏，昌盛了再衰败，衰败了再红火，每一次震荡，都给住户们留下回忆的素材和谈资，也使它的历史刻度既丰富斑斓，又沧桑斑驳——它先是因那条河流的奔流不休，由种粮区金蝉脱壳为蔬菜区；后因那条河流被截断筑坝，又由蔬菜区退化为半菜半粮区。一座由官方主导的新城，在它旁侧的塬上突兀地崛起，又使它倍感失宠失落——有了新宠，就忘了旧爱。然而，爱亦是恨，恨亦是爱，比如狼爱上羊，猫爱上鼠，对于被爱者，未必真的就是福音。耀州城的不断增肥，塬上新城的虎视眈眈等，都使原本可以抱守寂寞的寺沟，又陷入坐拥愁城的境地，以至于心慌意乱，目光迷离。

要钱还是要地，坚守故土还是交出房门的钥匙——诸如此类，宛若一道道的算术题，横在了当下寺沟人的面前。我猜测，尽管寺沟人有着生生不息的经

◎ 远眺姚玉川（程继峰　摄）

营传承，也有着塬上人稀缺的经商头脑，而且几乎人人都有过"一杆秤上闹革命"的历练，但这道看似简单的题，他们未必就能算得清楚。

　　失去的，必将永远失去，不会因为烈火焚心的怀念辄失而复得。

华原老味儿之咸汤面馆

1

最初一碗一毛八，后来就水涨船高般两毛两毛地涨价，涨了三四十年，到今年，大碗六元，小碗五元。

很多人在惊叹，但惊叹的指向却南辕北辙。耀州城里天天吃它的人，惊叹它太贵了，太贵了，就一捏捏面，竟然伸手索要六元钱，这不是明摆着挥刀宰人吗？但大城市里的人听了它的价格，却有点儿不肯相信自己的耳朵，惊骇道：啥年代了，一碗面才卖六元钱，哪儿有这等便宜？

这是一种唯有耀州这座小城才能遇见的一种面食。只要出耀州城，北行三华里地，南行五里路，这种面便销声匿迹，遍寻不见。面以味道命名，曰咸汤面。咸是五味中不可或缺之一味，其生成，无疑与盐有关。盐重则味咸，盐轻则味淡。咸汤面顾名思义，就是盐投入剂量较大的一种面。从健康的角度，盐的摄入量过度，容易引发心脑血管疾患，但从味道的角度，盐的缺席，却能致一桌豪宴于废弃。民间早就有"好厨子一把盐"的说法，意思是能否炒出令食客满意的菜品，怎么放盐，便是一个技术活。

这种面是何时诞生于这座县城的？没有史料片言只语的记载，仅有七嘴八舌的纷纭传说。传说是不可信的，其宛若泥塑艺人手中的泥巴，圆的可以捏成扁的，鼻子可以捏成嘴巴，鸡犬可以捏成虎狼，总而言之，想怎么捏，全凭艺人的随心所欲。论起"胆大不知羞"的程度来，当代人可谓登峰造极，啥都敢乱编，啥都敢仿造。多少毁灭，都假借保护的旗号以施行；多少奸淫，皆身披爱情的伪装而无阻。楚楚可怜的历史，脆弱得仿佛浮冰，是经不住乔装打扮的，更是经不住胡乱折腾的——以假乱真猖獗如此，历史其实早已被剿灭殆尽。

翻阅民国时期的地方史料，难觅咸汤面的踪影。然而二十世纪八十年代初，当我委身这座小城，起始于职业生涯时，街头已驻扎有咸汤面的摊点。它仿佛从天上掉下来的，抑或是从地底下冒出来的，那么突兀地出现，让人无法看到它的来龙去脉，却能目睹到它的野蛮生长。

那时候，街头的咸汤面馆远不像现在这样遍地开花，区区不过五六家，其中，最有名的，当属开在北大街与学古巷丁字路口的赵家咸汤面。一口大铁锅，就支在街边，身后是一个仅能容纳三两人的小作坊。小作坊里的壮年男子，弯着宽厚的脊背，将案板上比母猪的肚皮还要肥硕的大面团，使劲地揉来揉去。揉一会儿，就要撩起围在脖子上的毛巾，擦一擦溢满额头与脖颈上的汗液。揉面是个力气活，身体单薄的人，或者有投机取巧意向的懒人，是无法完成这道工序的。陕西民间早就有言：打下的媳妇揉下的面。意思是，媳妇要乖顺，就要多打；面要好吃，就要多揉。这句俗语对于媳妇来说，太过暴力，也缺乏基本的尊重。对应远非嫁鸡随鸡嫁狗随狗的当下现实，俗语的前半句其实早已自废武功。试想一下，越发骄横

的媳妇敢打吗？极尽讨好都有可能红杏出墙，跑得没了踪影，何况还要恶狠狠地举起棍子呢！然而俗语的后半句，却无比地正确，比真理的老爹都要千真万确。很多外地人来陕西，都会感叹陕西面食太好吃，却不知好吃的秘密，就藏于揉面之中。面是需要多揉的，唯有反反复复地揉，颠来倒去地揉，才能将面的棱角彻底地消解，以使它服服帖帖地受之于揉面者的支配：想把它拽成拉条子就能拽成拉条子，想把它扯成扯面就扯成扯面。

咸汤面的面就是靠人力揉出来的。揉得怎么样，食客尝其一口，就心中有数。面条的形状，近乎拉条子，但却不是拉出来的，而是扯出来的。拉和扯是不一样的，拉不改变原有的形状与根数，只是将粗的拉细，短的拉长。而扯呢？则是从一根粗的母面中，分娩出若干根相对较细的子面。如果说揉面是个体力活，单靠蛮力就可以做得到，那么扯面则是个技术活，不是所有的人都能扯面。扯面的人，被称之为扯面师傅，那是要重金聘请的。扯面师傅最初都是徒弟，拜师之后，跟上师傅学上一月两月，掌握了其中的窍门，就自立门户，

当起了师傅。有关扯面，是没有理论书籍可供查阅的，其功夫之深浅，主要来自师傅引进门后日积月累的实战磨砺。扯多了，自然就能化面团为玩物，玩弄其于手掌，拿捏其于恰到好处。

屋子里有一口大锅，屋子外也有一口大锅。相同的是，两口锅的灶膛里，皆炭火熊熊，锅内用于煮面的面汤翻滚，屋外锅里的面汤，是由里屋锅中的面汤匀给它的，但两锅面汤的颜色却迥然有别：里屋锅里的面汤，属于原始面汤，保持着原有的色泽，

淡黄，清亮；而屋外锅里的面汤，则属于调制过的面汤，混混沌沌的，颇有几分中药汤汁的颜色。

屋外的汤为何颜色如此？只要站在锅旁多看一会儿，就能破解迷局。当屋外锅里的汤快要被铁勺舀干而露出锅底时，便要及时地续添面汤。面汤从屋内的锅里舀入一个铁桶，那只装满面汤的铁桶，被人拎起，晃晃悠悠地移至屋外的锅旁，然后提起桶，将面汤倾倒进屋外的锅里。一桶不够，要倒两桶，屋外锅里的面汤才能溢满。这时候，负责淘面的人——多数是女人，当然也有男人——便开始调制起汤料来。他或她，先是从桌子底下拽出一个大盐罐，抱在怀里，用大铁勺满满地挖上两勺盐，一股脑儿地将其倒入锅里。咸汤面之所以突出一个"咸"字，这从放盐的蛮实上，就能看出其端倪之所在。把盐罐放回原处，又拽出一个大大的调料罐，用同样的铁勺挖上三勺，将其抖落在面汤里。调料是一种自行碾磨的混合物，由多种配料组成，至于其中具体含有哪些成分，各家并不一致，外人不好打问，主家亦秘而不宣。配料，是咸汤面诱人的一个主要因素。很多年长的人，对吃面不一定很痴迷，倒垂涎欲滴于能热热乎乎地喝上几口调料汤。一些外地人起初是不怎么习惯吃这种面的，甚至一边龇牙咧嘴地浅尝辄止，一边絮絮叨叨地发着牢骚：一则抱怨汤里不调醋，二则抱怨面中因蔬菜之缺失而致营养之缺乏。但若引诱他（她）吃上三回五回，他（她）十有八九都会变成上钩之鱼，不吃便会馋得慌。很多很多的当地人，都仿佛陷入一种味觉诱惑的陷阱，无法逃身，成为咸汤面铁杆的终身食客。似乎一日不吃，就心慌慌意乱乱，烦躁得心里被猫爪抓挠似的。及至大年初一，那些鸡呀鱼呀的盛宴，都无法吸引那颗执著的心，从对咸汤面的念想中游移开来。咸汤面馆每逢腊月三十，都齐刷刷地关门歇业，

但过年的那天早上，依旧有寻觅者孤独落寞的身影晃悠于街道。从南街到北街，从西街到东街，转遍每个角落，看到每个店铺的大门都像紧绷的脸庞，这才无不失望地向后转，往家返，边返回还边嘟囔：这叫过个啥年些？连碗咸汤面都吃不上，过年还有个啥意思呢？！

人吃咸汤面，为何能久吃成瘾？这是至今都未能破解的谜题。成瘾的源头，无疑来自调料，而调料，却属于一家一户作坊式的密室调配，远不像流水线上生产的产品那样，能将配方公开于标签之上，并接受一个批次一个批次的检验。对于食客来说，没有谁愿意充当好事者，非要把调料的内涵计较个明白不可。心一旦有所猜忌，避而不吃就是了；但凡吃者，都甘愿于稀里糊涂地睁一只眼闭一只眼，只要今天吃得酣畅淋漓，就已足够。

外屋调料面汤里的内容，不仅局限于那些调料，还有其他的佐料，包括片状的豆腐以及油炸的豆腐丝等。面淘好后，在把盛面的老碗递给食客之前，淘面者还要询问食客要不要辣椒，要不要油炸豆腐，是要韭菜碎末还是要葱碎末？辣椒是干辣椒碾碎的辣椒粉末，经煎油一浇，被称作油泼辣子。锅的旁边，放有四个巨型大碗，一个盛着油泼辣子，一个盛着油炸豆腐，一个盛着切碎的韭菜碎末，一个盛有剁碎的大葱碎末。

辣子之于绝大多数人，那是必不可少的。羊吃枣刺图扎哩，人吃辣子图辣哩，人对辣子的偏好，就是为了寻求刺激：刺激食欲，刺激萎靡不振的精神。

满世界的人皆知蜀人和湘人好辣，却不知秦人亦嗜辣如命。对于秦人来说，吃饭有无蔬菜，无足轻重，但有无辣椒，却异常关键。饥馑年代，大肉蔬菜皆很稀缺，也很昂贵，于是就以辣代菜。饭桌上也许空空荡荡，但那

碟醋拌的辣椒面，却决然不可或缺。在陕西民间，早就流传有这样的顺口溜：吃一碗裤带面喜气洋洋，没有辣椒嘟嘟囔囔。没有辣椒，吃得再好，都算不上圆满，都会激起长长短短的抱怨之声。

就嗜辣而论，耀州人在陕西尽管不显山不露水，但实力却不容小觑。耀州的锦阳川，沿河延伸，自古就是膏腴丰裕之地。在计划经济年代，就已是国家划定的蔬菜区，其产出的蔬菜，因品质优良，被列为出口产品，漂洋过海到诸多异邦。凡出口产品，必历经近乎严苛的检验，毫无疑问为好中之好，优中之优。而在锦阳川红红绿绿的蔬菜里，最有名的当属辣椒和大蒜，其次还有线型豆角等。辣椒个大色红，含油量很高，吃起来又辣又香。优质辣椒出产地的人，当然近水楼台，吃着吃着就上了瘾。大人嗜辣，孩子受其熏陶，也渐渐迷恋于辣，于是吃辣就这样一代一代地被继承，固化为根深蒂固的传统。

耀州人对辣椒不单是爱吃，也很挑剔。很多耀州人远走他乡，下馆子吃饭，即使向店老板索要来辣椒，尝一口却忍不住连连摇头，嘴里不住地嘀咕：这也能算辣椒？要颜色没颜色，要味道没味道，简直糊弄人哩嘛！但老板却不以为然，反驳他：你说说，那不是辣椒是什么？看来你是吃腻了，吃了五谷还想吃六谷不成？

从里屋扯好面条，扔进沸腾的面汤锅里，煮上几煮，然后将其捞出，放至一木制的方盘里。端着方盘到屋外，把面从此方盘倒进锅旁的彼方盘。站在锅旁专门负责淘面的人，就可以开始售卖面了。淘面者从顾客手里接过钱，找了零，然后扭过身，用刚刚摸过钱的手，抓起水溜溜的面条往碗里放。一碗抓放多少，全凭个人的感觉。有抓多的，也有抓少的，但总体上都相差无几。

汤舀进碗里，又倒进锅里；再舀进碗里，再倒进锅里，谓之淘面。如此反复五六个来回，放冷的面才能被淘热，相应的，汤中的味道才能渗入面中。淘好面，用正在舀汤的铁勺，在锅旁的辣椒大碗、韭菜末大碗和大葱末大碗中分别挖那么一下，放入碗中，这才算将一碗面淘好，并递到眼巴巴等待的食客手中。

　　吃耀州咸汤面，要用耀州老碗吃，似乎才更为正宗。老碗在耀州根本算不上稀罕之物，到处皆是，平常得仿佛建筑工地的砖瓦。但若将老碗当作礼品，赠与外地来的文化人，他们十之八九是不舍得拿这种难得一见的老碗盛饭的。在他们看来，用这种老碗盛饭，无异于拿金砖砌墙，拿丝绸糊窗，十足地可惜。他们视老碗为文化与艺术的载体，唯有将其摆上自己的书架，以烘托书房的氛围，才是物尽其用。但耀州人不这么认为，在他们看来，老碗就是用来盛饭的，饭量小的人用小碗，饭量大的人用老碗，哪能那么寒碜那么小气地拿老碗来充当摆设？

　　耀州老碗，古就有之。历史上的耀州瓷，可谓誉满天下。耀州瓷在唐代时，就已是贡瓷，在宋代更是繁盛，有"十里窑场"之宏大规模。唐朝的都城长安，距离耀州窑不过二百华里的路程，驴驮车运，多少精美的瓷器，都源源不断地输送进了宫门。宫廷里的人头何其之众，单妃子歌妓，就数以千计，且不说那些皇亲国戚、文武大臣以及各类侍女雇工了。同居宫内，却等级森严，地位有别。然而锦衣玉食者，与粗茶淡饭者，单从生理的意义上，却别无二致，都有七情六欲，都要吃喝拉撒，于是宫内对瓷的需求，就包罗万象：装饰用的瓷瓶，交际用的礼品，吃饭用的瓷碗，喝水用的杯子，饮酒用的酒器，尿尿用的尿盆，栽花用的花盆等等，无一例外，皆来自耀州窑的烧制。据传说，耀州老碗从唐代就开始烧制，且烧制的动因，就因于皇宫的大批量采购。皇宫采购老碗的意图，主要有二：一是满足那些苦力劳动者的饮食需要；二是用其盛敛食物来喂宠物。下苦的人，流汗多，耗能大，个个饭量很大。给他们一人发一个大碗，一次就能盛个够，喂个饱，免得他们吃完第一碗后还要为舀第二碗第三碗而挤搡。另外，宫廷里的宠物，比如狗呀猫呀的，它们如果和人享用同一等级的瓷器，无疑含有对人的贬低。人用细瓷餐具，它们用粗瓷老碗，贵贱各就各位。

耀州瓷曾经给耀州人带来莫大的利益，也带来莫大的荣光。耀州城的繁盛，包括酒肆生意的兴隆，客栈人数的爆棚，都与瓷商有关。胆子大有脑子的耀州人，奔赴四面八方，在异地他乡开设起专营耀州瓷的店铺；而只知埋头下苦的大老粗们，就沦为了拉车或挑担的脚夫——这些依赖于瓷器谋生的人，被外乡人称作"耀州瓷户"。久而久之，"耀州瓷户"便成为三秦大地一个响当当的称谓。后来随着日月流转，称谓的寓意也在发生微妙的变化，及至于带有了心照不宣的贬损意味。

"瓷"在关中话里，含有"呆"和"愣"的意思。说谁是"耀州瓷户"，那是在指斥他呆板、木讷、不开窍、不灵活、缺乏变通。耀州人出门在外，最易遭到"耀州瓷户"这等炸弹的偷袭。当然，言说者大多带有玩笑的成分，说者无意于侮辱，听者也无意于计较，然而听多了，耳根总觉得像被针扎一般。

还有一种说法，说"耀州瓷户"是以讹传讹，本意应该是"耀州瓷壶"，指的是耀州窑烧制的一种酒器或茶具名扬天下，于是便以瓷来比喻人之性格，人也就被瓷壶取而代之。

咸汤面用的碗，现在当然已有所变化，老碗退场，海碗登场。但最早，咸汤面都是与老碗形影不离的，近乎一对绝配。可以想象，一个小巧玲珑的少妇，如果端着一个比牛头还大的老碗，蹲在街边吃面，那该是怎样一种不相协调的风景？

粗瓷老碗后来难觅其踪，但改头换面的细瓷老碗却始终存续。老碗沉寂了许久，这些年突然变得高调起来，像稀世宝贝一样受人追捧。很多装饰古典的餐厅，都以老碗为道具来吸引顾客。老碗的死灰复燃，究其实质，是怀旧情绪日益浓厚的外化。曾经土里生土里长，摸爬在土里，滚打在土里，土气得连自己都嫌弃自己，于是便对洋气充满迷恋和憧憬。但洋气日久，却也厌腻，于是又怀念起了土气，并以土气为新潮和时尚——人就是这样得陇望蜀着，永远不知道自己该如何是好，也永远弄不明白自己究竟想要得到什么。

现在餐馆里摆设的老碗，是形式主义的产物，带有很大的虚张声势的成分——以夸张的造型夺人眼球。老碗很大，但实际的盛装物却很少，诸如面条，就那么几根根几条条，盘曲在碗底，让人吃起来，有一种海底捞虾米的被欺骗感。

耀州人使用的老碗，当然是就近取材，百分之百为耀州窑烧制。经历了朝廷的更替和岁月的震荡，肥硕的耀州窑日渐消瘦，昔日的盛况不见，唯有一座小镇，还在延续着制瓷的古旧传统。一家一户的手工作坊，父业子继的传承模式，手艺不外泄的守口如瓶，然而走出家门，面临的却是市场经济的波涛滚滚。市场经济，像滔天的洪水一般，荡涤了多少作坊式的传统产业，也把多少民间的精湛工艺拍死在沙滩之上。就瓷而言，除非那些被量身定做的艺术品，需要精雕细刻，以谋取较大的收益外，大部分庸常的日用瓷器，都是仅能卖得几元十几元的便宜货。价位在地面匍匐，无法龙腾虎跃，制瓷人自然就魂不守舍，尤其是年轻一代，宁愿出外打工，也不肯把自己的一生许配在自家的烧瓷炉。

耀州咸汤面选取老碗，与现在大城市的一些仿古餐馆，舍小碗而取大碗，弃灵秀而选蛮实，在动机上有着很大的不同：后者沉醉于表现主义，而前者则立足于实用主义。咸汤面馆用老碗盛饭，只是因为在同一个碗里，既要盛面条，又要盛汤汁，碗太小就无法容纳得下。就餐者，大多为当地人，以平民百姓为主体，他们不会像那些装模作样的小资阶层那样，对碗的造型与颜色有所挑剔。他们在意于碗的大小，并不在意于碗的精细。碗越大，他们心里就越舒坦，觉得自己的钱没有白掏。

2

　　咸汤面馆里，最忙的人，估计要数立在锅旁的淘面者了。里屋的师傅尽管不停地与面团博弈着，时不时把面团在案板上摔得叭叭叭地响，但任务相对较为单一。而淘面者则不同，他是一人要兼顾多项活路。收了钱，用手抓面，正抓着，却发现锅里的汤汁不怎么翻滚了，猜想可能是灶膛里的炉火行将熄灭，于是把手在围裙搓上一搓，就猫下身子，捡起地上的小炭锨，铲上两锨煤坷垃填进灶膛，末了，用炭锨还要狠劲地捅一捅炉火，以促使它重新熊熊燃烧。一股黑灰的飞尘，随着炭锨的起落，从灶膛口汹涌而出，在空中四散开来，穿着干净的食客纷纷后退，并把手举于鼻前，像扇子一样摇晃。淘面者填完炭，手又在围裙上搓一搓，就又忙着抓面淘面了。

　　用手直接接触已煮熟的面条，很多人对此颇有微词，总觉得吃起来不那么放心。万一抓面的人有肝炎，或有其他传染性的疾病，自己岂不很容易被传染上？于是一些人吃得很是小心翼翼，而另一些人则吃得大大咧咧。那些谨慎之人，疑神疑鬼的，总担忧某一天身体吃出问题来，于是他们尽管自己吃，却竭力地劝阻家人，尤其是阻止自己的孩子去吃。当然，也有一些在淘面者看来嘴尖毛长之人，直戳戳地提醒淘面者，说现在不是有那种塑料手套嘛，抓面时为何不将其戴上？淘面者在一圈人的围拢下，手忙脚乱，对半路里杀出的程咬金，有点儿顾不上应对，但脸上的表情，却明显地由晴转阴，紧绷绷的脸上，黑云一疙瘩一疙瘩飘过。多数

淘面者对此类意见，皆姑妄听之，但也有个别牛跟头，脾气很犟，耳朵像弹簧，根本塞不进去一句来自食客的建议。世间的人，林中的鸟，禀赋各不相同，其中就有一种人，总认为自己事事都是对的，甚至自己就是正确的化身。这类淘面者，目光犀利得好像削苹果的刀子，在多嘴多舌者的脸上狠狠地一剜，随之牙缝间就射出一串反击的炮弹来：老祖先就是这么抓面的，也没见把谁吃死！

凡提意见的食客，大多也属于牛跟头一族。牛跟头遇到牛跟头，一只牛眼瞪着另一只牛眼，相互拌嘴的剧目，难免就要上演。食客中的牛跟头，听到主家这个牛跟头说话如此刺耳，火从心中腾起，宁可不吃这碗饭，也要与主家硬碰硬地辩出个一二三来：咦咦咦，看把你给能的，逼嘴还能翻的？老祖先咋啦？老祖先晚上尿尿还要端尿盆子，你现在还端吗？老祖先裹脚，你还裹吗？老祖先的做法难道都是对的，就不能改变改变，得是？

吵归吵，但打不起来的。淘面者哪有闲工夫和食客抱着摔上一跤？他们很忙，要收这个的钱，要给那个淘面，还要呼喊里屋的人快点儿把捞出锅的面端来，一旦有空，还要把一大块豆腐切成方片，扔进锅里用勺搅拌。对于食客而言，他们之所以冒着与这家咸汤面馆决裂的风险，那是因为他们心里清楚，咸汤面绝非独家垄断，而是有着充分的选择余地。此处不留爷，自有留爷处，看不惯这家淘面者那副老佛爷的高傲嘴脸，那就另换一家，谁家的笑容甜蜜就吃谁家的。只要肯挪动脚步，多走上三五十米的路，准能遇见一口冒着热气的咸汤面大锅。在耀州这座小城里，找家海鲜馆，也许要颇费周折，但找一家咸汤面馆，易如反掌——几乎每一条街上，都不乏三五家。

用摸过钱添过炭的手抓面，随着食客的嚷嚷声越来越此起彼伏，也随着抓面者的眼界越来越开阔，这一近乎陋习的传统，也在悄然地分崩离析。若现在去吃咸汤面，走过十家，就会发现有九家淘面者的手上，都戴上了塑料手套。有那层薄薄的塑料薄膜将淘面者的手予以隔离，食客吃完面，一回忆起吃面的过程，胃里至少不再翻江倒海。

3

一个热气腾腾的大锅，一大早就被络绎前来的食客们团团围住。守在锅旁静候的人们，既没有养成排队的习惯，也没有生成排队的意识。大家都这样，我也就这样了，都围锅而立，目不转睛地盯着淘面者那双忙乱的手。淘面者一个一个挨着收钱，一番找零之后，接着把木盘里的熟面条，捏几条举得高高的，将其分摊进一个个老碗里，然后便埋首于一遍一遍地淘面。淘面者记忆力惊人，能记住谁先交的钱，谁后交的钱，谁交了一碗的钱，谁交了两碗的钱，谁要的是大碗，谁要的是小碗，谁要韭菜不要葱，谁要豆腐丝不要豆腐片。淘面者依据交钱的顺序，先淘一碗递给张三，再淘一碗递给李四。一个粗瓷老碗，面不见得有多多，却不吝将汤盛得满满的。汤的最顶层，漂浮着一层红红的辣油。那红醉醉的辣子，让不善于吃辣的人，望其一眼，都会像被蝎子猛蜇了一下地探舌头。

食客端碗的手稍有颤抖，指头就能被汤浸湿。空间大而又较为讲究的面馆，会在屋内摆放高桌子低板凳，以供食客享用。但那几张桌子，永远都是满员。屋子里漫溢出来的人，自己给自己寻找着吃面的栖身之处。大量的人蹲在面馆门外，各自埋头往嘴里扒面。还有人身靠一棵树蹲着，乃至于吃完后由于肚子鼓胀，唯有扶着树才能站起来；更有离谱的，把碗或放于一个台阶，弯着腰努着嘴吃面喝汤，或放于一辆三轮车的车帮上，踮起脚跟嘴才能够得着碗沿，总而言之，显得奇形怪状。

蹲在地上，一股风刮过，卷起地上的尘埃。尘埃飘拂着，落在了碗里，但吃得正醋的食客，不管不顾地只管

埋头而吃。不脏不净，吃了没病——这是众多食客用以自我安慰的精神处方。

吃完面，喝足汤，把碗顺势扔在脚旁的地上，于是一茬子食客离身而去，地面上就扔满七零八落的碗筷。面馆负责端碗抹桌子的人，像拾荒者一样，将碗收起抱回里屋清洗。但旧碗筷收拾干净，不一会儿，地面上又是一层新扔的碗筷。伴随碗筷的，还有一团团一片片刚刚擦过嘴的餐纸。

陕西的"八大怪"里有一"怪"，曰"板凳不坐蹲起来"，确为陕西人日常姿态的逼真写照。为何要蹲？我的看法是，与物质的匮乏有关，也与人所处的地位有关。有钱有地位的上等人，即所谓的贵族，是不会不顾面子就地而蹲的。他们品茗也好，餐饮也罢，必定站有站相，坐有坐相，格外讲究。大凡蹲者，无一例外皆为贩夫走卒，以及仆人之类。贩夫走卒，哪里饿了哪里吃，哪里瞌睡了哪里睡，出门不可能还要身背一个板凳或床板的。于是就蹲地餐饮，靠墙打盹，久成惯性，也蓄积起了蹲功，乃至于有板凳递过来却坐也坐不住，感觉蹲着要比坐着略显舒服。那些被大户人家雇佣的仆人，主人的餐桌上，是不可能给他们留有位置的。当主人高朋满座、杯盏交错之时，他们常常躲在一个无人看见的角落狼吞虎咽。角落里没有摆放桌椅板凳，他们也就只能缩头缩身地蹲起来，由此而历练出了蹲功。自己蹲，引诱得儿女前赴后继地予以效仿，于是蹲，俨然化为了一代人又一代人几乎不可撼动的生命禀赋。

蹲，既是身体的姿势，又是精神的写意。即使传说中国人已经站起来的时候，很多很多的陕西人，还是宁愿一如既往地蹲着地上。习惯于蹲，就不习惯于坐，更不习惯于立。有了蹲功，站立的能力就不可避免地愈发退化，及至于两腿发软，一经站起，顿觉天旋地转。当然，蹲下还是站起，也有安全上的考量。自古而今，在这片皇天后土繁衍生息的人们，便一直恪守着"枪打出头鸟"的古训，并悄然无息地进行着比低的竞赛，惧怕自己成为被枪瞄准的猎物。唯有蹲下以示弱，甚至消失于众人的视界，被整个世界遗忘，忐忑的心才能得以平复，噩梦才不频繁地惊扰睡眠。

吃咸汤面的人，现在当然是坐着的多于蹲着的。但在二三十年前，人们还是以蹲着吃为主。咸汤面没有高贵的身份和精致的包装，属于普罗大众的普通饮食。北方人尽管以吃面食为主，但绝大多数人吃面，选择的时间点皆为中午时分。早上刚起床，一般人都喜欢柔性的食物，比如喝点儿稀饭豆浆，吃点儿馒头包子，辅之以些许的素雅小菜，清清淡淡的，既爽口，又宜心，很少有谁愿意去触碰那些质硬味重的食物。但耀州人却不然，他们吃咸汤面，都是一大早就开吃的，将其当作早点来享用，反倒是一到中午，多数的咸汤面馆就因已卖光售罄而打烊关门。为何要一起床就吃那么结实辛辣的食物？据一些当地的文化研究者推测，这一习惯的养成，与脚夫有关。脚夫是古旧中国不可或缺的一个庞大群体，他们担当着货物流通的重任，其穿梭往返的肉身，与现在奔跑在公路上的大卡车和奔驰在铁轨上的载货列车无异。那时候没有这些铁家伙，货物的南来北往，全凭脚夫那两只脚的尺寸移动。漫长而险恶的寂寞长路，陪伴脚夫的，至多是那些疲惫不堪的骡子与毛驴。脚夫们省内运输，动辄也要个三天五天，而跨省贩运，则常常需要一月两月。耀州的脚夫起程时，除了背上的褡裢里，鼓鼓囊囊地装满妻子烙得黄亮并切成片状的锅盔，还要美美实实地吃上两碗三碗咸汤面。咸汤面耐饥，吃一顿，大半天不进食都不会觉得饥饿。

脚夫们天不亮就出发，于是咸汤面的炊烟，也就在晨曦尚未展露时，便开始袅袅飘拂，一股浓郁的香味，随之而悠悠弥漫，钻入途经此地者的鼻孔。脚夫走了，发菜的菜贩来了；菜贩刚丢下碗，上学的孩子又端起了碗；进城务工的农民工退潮而去，坐机关的干部又夹着皮包如江水滔滔而来……这些年，干部们像被鞭子抽打后背的驴子，紧张而惊慌，但在过去的若干年里，他们相对要悠闲自在许多。他们迈着不紧不慢的八字步，先是去单位露个脸，然后溜出机关大楼，直奔咸汤面馆而来。这时候，咸汤面馆的高峰期已经过去，他们在不挤不操中，很得体地将碗里的面条捞净，将碗里的汤喝干。将沾有辣子的嘴唇擦干净，在街道里溜达溜达，重返单位后，泡一杯茶，抽一根烟，无比舒心惬意。不止一个干部都对这样的体验有所感叹，说吃过咸汤面后的抽烟喝茶，仿佛天设地造一般地配套，其感觉有着神仙醉酒般的妙不可言。

在任何一个地域，干部们虽然消费能力以一敌三，但就人数而论，永远属于小众人群。买衣服，干部买一件衬衫五百元，而菜贩买一件衬衫五十元。五百是五十的十倍，这让多少服饰店的老板，见了干部脸上的笑容就挤成花卷馍，而见了那些下苦力的人，嘴角则扭成麻花。但吃咸汤面有所不同，干部钱包里再鼓满，他一顿也吃不了五碗面。他们坐在办公室里，坐累了，至多站起来动动筋骨，能量难以得到消耗，一碗面落肚，中午哪怕是坐到奢华宴席之旁，也是毫无食欲。相反，那些苦力劳动者，吃了一碗依然觉得肚子里空空落落，尽管犹疑于钱包的空瘪，但最终还是摆出一副豁出去的架势，高喉咙大嗓门地吼叫着再来一碗。

当然，咸汤面最大的消费人群，属于市民阶层。所谓的市民，是各色人等的集合体，有废寝忘食挣钱的，有百无聊赖闲逛的，有拽着狗绳遛狗的，有拎着鸟笼遛鸟的，有吃不饱捡菜叶捡易拉罐的，有吃得太饱身体肥硕又不得不减肥的……年少的在教室里，愁眉苦脸地聆听着老师没完没了的训诫；年老的则坐在广场边，要么无精打采地听着秦腔戏，要么兴致盎然地分享着各种小道消息。东家媳妇出轨西家公公偷情，说多了就乏味了，早已吊不起人的胃口，唯有退休金的增长，以及本地领导有可能受到查处的传闻，或更高级别领导血斗的内幕，才能让在场的所有人都竖起耳朵，瞪大眼睛，并情绪亢奋。

毫无疑问，这些人正是吃咸汤面的忠实主力。不但吃，而且个个都是业余评论家。他们闲坐在一起，几乎能把城内的每一家面馆，逐个予以不无专业地点评：哪家的面劲道，哪家的汤有味道，哪家的豆腐柔韧有嚼头，哪家的辣子香辣吃得过瘾等等，娓娓道来，皆说得有鼻子有眼。相反，哪家淘面的婆娘是个邋遢鬼，鼻涕流到了嘴边只是用袖子一抹，让人看着都恶心。还有哪家淘面的那个中年男人患有白癜风，但丑人多作怪，他淘起面来，手舞足蹈得像指挥狂想曲演奏的指挥家。哪家的面里掺有过量的食用胶，吃起来像是在咀嚼塑料纸；哪家的汤里混入了可疑物质，甚至有可能有避孕药等等，也一一列举，并极尽渲染。

很多很多的老者，闲来无事，一家一家挨着吃，从北街吃到南街，从东街吃到西街，遍尝之后，通过比较，就把自己固定在某一两家的面馆。冲着喝汤去，就直奔西壕里的那家；冲着吃面去，就奔往东巷口的那家。一来二去，与店家就相识了，于是只要往锅旁一立，不必开腔，淘面者就知道他是要大碗还是小碗，要窄面还是要宽面。

4

咸汤面究竟起源于何时？在史料掏挖，注定没有结果。

有一种说法，无不带有杜撰的成分，说它在隋唐时期便已盛行，其汤料，甚至加有中药，那是参照了孙思邈《千金要方》治疗胃寒的处方——是否如此？至少我对此存疑。

然而咸汤面吃了可以暖胃，这却是不假的。

在我的记忆里，七十年代，至少我尚未听说过"咸汤面"这三个字。对于一个贫穷人家的乡村孩子，县城在我的眼里近乎高不可攀。我与其他小伙伴结伴上街，怀揣父母塞的一两毛钱，按捺不住地想要下馆子犒劳一下自己。那时候的街市，是没有私营食品店和餐饮店的，寥寥几家食堂，皆挂有国营食堂的招牌，里面端饭的中年女人，无一不是国家的正式职工。端着铁饭碗，人容易自我拔高，目光斜睨而蕴含轻蔑，嘴巴亦翘得堪比古庙飞翘的屋檐。她们个个都懒洋洋的，宁肯围坐一张空桌磨闲牙，打呵欠，也不屑于对顾客的吁请有所理睬和回应。她们的服务态度极差，颇有几分母老虎咄咄逼人的凶神恶煞相，

时而响起的吼声，能将屋顶掀翻。

食堂其实是空空如也的，连炒菜都不售卖，仅供应一两种熟食：要么是汤面条，要么是汤饸饹。此时咸汤面见也未见，闻所未闻，更别提知其啥味道了。然而汤饸饹，我却吃过三四回的。踮起脚跟趴在高高的窗台上，朝窗口里递进去一毛钱，找回一分，一碗汤饸饹很快就递了出来。碗不大，饸饹就那么几条，三下五除二，就饸饹尽而瓷碗空，连汤都喝得点滴不剩。吃饱是不可能的，只能算是打了打牙祭，止住了歇斯底里的饥饿。饥饿的人，吃啥都香。吃完意犹未尽，觉得那饸饹那汤，简直好吃好喝得不得了。摸摸口袋，仅剩的那一分钱，已不足于支付第二碗的费用，于是只好依依不舍地离去。现在回忆起来，既没菜，又没臊子的麦面荞麦面掺杂做成的汤饸饹，估计免费赠予人吃，也不见得有几人搭理，但在那个饥馑的年代，却是唯有下馆子，才能吃到的上等美食。

饸饹的汤有点儿混沌，应该是调料汤，里面除了盐醋，还有其他粉碎的大料。这一点，倒和咸汤面能够对接得上。

我最早知道并吃到咸汤面，是在二十世纪八十年代初期。那时我年方二十出头，初次手执教鞭，登上耀州中学的讲台。在教学间隙，老师中的吃货们，难免要议论起县城里的各等美味佳肴，一些人还常以率先品尝而自豪。咸汤面自然被不时提及，并说在耀州城里，大约有五六家面摊，最好的当属赵麻子的面云云。赵麻子的面有着自己的独创，因此价位也高。当其他面一碗卖一毛八时，赵麻子的面却鹤立鸡群地卖到了两毛钱。奇迹之处在于，赵麻子的面尽管价位的头颅高昂，却从来就不愁客源，食客将他家的那口铁锅，总能围个里三层外三层。

赵麻子的面摊就盘踞在学校置身的小街与北大街的交口处。从校门出来，朝东走上二三百米，就能与赵麻子的面摊相遇。面摊和面馆是不一样的，面馆有固定的门面房，但面摊却像游击队，即使在某个地方安营扎寨，也带有随时就有可能卷铺盖走人的临时性质。但在相比于现在要贫瘠的年代，生意如此兴旺的赵麻子面尚且还在占道经营，估计其他家面也不会有属于自己的门店，都是在街边划定一个地盘，支起两口锅，架起一个案板，摆上两三个小矮桌，就吆吆喝喝地卖起了面。好的一点在于，街道里很少有车辆通行，一个县的小轿车不过区区的两三辆——唯有县上的两个正头出行才有车坐，其他人尚且都还依赖于自行车或自己的两条腿——城管这一职业尚未诞生，在街道两边摆摊仿佛天经地义。

赵麻子的面摊无疑占据着极其有利的位置：两条街的交汇点，又是街道的繁华路段，熙熙攘攘的行人，像漩涡一样在此淤积，常常把这一路段拥堵得水泄不通。赵麻子面摊的铁锅旁，挤满了食客。那些已端到饭的人，看到小矮桌已被人占据，就势蹲在街旁，罔顾南来北往的目光，自顾自地往口里扒拉着面条。面条吃完了，还要高仰脖子，将面汤一股脑儿地灌下肚去。

我仅在赵麻子的面摊前吃过一次面，因为没有比较，也就不觉得有多么好吃。之后吃到赵麻子的面，不是在他的面摊，而是在学校的灶上。相隔十天半月，学校的教职工食堂，为让教师过嘴瘾，就把赵麻子请来，专门给教师做面吃。赵麻子一袭白大褂，头戴白色的圆帽子，那偏胖的身材，把白大褂撑得圆滚滚的。他的脸上，并不像他的绰号那般星星点点，若不

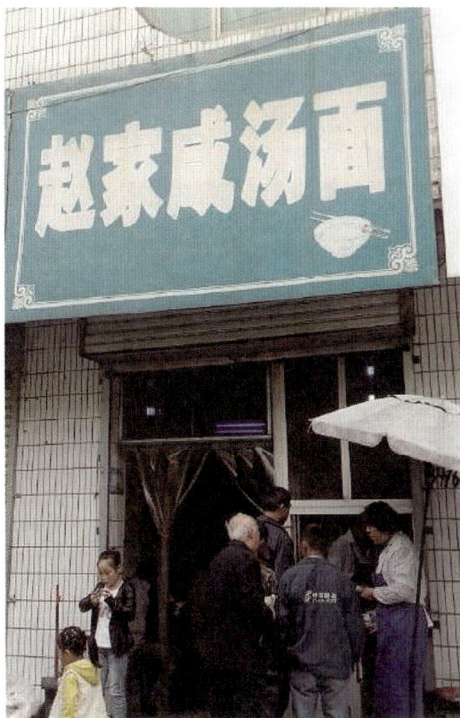

留意，根本就看不到麻子的存在。赵麻子面相很和善，他站在食堂里间的操作区域，透过窗口，将一碗碗盛好的面，递给排队等候的一个个老师。吃面的老师，其吃相迥然相异，有人觉得好吃极了，幸福犹如过年，但也有人吃得龇牙咧嘴，吃个半截，就将剩余的部分无声无息地倒进角落里的垃圾桶。我属于中间派，不觉得太好吃，也不觉得太难吃，但我知道，单就对咸汤面的钟情而言，我依旧是一条没有上钩的鱼。

听着有关赵麻子面的传闻，吃着赵麻子亲手做的面，有一个疑问始终在我心里挥之不去，并寻找不到答案：咸汤面的首创者究竟为何人？是赵麻子，还是赵麻子的先祖，抑或是另有其人？一种面食，不可能无缘无故地从渭北这座小城里冒出来，它的诞生犹如人降临人世，肯定有其孕育者。这样的问题我不止问过十个人，但他们的回答都是含糊其辞，无果而终的。也就是说，没有人知道这种面，最初出自哪个人之手。

而我对咸汤面真正地有所喜欢，还是在离开耀州之后。身居耀州，很少亲近它；但远离耀州，却时常思念起它——这等景况，犹似恋爱，整日厮守，甚觉平常平淡，但一经失去，却抱憾无尽，痛不欲生。当然，我对咸汤面迟来的爱意，大概也与怀旧情绪有关。人随着年岁的叠加，不再热衷于朝前看，而是自觉不自觉地朝后频频张望，于患得患失中，习惯于给那些遗落于岁月深处的事物，镀一层金色的虚幻光亮：饭菜比现在的香，环境比现在的净，感情比现在的纯，人性比现在的善。沉溺于过往，说一千道一万，是阿Q式的迷幻药在发酵，是自己无法直面现实的自我逃遁和自我匿藏。事实上，随着种子的变异、激素的滥用、土地的污染，以及化肥农药的无节制的倾泻，从小麦到大米，从蔬菜到水果，其品质与味道，早已不复从前。对于我们这代人来说，从嗷嗷待哺，到酒足饭饱，其间的距离，短暂得恍若囫囵一梦。过去是没啥可吃，现在是啥也不想吃，套用一句民间俚语，那就是"那都是吃饱了撑的"。

然而现实是，肚子贫乏却依旧不想吃饭者，大有人在。放眼望去，林立的餐馆布满街道两侧，但转来转去，却没有一家愿意跨入其内。食物堆积如山，但胃口却后缩着，拒绝着，执意不肯接纳它们。有饭，决然不等于有饭可吃。

在红尘滚滚的浮世中，耀州城和其他城镇一样，也显得躁动不安，不断修改着自己的面容，调整着自己的表情，总怕以自己装扮之落伍，被甩出时代列车的车厢。然而，有一些东西能轻易改变，比如街道可以由窄拓宽，地名可以由此更名为彼，那座老朽的房子可以被推倒重建，那棵年迈的老树可以被砍倒植上新绿等等。但有一些东西却是靠人力无法更改的，比如生命的基因，以及人自小就生成的口味等。论起人的忠诚度来，无论哪样东西，都无法与口味比拟。口味，靠灌输，靠教化，甚至靠武力的强制，靠纪律的约束，皆无济于事。人可以将一块染色布洗得发白，可以将一根铁棒磨得比针还细，甚至可以把一颗原本丰富的脑袋洗劫一空，可以把一个无比和善的仁者变成无比凶残的暴徒，却未必就能撼动人早已固化的口味。据说，口味在人三岁时就已定型，至年老都矢志不渝。

然而口味再执拗，也抵抗不了世事的面目全非。就咸汤面而言，表面上一切未变，细棍状的面还在案板上继续被扯长，煮有豆腐片的汤还在锅里继续翻滚，大把的盐和大把的调料还在往面汤中大幅度地抖落，殷红的辣椒继续染得食客的口唇如血外溢，但其实，最为核心的麦子却因被偷梁换柱，面粉已难以与当年相提并论。真正去过农村并了解当下农业的人都知道，过去农夫收割碾打完麦子，要自留种子，以待来年再耕再种。但现在，即使自行留下麦种，这些麦种撒进地里，却也不再发芽。要种麦子，必须高价购买种子，而种子的培育之地，遥远得有点儿不可思议，竟然是身处大洋彼岸的美国某家公司。

种子和种子的差别，决定了现在的麦子已不是原来的麦子，而是具有了混血的因素，用更专业的术语表达，也就是发生了基因变异。况且，种子一旦受到控制，犹如自己命脉的遥控器，掌控在了别人的手里，那是何等可怕的景象？

洋种子种植的麦子，一经留作种子，播进土里，为何不发芽？没有人去探究，甚至没有人去追问。按照生物遗传规律，凡为生命，皆具有遗传的属性，但我们锅里碗里日常所吃的麦子，为何会失去遗传的功能？人唯有患病，才不能生育，那么麦子是否也染有某种我们根本无法详知的疾患呢？

对于麦子的发育原理，如我这样的科盲，显然是难以搞懂的。我只是问题的提出者、抛出者，而不是问题的解析者和回答者。从哲学与生物学的迷宫里退出，退回到人一日三餐的层面，那就是舌头是骗不了人的，味觉是骗不了人的。天天吃着由面粉制作的各式食物，对麦面品质的退化，并不难以感知。如果还有一点实事求是的勇气，我们必须承认的一个事实是：今天的麦子制成的食物，已失却了麦香，失却了柔韧，填进嘴里就得赶快下咽，不敢让其在唇齿间久留——咀之嚼之，颇有嚼咽糟糠烂泥之感。

从这个角度来回眸咸汤面的前世今生，就会明白今日之咸汤面，无论怎样努力，都无法与昔日的咸汤面等量比肩。这等状况，犹如黑人在涂抹增白剂那样，即使抹得很多，外在的肤色已经泛白，但内在的基因，却决定其决然难以成为真正意义上的白色人种。

好的一点在于，咸汤面向来都不缺少钟爱它的食客。一茬茬咸汤面的食客消失了，但新的一茬茬食客宛若割不完的韭菜，又蓬蓬勃勃地长出来。在这座被两条河流夹击的小城里，其他餐馆或许今天红红火火地开门，明天却不得不黯然神伤地关门，唯有咸汤面馆始终屹立不倒。相比于过去，咸汤面馆不是少了，而是更多了，随处可见，遍地开花，而且家家都不会亏损。于是在耀州，有一种手艺叫扯面，有一种职业叫扯面师傅，有一种老板叫开咸汤面的老板。

赵家咸汤面、任家咸汤面、苟二咸汤面、李三咸汤面、锦阳咸汤面、京兆咸汤面……一路数下去，有上百家之

多。各个面馆，都有自己固定的店面，也有自己相对稳固的食客。面摊不再在马路的道沿之上玉树临风，而是在城市管理的强逼之下缩回店内，但店内的空间总是有限的，一些人会被挤出店面，仍然蹲在马路边往嘴里扒面。

赵家的咸汤面很多年前就已迁址，新面馆开设于某条环城路的路边。站立在锅旁淘面的，不再是赵麻子，而是他的儿子。儿子子承父业，接过了父亲曾经拎过的那把铁勺。但这家面馆，据传并非属于赵麻子的儿子一人拥有，他的好几个姐姐，也都跻身其中。儿子也好，女儿也罢，以靠山吃山的姿态，都寄望于能凭借父辈的威望，并在父亲递来的秘籍中，分得一份红利。那个和善的赵麻子早已撒手人寰，但他还会被街头那些爱吃咸汤面的人时不时提及。人们在赞叹他手艺的精湛，为他不能永恒地站立锅旁为食客淘面而叹惋不已。很多人说，耀州的咸汤面之所以蓬勃兴旺，赵麻子功不可没。甚至不乏有人著文断言：如果把咸汤面的制作看作一门艺术，那么赵麻子就是咸汤面这门艺术的奠基人，其地位不输于京剧界的梅兰芳。

我对这类夸张化的极端表述，当然不以为然，但著文者在与我的闲聊中，却振振有词，说唯有喜欢京剧的人，才觉得梅兰芳耸若山峰，而其他人跟着帮腔起哄，无异于瞎子在鼓掌，聋子在叫好，纯属稀里糊涂地追着风跑。对于耀州这些一听京剧就头疼的食客而言，梅兰芳的唱腔，真的不如来一碗解馋的咸汤面更为实惠。梅兰芳出入于官宦的豪门阔宅，扭捏于灯红酒绿的奢华舞台，属于高端人群的宠爱。而之于那些仅仅追求口腹之欲的汗流浃背者，一碗咸汤面，足以让他甩掉身体之劳顿，化解心中之郁结，填补肠胃之匮乏，何等立竿见影而又心满意足。任何东西，有用才会被珍惜，无用就会被视之废品。饥馑年代，救命如救火，一个馒头，其价值远远大于一吨黄金。

后　记

安　黎

这部写于三年前的书稿,《美文》杂志于 2017 年 1～12 期,分期予以连载。期间,《西部》和《黄河》杂志,还各选发了两万五千字。其中《西部》刊发的文字,《散文选刊》以头题的方式,进行了转载。

应该说,在尚未正式出版之前,它就已得到部分行家的嘉许和诸多读者的回应。今天它有幸面世,完全有赖于西安出版社的慧眼识珠——中国需要伟大的作家,更需要伟大的编辑家。没有后者,珠玉也会被视之为劣石,栋木也会被弃之为柴棍。

但凡涉及家乡的写作,我一以贯之是很谨慎的,如履薄冰那般,尽可能地小心翼翼,唯恐笔头的信马由缰,伤及其体,毁及其誉。尽管如此,我也知道,此部书难免会像抛向池潭中的巨石,将会不可避免地激起大大小小的波澜。由此,我想申明两点:其一,这部书隶属于文学范畴,是长篇的随笔散文,而不是史料的汇编。在写作之前,我虽然也做过一定的功课,比如查阅资料、聆听贤者和长者的讲述等,但这些对应于一部书之所需,无疑显得杯水车薪。大量的空白,是要靠合理的想象和推理来填充的。文学并不是材料本身,而是对材料的拆解与重构。材料是土地,文学是依附土地耕种的庄稼;材料是木料,文学是依赖木料制作的家具;材料是男人和女人，文学是男女结合孕育的孩子……如果把材料比作食材，那么文学就是菜肴，两者既不能切割，又不能混淆。要把食材制成菜肴，就必然要对食材进行适当地加工，比如遴选、淘洗、切碎、搭配、搅混等，并辅之以油盐酱醋等佐料，经过煎炒等多种烹饪工序，最终才能将其端上桌案。同等的食材，由于制作技巧和制作结果的不同，厨艺的高低便悬殊有别。作者不是材料的搬运工，文学写作也不是对客观世界的原样复制，而是作者对所写对象主观化的重新发现和重新解读。况且，对于过往的历史，我们自以为是的事实，并非真的就是事实；那些被渲染得栩栩如生的细节，并非就不是源于后人想象化的编造——今人看到的历史，很大一部分都是经过乔装打扮过的历史，是鱼龙混杂的，是真假莫辨的，与历史原本的杂乱无章和素面朝天，决然难以画上等号。其二，以耀州为书写对象的文字，浩如烟海，如果久久地沉溺其中，思维也许会模式化，大概会对我的"不按套路出牌"，有所不适和抵触。而我之所以不循套路，是因为在我看来，文章本来就没有套路，正所谓"文无定法"。所有的套路，既是骏马驰骋的栅栏，又是大雁翱翔的鸟笼，之于文学创作，有害而无益。基于这样的认知，于是在大家都沿着某条既有的路径亦步亦趋的时候，我却刻意地绕道而行。也就是说，对于公众熟稔于心的物事，我尽可能采取回避的态度；对于被人嚼烂的馍渣，我不愿继续地热炒剩饭。事实是，文学对于人人目之所见的熟悉景致，是用不着对其外形，再多此一举地费力描绘的。因为写作不是摄影，文学作为一个艺术门类存在的意义，在于探求事物的本源，追踪事件的脉络，让自己的笔触伸向公众的目光和思维无法抵达的苍穹或深渊，捕捉和打捞那些不为人知的细枝末节，并将其揭示给人看。文学带有鲜明的个人化视觉、个人化立场和个人化的叙述角度和叙述策略。

需要提醒的是，耀州只是本部书籍的取材对象，并非其价值指向和寓意所在。我的意图，是想通过对耀州过往的回眸与解析，来完成对一个国家前行脚印或徘徊身影的勘察，并绘制出一个民族命运沉浮和精神伸缩的另类图谱。

耀州不是孤立的，既无法逃离整个民族文化心理的钳制，又无法置身华夏历史大系统的大循环之外。因此可以肯定地说，不了解世界，就难以了解中国；不了解中国，就难以了解耀州。贯通古今之经脉，疏通中西之淤塞，让模糊的变得清晰，让沉溺的浮出水面，让被岁月的灰尘覆盖的变得可以目睹，化古为镜，拜史为师，借此来审视当下的何去何从，思忖人性的花开花谢……如此，我们才不会陷入盲目和狭隘。

文中的内容若有失敬或不当之处，敬请原谅，并祈盼指教。

一部书的诞生，貌似简单，其实隐匿着众多人的助力和劳动，在此，我对关照过这部书稿的朋友，对促其发表、促其出版、搜寻图谱和设计版式的朋友，以及对付出其他辛劳的朋友，一并致谢！当然，最为深谢的，还是西安出版社屈炳耀社长的大力支持以及副总编李宗保先生和本书的责编李鹏先生——谢谢你们！

2019 年 6 月 26 日于西安城墙之北